quattro amiche
per sempre

ANN BRASHARES

quattro amiche per sempre

Traduzione di Bérénice Capatti

Rizzoli

Titolo originale: SISTERHOOD EVERLASTING

Pubblicato per la prima volta nel 2011 negli Stati Uniti
da Random House
un marchio di The Random House Publishing Group,
una divisione di Random House, Inc., New York

L'estratto di E.E. Cummings (p. 388) è tratto da
Poesie © 1974 e 1998 Giulio Einaudi editore S.p.A., Torino
Traduzione di Mary de Rachelwitz

Prima edizione Rizzoli Narrativa giugno 2011

ISBN 978-88-17-05000-5

Realizzazione editoriale: Studio Editoriale Littera, Rescaldina (MI)

Ai miei tre incredibili fratelli,
Beau Brashares, Justin Brashares
e Ben Brashares, con amore.
Ciò che ho di più vicino a una vera amicizia:
è una vera fratellanza.

Se non ci metti troppo,
ti aspetterò qui per tutta la vita.

Oscar Wilde

Prologo

C'erano una volta quattro donne incinte che si conobbero a un corso di aerobica. Non sto scherzando: questa storia è cominciata proprio così. Insieme, quelle donne voluminose e in splendida forma, che facevano sport con i capelli trattenuti da una fascia colorata, diedero alla luce quattro bambine, tutte nate intorno al mese di settembre. Le bambine si affacciarono insieme alla vita, e crebbero insieme fino a diventare giovani donne. Quattro vere amiche, insomma.

Quando ripenso a loro – a noi – mi rendo conto che sebbene non abbiamo vincoli di sangue, siamo come sorelle. Le Settembrine – come ci piaceva chiamarci – sono governate dall'ordine di nascita, anche se abbiamo tutte la stessa età.

Lena è la più grande. È responsabile, rispettosa delle regole, altruista quando serve, costante come un metronomo e non sempre un'entusiasta, a dire la verità. Sa prendersi cura degli altri. Sa essere adulta, e sa essere seria. Non sempre invece è capace di non esserlo.

Io, Carmen, ammetto di essere la classica figlia minore, anche se in realtà sono figlia unica, che è anche peggio. Il mio egocentrismo non ha confini quando mi ci metto. So essere scortese e tempestosa, ma sono una persona leale. Sono leale verso quello che siamo noi quattro insieme, e quello che abbiamo. Ho una vera e propria venerazione per le mie amiche e per la nostra amicizia. Non sono per niente cool: lo dico qui per la prima volta. Spesso mi sento una mascotte, sapete, il tipo che alle partite di football indossa il costume di peluche con la testa enorme, e si scioglie letteralmente dentro il vestito. Quando si tratta di noi, ci metto tutta me stessa.

Bee è la perfetta figlia di mezzo: libera come una farfalla. Ti vuole bene, ma non le importa di quello che pensi. Non ha paura di niente; ma ha noi che la teniamo a freno. È libera di competere, libera di imporsi, libera di sbagliare e riderne. Sa essere spericolata. Ha da perdere meno degli altri; da tanto tempo non ha più una mamma. È una tale forza della natura da farti dimenticare che può ferirsi. La vedi vacillare e ti rendi conto molto prima di lei che ha bisogno di aiuto. È commovente. Non sente il proprio dolore, ma è in grado di percepire quello degli altri.

Tibby è la penultima, la nostra acuta osservatrice. È la bambina tranquilla di una grande famiglia irlandese che indossa solo abiti di seconda mano. Sa essere cinica, critica e devastante nella sua intelligenza. Ha il dono di smascherare le bugie: le bugie che diciamo agli altri, le bugie che diciamo a noi stessi. Sa anche, secondo la definizione memorabile di una vecchia amica, "cambiare idea". Tutto questo è il suo involucro, che custodisce un cuore di una sensibilità squisita. Non rivolge quasi mai il suo umorismo contro di noi. Lo usa per intrattenerci, e lo usa nelle sue sceneggiature e nei cortometraggi. Se solo qualcuno li producesse. A tratti lo spirito di Tibby si stempera in saggezza. Credo che sia questo, quello che ci dà.

C'è stato un periodo importante nelle nostre vite in cui la nostra amicizia ruotava intorno a un paio di pantaloni che condividevamo. Proprio così, un paio di jeans. Li chiamavamo i Pantaloni Viaggianti e, stando alla nostra mitologia, avevano il potere di tenerci unite quando eravamo lontane.

I pantaloni si sono persi in Grecia quasi dieci anni fa, ormai. Come siamo riuscite a rimanere unite pur avendoli smarriti?, vi starete chiedendo. Non è una domanda da poco.

Crescere mette a dura prova l'amicizia. Non che questa sia una rivelazione. Ricordo che mia madre un giorno mi disse che una buona famiglia è fatta per lasciarti andare, perché è questo che i figli devono fare: andarsene. Mi sono chiesta molte volte: anche l'amicizia serve a questo? Perché la nostra non è così. Non sappiamo affrontare le partenze. E io probabilmente meno di tutte noi. E se vi occorre un'immagine, eccovene una: io che mi copro gli occhi con le mani, fingendo che nessuna di noi stia per andarsene, e aspetto il momento in cui saremo di nuovo tutte insieme.

Per fare un prato basta un filo d'erba e un'ape.
Un filo d'erba e un'ape
e un sogno.
Un sogno può bastare
se le api sono poche.

Emily Dickinson

Carmen ricordava di essere andata da Tibby una volta, quando aveva tredici anni, con un numero di *CosmoGirl* in una mano e una matita per gli occhi nell'altra, dichiarando che non si sarebbe mai stancata di farsi truccare.

Be', aveva finito per stancarsene. Seduta sulla poltrona del trucco, ai primi di ottobre, in una roulotte parcheggiata all'angolo di Bleeker Street e Bowery nell'East Village di Manhattan, mentre una ragazza di nome Rita le soffiava i capelli con il phon per la milionesima volta, e una ragazza di nome Genevieve le ritoccava il fondotinta per la diecimilionesima volta, Carmen sapeva che quello era soltanto un metro in più sul tapis roulant dell'edonismo. In fin dei conti ci si può stancare di tutto.

Ed era vero. Aveva letto un articolo in proposito sulla rivista *Time*. "Può capitare perfino di sentirsi nauseati dal cioccolato, sai" aveva detto a sua madre al telefono la sera prima.

Sua madre aveva emesso un mugolio dubbioso.

"Così ho letto, per lo meno."

Fare l'attrice in tivù, perfino in telefilm moderatamente buoni e piuttosto seguiti, comportava tante ore di trucco per pochi minuti di recitazione. E finito il trucco – per il momento, ovvio, perché al trucco non c'era mai fine – si stava parecchio tempo seduti a bere latte macchiato. Ecco lo sporco segreto dell'industria dello spettacolo: la Noia.

Carmen non era la protagonista del telefilm, certo che no. Faceva la parte dell'investigatrice speciale Lara Brennan in *Criminal Court*. Compariva per pochi istanti sulla scena del crimine in quasi tutti gli episodi e certe volte doveva anche presentarsi come testimone in tribunale.

«Su gli occhi» disse Genevieve, avvicinando il pettine del mascara. Non capitava spesso che Carmen avesse bisogno di indicazioni. Lei sapeva esattamente da che parte girare gli occhi in ogni tappa dell'applicazione. Se non fosse stata attenta, Carmen temeva di finire come una delle tante bambole che aveva sfigurato da bambina, durante i suoi ripetuti e brutali tentativi di migliorarne l'aspetto.

Carmen si studiò i capelli. Non aveva mai pensato che si sarebbe stancata anche di quelli. Guardò in tralice i riflessi. Erano piuttosto vistosi, un tantino troppo chiari questa volta. Li avrebbe preferiti un po' più scuri, ma il direttore la voleva chiara. Probabilmente perché il suo personaggio di cognome si chiamava Brennan e non García.

Carmen si rigirò il telefono in mano e pensò chi poteva chiamare. Aveva già parlato con Lena una volta e due volte con la sua agente. Le passò per la mente un'immagine fugace del viso di Tibby, più per lealtà che per il desiderio di parlarle davvero. Da quando Tibby si era trasferita in Australia con Brian circa due anni prima, Carmen aveva quasi perso la speranza di parlarle in tempo reale. Il trasferimento di Tibby era stato affrettato, disorganizzato, e soprattutto... lontano. Le sedici ore di differenza erano un impiccio. Nei primi tempi Tibby si spostava in continuazione e quando si era decisa a prendere un numero fisso, Carmen aveva ormai rinunciato da un pezzo all'idea di parlarle al telefono. Le chiamate internazionali tra i loro due cellulari erano intralciate da stupide complicazioni, soprattutto da parte di Tibby. Un paio di settimane. Un mese. In primavera. Questi erano i tempi che Carmen aveva immaginato, per riprendere a sentirsi regolarmente. Più di una volta Carmen aveva pensato di fare un salto laggiù. In giugno aveva individuato una data sul calendario, e Bee e Lena avevano subito aderito alla proposta. Quando l'aveva scritto a Tibby via mail, la risposta era giunta più rapida del solito. «Adesso non è un buon momento.»

Carmen se l'era presa. *Ho fatto qualcosa?*, aveva chiesto nel messaggio seguente.

Oh, Carma, no. Non hai fatto niente di sbagliato. Niente. Solo che sono piena di impegni e non mi sono ancora sistemata. Ma sarà presto. Ho voglia di vedere te e Len e Bee più di chiunque altro.

E poi c'era Bee. Carmen non l'aveva più vista da quando Bridget era passata da New York durante le vacanze di Natale, ma c'erano lunghi periodi in cui si sentivano ogni giorno – almeno finché Bee non perdeva il telefono o trascurava di pagare le bollette. Bee era la miglior distrazione possibile da un'ora di seduta di trucco, ma Carmen non sapeva se chiamarla in quel momento. Il loro rapporto si era fatto imbarazzante durante le ultime settimane, da quando Bee, con efficacia, aveva dato a Jones dello stronzo.

Be', per la verità Bee non era saltata su dal nulla con un: «Il tuo fidanzato è uno stronzo.» Di fatto, era stata Carmen a chiamarlo stronzo e Bee aveva concordato in pieno. Ma a Carmen era concesso di dire che Jones era uno stronzo visto che era lei che lo avrebbe sposato.

Il telefono squillò, risparmiandole la fatica di chiamare chiunque, e Carmen lo aprì con uno scatto. Aveva gli auricolari già inseriti nelle orecchie. Lei era una delle poche persone di sua conoscenza che rispondeva nello stesso momento in cui controllava il nome di chi chiamava, e non dopo.

«Ciao, tesoro.»

«Ciao, Jones.»

«Ancora al trucco?»

«Già.» Jones era dell'ambiente, per cui sapeva come andavano le cose. Oltre al fatto che l'aveva già chiamata mezz'ora prima.

«Fino a che ora girate stasera?»

«Più o meno alle sette, così ha detto Steven.»

«Se riesci, taglia la corda un po' presto e vieni diretta al Mandarin, d'accordo? C'è il pre-party della grande serata di beneficenza per Haiti. È importante che tu ti faccia almeno vedere.»

«Non farà differenza per Haiti se non arrivo in tempo al pre-party.» Avevano tre eventi di quel tipo in agenda per quella settimana.

«Non è per Haiti» disse Jones come se lei fosse ottusa. «È per gli Shaw. Ci hanno invitati e non voglio offenderli. Probabilmente lei sarà a capo della produzione l'anno prossimo. Per le otto saremo fuori di lì. Nessuno ci rimarrà tutta la serata.»

«Oh. Certo.» Per quanto avesse imparato a essere cinica, Carmen non si ricordava mai di esserlo abbastanza. Perché mai aveva pensato che la festa di beneficenza per Haiti fosse per Haiti e non per gli Shaw? Perché mai doveva pensare che la serata di gala fosse per la festa in sé e non per il party che la precedeva? Se non fosse stato per Jones, avrebbe potuto essere una di quegli idioti che credevano fosse per Haiti e stavano lì fino alla fine.

Trovarsi sulla cresta dell'onda era terribilmente insidioso. Carmen aveva raggiunto quello stato con una certa spacconeria, ma trovava difficile mantenerlo. Senza Jones, sarebbe potuta scivolare giù dall'onda in un attimo, ricadere nel suo naturale entusiasmo, e non essere mai più chiamata per una parte per il resto della sua vita.

"È un gioco e tu ci stai" le diceva spesso lui, quando si sentiva a terra o disgustata. "Se vuoi avere successo in questo campo, devi fare così. Altrimenti sceglitene un altro." Lui aveva trentanove anni, lei ventinove. Era in quel mondo da sedici anni, come le ricordava sempre. Ma in realtà non c'era alcun bisogno che lui glielo ripetesse. Che le piacesse o meno, lei sapeva giocare benissimo quel gioco quando voleva.

«Cercherò di essere lì prima delle sette» disse.

Carmen si sentì vagamente insoddisfatta quando terminò la conversazione. Non che a Jones non importasse della beneficenza. Gli importava, eccome. Ogni mese versava il cinque per cento dei suoi guadagni a un'organizzazione caritatevole. Non si poteva certo criticarlo su quel fronte.

«Era di nuovo il tuo ragazzo?» chiese Rita.

Carmen annuì, distratta. Certe volte era difficile capire per che cosa criticarlo.

«È produttore esecutivo alla ABC, giusto?»

Annuì di nuovo. Nel settore, erano sempre tutti alla ricerca di nuovi contatti.

«Fortunata» disse Rita.

«Sì» concordò lei. E non solo perché lui era il suo ragazzo, ma perché era il suo fidanzato. Se era fortunata, era strafortunata. E se non era fortunata? Che cos'era allora?

Lena appoggiò i piedi sulla scrivania. Lo smalto rosa che sua sorella Effie le aveva applicato sulle unghie durante l'ultima visita aveva cominciato a scheggiarsi da tempo. Lena tenne il blocco da disegno in equilibrio sulle ginocchia e cominciò a sfogliarlo.

Quel giorno si era ripromessa di dare una ripulita alla casa. L'impegno era quello di riempire un paio di sacchetti della spazzatura – il suo appartamento era troppo piccolo per conservare cose superflue – ma non era ancora stata capace di buttare nemmeno uno dei suoi ventisette blocchi. Questo, per esempio, era vecchio. Sulla prima pagina c'era uno schizzo a matita di

Mimi, il porcellino d'india di Tibby, grasso e addormentato sul suo tappeto di trucioli. Per quanto lontano nel tempo, Lena aveva il vivido ricordo dell'allegro caos di linee con cui aveva raffigurato quei trucioli. C'era un disegno di Bridget all'età di sedici anni, le ginocchia raccolte sul divano, che guardava la tivù con un sombrero a punta sulla testa. Doveva essere un paio di settimane dopo il suo ritorno dal campo estivo di calcio in Messico. Era uno schizzo abbozzato, e Lena sorrise guardando il tratteggio che aveva usato per riprodurre l'abbronzatura sulle guance di Bee. Di quando in quando comparivano gli inevitabili disegni dei suoi stessi piedi. C'era uno schizzo lasciato a metà di Effie quindicenne nella versione scontrosa del mattino, troppo scontrosa per lasciare che Lena finisse il disegno. C'erano tre studi della mano di Carmen quando portava ancora quell'anello che cambia colore con l'umore e si mangiava le unghie. Come si faceva a buttarlo?

Stabilì che con i blocchi più recenti sarebbe stato più semplice. Erano per lo più disegni di piedi e terminavano all'incirca due anni prima, quando Lena a poco a poco aveva smesso di disegnare. Nell'ultimo paio di anni si era dedicata con tutte le energie ai dipinti, che erano composti, formali, e in gran parte astratti. Non si poteva certo pensare di continuare con quegli schizzi pasticciati di amici, famiglia e piedi, e farne un lavoro.

Perché tanti disegni dei propri piedi? Non erano la parte migliore di lei, anzi, con ogni probabilità erano la peggiore. Aveva il quarantuno, quarantadue con certi modelli di scarpe, sudavano facilmente quand'era eccitata o nervosa. Aveva le dita piuttosto lunghe, soprattutto il secondo e il terzo dito: "quello che ha comprato il pane e quello che l'ha portato a casa" come diceva la filastrocca che la madre di Tibby recitava loro da bambine. L'unico pregio che avevano i suoi piedi in quanto soggetti era il fatto di essere attaccati all'estremità delle gambe a una distanza sufficiente da far sì che lei potesse guardarli da diverse angolature. Erano vivi, se ne stavano tranquilli quando glielo chiedeva, e non si facevano pagare per fare da modelli. Immaginò che se in un futuro lontano qualcuno si fosse dato la pena di riguardare i suoi disegni, avrebbe detto: "Questa ragazza aveva una vera ossessione per i suoi piedi." Forse avrebbe buttato quegli ultimi due blocchi.

Il telefono sulla scrivania squillò. Lo sollevò dalla base senza muovere il blocco degli schizzi. Non poteva vedere l'identità di chi chiamava (funzione che avrebbe accresciuto la sua spesa mensile di 6,80 dollari), ma sapeva che era quasi di sicuro una di queste tre persone: sua madre, sua sorella, o Carmen. Chiunque fosse, chiamava di sicuro dal cellulare, di fretta, e per controllare che stesse bene.

Lena si schiarì la voce e premette il tasto per rispondere. Non era giorno di lezioni, non aveva ancora parlato con nessuno ed erano già le tre. Detestava che qualcuno la beccasse in quelle condizioni.

«Ehi, Lenny. Sono io. Stavi dormendo?»

Oh, cavolo. «No. Solo...» Lena udì un'ambulanza e uno strombazzare di clacson attraverso il telefono. «Dove sei?»

«In Greenwich Avenue. Mi sono fatta un trattamento al viso. Faccio paura.»

Era Carmen o Effie, ma c'era ancora troppo rumore per capire chi delle due. Lena incastrò il telefono tra la spalla e l'orecchio e riprese a sfogliare le pagine. «Cosa fai stasera?»

Tre parole tra le tante furono comprensibili: "teatro", "beneficenza" e "Jones". Era Carmen.

«Fantastico.» Lena non avrebbe saputo dire quale delle tre parole le evocasse il pensiero peggiore.

«Jones ha preso un tavolo.»

Sì, certo. La parola peggiore era "Jones".

«Ti avrei invitata, ma non saresti venuta.»

«Vero.»

«E tu... rimani a casa e guardi un film con Drew?»

«Sì.» Certe volte Carmen le spianava la strada.

«È triste.»

Ma mai troppo. «No che non è triste. A me piace. E comunque non possiamo essere tutti ricchi e fascinosi.»

«Len, non ti sto chiedendo fascino. Ma non ti permetto di essere così noiosa.»

Lena rise. «Ehi, hai già girato la scena del bacio con il poliziotto traditore?»

«No, è venerdì. Ha un alito pestilenziale.» La voce di Carmen fu inghiottita da quello che doveva essere un autobus che le passava accanto.

«Puoi venire a New York la prossima settimana?» stava chiedendo Carmen, quando la sua voce tornò.

«Così tu e Effie mi massacrerete a turno finché non sarò morta?»

«Ma dai, Len. Non è stato così terribile l'ultima volta.»

«Che mi dici dell'avvocato ubriaco che mi ha chiesto se poteva lavarmi con la spugna?»

«Okay. Ti prometto che non ti trascinerò a nessuna cena e non ti presenterò nessun uomo questa volta.»

«A ogni modo, non posso. Sabato mattina ho lezione e poi devo assolutamente finire un quadro.» Lena aspettava con sincera impazienza un tranquillo weekend nel suo monolocale.

«Non vieni dalla Festa del Lavoro. Un tempo eri sempre qui. Cos'è successo?»

Cos'era successo? Bella domanda. E non era solo colpa del viscido avvocato. Ci andava sempre quando Bee, Carmen e Tibby vivevano ammucchiate in Avenue C. Ci era andata ogni singolo finesettimana. Ma era passato tanto tempo da allora, più di tre anni e mezzo. Prima che scadesse loro l'affitto, prima che Tibby andasse ad abitare con Brian e in seguito si spostasse dall'altra parte del mondo, prima che Bee si trasferisse in California, prima che Carmen diventasse semifamosa e si facesse risucchiare da quell'infernale Jones. Prima che la sua sorellina Effie andasse a vivere a New York e battesse a tappeto Manhattan in un vortice di ricevimenti, pedicure e svendite di campionari. New York le pareva diversa adesso.

«Non ti farò fare niente» promise Carmen. «Non sarai costretta a comprare, metterti né dire niente. Non posso parlare per Effie, giornalista star, ma ti lascerò ciondolare nel Met per due giorni, se è quello che desideri. E comunque, Jones sarà via.»

A quel punto l'invito parve leggermente più allettante.

«Fammi sapere» disse Carmen, prima che potesse aprir bocca.

A Lena venne un pensiero. «Ehi, Carma?»

«Uhm?»

«Tibby ti ha mandato un sms a proposito di una sua lettera che sarebbe arrivata?»

Carmen doveva essersi rifugiata in un negozio o un atrio, perché all'improvviso c'era silenzio. «Sì. Strano, eh? Non hai ricevuto ancora niente, vero?»

«No.» Non aveva ancora controllato la casella quel giorno. Si fece un appunto mentale di farlo, in un misto di entusiasmo e futile preoccupazione. Sentivano Tibby così poco che la notizia circolava in fretta quando succedeva.

«Dalla posta non viene mai niente di buono» commentò Carmen.

Carmen era così legata al suo iPhone che avrebbe potuto farselo cucire alla pelle, se mai la Apple avesse offerto un servizio chirurgico di iSurgery. Non si fidava delle informazioni che arrivavano per qualunque altra via. Ma a Lena le lettere piacevano. E aveva un autentico talento per l'attesa.

Il telefono di Carmen prese a trillare. Come sempre, del resto. «Il mio manager» disse Carmen. La sua voce era di nuovo immersa nel caos della strada. «Ci sentiamo. Un bacio.»

«Ciao.»

Lena non ebbe nemmeno dieci minuti di pace prima

che il suo telefono squillasse di nuovo. Questa volta era sua madre, in auto. Riusciva sempre a indovinare quando la chiamava da lì.

«Ciao, tesoro. Volevo solo sapere come stai.»

«A posto.» Per lo meno le si era scaldata la voce.

«Come va?» Sua madre pareva rilassata, segno che probabilmente non aveva ancora parlato con Effie. Di solito chiamava le figlie una dopo l'altra, e Lena e Effie concordavano sul fatto che era sempre meglio ricevere la prima telefonata. Avevano una madre apprensiva. Dopo aver parlato con Effie, era in pensiero per le feste e i debiti accumulati con la carta di credito e le follie che faceva. Dopo aver parlato con Lena era in pensiero per l'assenza di feste e di debiti e di follie. Lena insisteva nel dire che la mamma si preoccupava di più per Effie, ma Effie replicava che no, di sicuro si tormentava di più per Lena.

"Morirà nel suo letto da sola o con i gatti" era il vivace ritratto che Effie faceva di Lena, quando qualcuno le chiedeva di sua sorella. L'idea che Effie aveva di una serata tranquilla era quella di tornare a casa dalla discoteca alle tre anziché alle cinque.

«Come hai dormito?»

Sua mamma glielo chiedeva sempre, che si fosse appena svegliata o fosse ormai lontana dal sonno. E lei rispondeva sempre: "Bene."

«Hai pranzato?»

Lena diede un'occhiata all'orologio sulla parete. Avrebbe dovuto? «Sì.»

«Cosa hai mangiato?»

«Mamma, perché ti serve saperlo?» Evidentemente sua madre era convinta che se avesse smesso di chiederlo, lei avrebbe smesso di mangiare. Se avesse smesso di chiamare, lei avrebbe smesso di parlare. Se avesse smesso di preoccuparsi, lei avrebbe smesso di esistere. Non le bastava averle dato la vita, pareva che avesse bisogno di farlo ancora e ancora, ogni giorno.

«Non mi serve. Chiedevo solo.»

Lena voleva bene a sua madre e contava su di lei, eppure ogni sua parola la infastidiva.

«Un panino con il tacchino. Come sta papà?»

«Bene. Ho parlato del quadro a Ariadne. Dice che un metro per un metro e venti potrebbe andare bene, ma non hai qualcosa di più blu?»

«Più blu?»

«Sta risistemando la casa. Ha comprato un nuovo divano.»

«Sul serio, mamma. Più blu?»

«Ti riferisco solo quello che ha detto lei.»

«Non ho altri paesaggi di quelle dimensioni. Ho delle figure, ma non sono blu.»

«Lena, non arrabbiarti. Vuole darti una mano.»

Lo sapeva. Se non voleva che sua madre propinasse i dipinti alle sue amiche provinciali con i divani blu, doveva piegarsi a proporre i suoi quadri per le vie normali. Due volte le era capitato di avere uno spazio in mostre collettive, una a Providence e una a Boston. Entrambe le volte aveva venduto i quadri e riscosso consensi inequivocabili sulla stampa locale, e ambedue le volte le era venuta una febbre al labbro così grande che per giorni quasi non aveva mangiato. Quando il gallerista aveva chiamato per leggerle la recensione del *Boston Herald*, i suoi piedi si erano messi a sudare sotto le calze. Perfino gli eventi positivi potevano essere un trauma per lei.

«Be', chissà, magari arriverà la musa.» Sua madre voleva concludere senza strappi. Lena la udì spegnere il motore.

«La musa non si spinge fino a scegliere il colore.»

«Devo andare, tesoro. Ti chiamo domani.»

Lena appese e si guardò i piedi con occhio truce. Al prossimo squillo del telefono non avrebbe risposto. Lo avrebbe lasciato suonare. Sarebbe diventata come Bee, avrebbe perso il telefono, magari avrebbe perfino smesso di pagare le bollette finché la compagnia telefonica non le avesse tagliato la linea. Così avrebbe potuto avere un tantino di tranquillità e non avrebbe dovuto inventare panini con il tacchino e difendere il suo modo di essere.

Ma il telefono si fece sentire meno di un'ora dopo e Lena non lo lasciò squillare. *E se fosse Tibby?* Sapeva che non era lei, ma non poté mettere a tacere quel pensiero. Quand'era l'ultima volta che Tibby l'aveva chiamata? Quand'era l'ultima volta che Tibby aveva anche solo risposto a una sua mail? Eppure pensò all'sms che le aveva mandato di recente e non riuscì a lasciar finire il secondo squillo, anche se era evidente che non sarebbe stata Tibby, bensì Effie, o forse Carmen, che le suggerivano quale film noleggiare quella sera.

Non le piaceva ammettere che in qualche modo

era sempre in attesa di una telefonata. Non delle persone che la chiamavano abitualmente, ma di chi non la chiamava mai.

«Bridget, cosa stai facendo?»

Bridget levò lo sguardo. Eric era solo una sagoma scura nella luce del sole calante, mentre percorreva il vialetto di buon passo, allentandosi la cravatta e slacciando i bottoni del colletto come faceva sempre prima di entrare in casa.

Lei si alzò e lo baciò sulle labbra. «Non ne abbiamo più un gran bisogno.»

«Ma è il mio comodino.»

«Puoi impilare i libri per terra, no?»

Bridget stava posando alcuni vestiti sul comodino, per poi portare il tutto dai gradini d'ingresso nel vialetto.

«Ma mi piace avere un comodino.»

«Ho bisogno di spostare le piante della cucina, perché non prendono abbastanza sole lì. Le foglie ingialliscono. La nostra camera ha la luce migliore. È come un reparto di terapia intensiva per le piante.»

«Non posso appoggiare il caffè sulle piante.»

«Puoi metterlo per terra» suggerì Bridget con logica impeccabile mentre arrancava con il comodino tra le mani fino al marciapiede. «Non abbiamo un vero letto. I comodini fanno uno strano effetto visto che in mezzo c'è solo il materasso.»

Eric scosse il capo, ma non pareva arrabbiato. Non proprio. «Bridget, mi ritengo fortunato che non lasci anche me sul marciapiede per farmi portar via.»

«Non ti porterebbero via» lo rassicurò lei.

La verità era che cercava oggetti da mettere fuori, per la strada. C'era una folta comunità di senzatetto che si ritrovava in Dolores Park e lei se li era in qualche modo presi a cuore. Non le piaceva fare l'elemosina, ma era felice di lasciare cose che a loro potevano servire, o che avrebbero venduto al mercato delle pulci di Mission. Un paio di volte le era capitato di ricomprare oggetti suoi per sbaglio.

Eric la accusava scherzosamente di voler essere una senzatetto anche lei, e in effetti aveva una visione francamente romantica di chi passa la vita a dormire sotto le stelle. "Probabilmente mi piacerebbe di più essere un cowboy o un esploratore" gli diceva lei. Forse era nata nell'epoca sbagliata.

«Che cosa c'è per cena?» chiese lui, allegro, seguendola su per le scale verso il loro appartamento al secondo piano.

«Non lo so. Cosa vorresti? Pancho's magari?» Eric aveva sperato che lei avesse preparato qualcosa, o fatto la spesa in vista della cena. Era ovvio che avrebbe dovuto farlo. Era ancora interinale e quel giorno non l'avevano chiamata per lavorare.

E invece che cosa aveva fatto? Aveva trascorso la prima parte del giorno a frugare in tutta la casa in cerca di roba da dare via o buttare. Aveva trascorso la parte di mezzo in fila davanti allo sportello della posta celere per spedire sia a Lena sia a Carmen un pacchetto di autentiche tortilla di mais che aveva comprato da una signora messicana con un carretto in 16th Street. (Ne aveva prese anche per Tibby, pur sapendo che non aveva un indirizzo fisso e che l'Australia era comunque troppo lontana per poter inviare cibo deperibile.) Aveva trascorso l'ultima parte della giornata a rendersi conto che aveva eliminato la roba con un po' troppo zelo, e a cercare il suo cellulare nei bidoni della spazzatura sul retro. Si era chiamata dal telefono fisso del vicino più o meno dieci volte, tendendo l'orecchio verso i bidoni.

«Abbiamo mangiato Pancho's anche ieri sera.»

«Ah sì? Era ieri sera?»

«Sì. Abbiamo delle uova? Potrei preparare una frittata» propose lui.

Controllò nel frigorifero. «Ce ne sono cinque.»

«Basteranno.»

«E ho preso delle tortilla di mais artigianali.»

«Perfetto.»

«Potremmo mangiare fuori» suggerì lei mentre cominciava a riunire gli ingredienti. Condividevano un piccolo cortile con gli altri due inquilini, nel quale vi erano i bidoni per il riciclo, un tavolo di plastica, due sedie e uno splendido limone Meyer.

Lui andò nella loro angusta camera da letto per togliere l'abito e mettersi in jeans e maglietta.

«Com'è andata al lavoro?» chiese lei attraverso la porta aperta.

«Bene, ho un nuovo caso.»

«Immigrazione?»

«Sì. Riguarda un bambino di seconda elementare che si chiama Javier. Un ragazzino davvero in gamba.»

Eric accettava un mucchio di casi, e parecchie volte

andava a finire che lo faceva quasi gratuitamente. Sua madre veniva da Mulegé, perciò Eric parlava spagnolo come un messicano. La metà dei casi si portavano dietro storie strazianti e Eric non ne respingeva mai nessuno. I ragazzi che avevano studiato giurisprudenza con lui alla New York University lavoravano in studi lussuosi dove guadagnavano il doppio di lui a fare da passacarte per le multinazionali, ma Eric si era rifiutato. "Non lo farei con il cuore" diceva.

Bridget levò lo sguardo quando lui uscì dalla camera con i suoi vecchissimi jeans e la maglietta di Amnesty International. Era sempre così, ogni volta che Eric rientrava a casa o anche solo ritornava nella stanza dove si trovava lei. Bridget provava quella sensazione, una specie di piccolo rombo nella testa, come un'eco distante del colpo fragoroso che aveva avvertito quando lo aveva visto per la prima volta al campo estivo di calcio, poco prima che compisse sedici anni. Non era sempre una sensazione del tutto piacevole. "Si chiama chimica, quello che c'è tra di voi" le aveva detto una volta una pazza ubriaca che rispondeva al nome di Terra Bruciata.

«Ho cercato di chiamarti parecchie volte oggi» disse Eric. «Hai ricevuto qualcuno dei miei messaggi?»

«Io... ehm... no. Non avevo il cellulare.» Non voleva confessare che il suo telefono era con ogni probabilità in uno dei bidoni della spazzatura.

Eric assumeva una certa espressione, a metà tra il seccato e il divertito, quando lei lasciava in giro il telefonino, o dava via buona parte dei loro averi, o passava il pomeriggio a pescare nella baia con un vagabondo di nome Nemo, come aveva fatto il giorno prima. "Non ti si può accusare di essere noiosa" era ciò che le diceva quando gli si disegnava quell'espressione sul viso. E in tutta onestà a Eric serviva avere qualcuno come lei vicino, perché era abitudinario e incline alla routine, e lo sapeva. Chi altro l'avrebbe portato ai festival di strada, ai concerti gratuiti, alle maratone in bici e negli orti urbani? Chi altro gli avrebbe fatto provare surf e jujitsu e assaggiare quelle creature unte e piene di zampette che servivano nei ristoranti di Chinatown?

«Non è che hai perso di nuovo il telefono, vero?»

«Oh. Non credo.» Si mise a sfogliare i giornali gratuiti che aveva preso alla stazione della metropolitana.

Lui la guardò in quel modo. «Bridget, se non vuoi il cellulare, sarebbe meno costoso rinunciare al servizio. Così io e Carmen e Greta e Perry e tuo padre e chiunque altro non saremmo costretti a lasciare tutti quei messaggi che poi non ascolti. Ci risparmieresti la fatica.»

«È vero. Ehi, guarda» disse, indicando un annuncio sul giornale. «C'è un monolocale a Guerrero a 1.850 dollari al mese. È un buon prezzo.»

«Mi piace questo posto. Non voglio traslocare di nuovo. Ci siamo spostati quattro volte nell'ultimo anno e mezzo.»

«Guerrero è un bel quartiere. Scommetto che bisogna fare cinque piani a piedi, ma non m'importa se è abbastanza in alto da prendere tanto sole. Chissà cosa c'è di fronte.»

Passava la vita a inseguire il sole, in cerca dell'appartamento più luminoso di San Francisco. Di tutto il resto non le importava granché. C'era sempre un luogo più soleggiato di quello in cui abitava, un posto migliore per le piante, il che incideva in maniera determinante sulla decisione di traslocare. Quando aveva trovato la casa in cui vivevano adesso, vi si era precipitata mentre Eric era al lavoro e lui era tornato nel vecchio appartamento svuotato, perché lei si era dimenticata di dirgli che si sarebbero trasferiti. «Non abitiamo più qui» gli aveva detto Bridget quando lo aveva infine trovato, sconcertato, nella camera da letto vuota.

Aveva pensato che quella casa sarebbe stata perfetta. Ma la cucina non si era rivelata affatto luminosa.

«Ti ho chiamata perché avevo un'ora libera per pranzo. Volevo portarti in quel negozietto dietro Union Square a prendere un vestito per il matrimonio di Anna.»

«Ah, giusto.» Anna, la cugina di Eric, si sarebbe sposata a Petaluma il finesettimana seguente, e lui ne era entusiasta. Trovava i matrimoni romantici e gli davano l'opportunità di intavolare l'argomento con lei. Bridget aveva assunto un'espressione tra il circospetto e il timoroso, quando Eric aveva cominciato a parlare di fidanzamento. «Non mi serve un vestito nuovo. Posso chiedere a Carmen di mandarmi uno di quelli che scarta.»

«Carmen è dieci centimetri più bassa di te e i suoi vestiti non ti si addicono. Ti ricordi quell'assurda roba nera con le piume?»

Bridget scoppiò a ridere. «Non mi stava molto bene. Devo ammetterlo.»

Lui si avvicinò, la prese tra le braccia e la baciò sul collo. «Sarai la donna più bella, quel giorno. Voglio che porti i capelli sciolti. Voglio metterti in mostra. Lasciami essere superficiale per una volta, d'accordo?»

Bridget non era sicura di voler essere la donna più bella, in quell'occasione. Prima di tutto occorreva avere riguardo per la sposa. E comunque non aveva granché da provare, su quel piano. Sapeva di essere fatta bene. L'aveva sempre saputo. Aveva ciò a cui aspirava la gente: occhi azzurri, gambe lunghe, un collo grazioso, capelli biondi naturali. Si era aspettata che i suoi capelli si scurissero un po' crescendo, e invece no. Erano i capelli di sua madre, i capelli di sua nonna; un attributo di nascita dal sapore dolceamaro; non se ne sarebbe liberata tanto facilmente.

Bridget non soffriva dei disturbi che tormentano molti per tutta la vita, quali allergie o acne, forfora o mal di schiena, miodesopsie agli occhi o irrefrenabile voglia di cibo che fa ingrassare. Lei era fatta per le cose più dure, aveva geni tosti nel DNA, tipo una depressione così forte da essersi portata via sua madre. Certe volte le pareva che il suo aspetto offrisse una visione alquanto incompleta di quello che aveva dentro.

Sapeva che ogni tanto avrebbe dovuto sforzarsi di curare un po' di più il suo aspetto per Eric. Certo, le piaceva essere carina. Ma non aveva accumulato molti vestiti né trucchi. Non se li poteva permettere, per la verità. Eric credeva che fosse dovuto a una preoccupante mancanza di autostima, ma non era così. Bridget conosceva le proprie qualità.

Eric alzò la testa e si avvicinò alla finestra che dava sul cortile. «Lo senti?»

«No. Cosa?» Eric aveva l'udito finissimo.

«È un telefono che squilla. Si direbbe la tua suoneria.»

Bridget lo raggiunse e si sporse dalla finestra. Pareva proprio la suoneria del suo cellulare. «Avevo la sensazione che potesse essere laggiù» disse.

Grazie al suo udito finissimo, Eric seguì il trillo giù per le scale e oltre la porta fino all'ampio bidone dei rifiuti di plastica. Udì la risata di lei che si levava dalla finestra sul cortile. «Oddio, Bee, è tutto il giorno che chiamo la pattumiera?»

Un mucchio di ricordi non eguaglierà
mai una piccola speranza.

Charles M. Schulz

«Grandi notizie» annunciò Jones quando Carmen entrò nel loro loft, due sere dopo. «Ho preso una camera per tuo padre – una bella camera, di livello superiore – al SoHo Grand per questo finesettimana.»

Il fatto che Jones fosse ancora in giacca e cravatta le suggerì che aveva prenotato in un ristorante raffinato o alla moda, dove lei non avrebbe potuto assaggiare quasi nulla perché aveva mangiato un panino a pranzo e non era riuscita ad andare in palestra. Non si mantiene la taglia XS mangiando a pranzo e a cena, non con un sedere come il suo.

Carmen appese la giacca e controllò la posta. Jones le parlava seduto di fronte al gigantesco bagliore del computer in salotto.

«Ma gli ho detto che poteva stare qui» obiettò lei.

«Certo che può stare qui. Ma devi ammettere che andare lì è molto più figo.»

Suo papà veniva a trovarla a New York da Charleston ogni due o tre mesi da quando sua moglie Lydia era morta, mentre i genitori di Jones tendevano a rimanersene a Fresno, cosa che a lui non dispiaceva. Il loro loft non era il SoHo Grand Hotel, ma era piuttosto bello. Molto più bello della casa di tutte le sue amiche.

«Glielo chiederò» disse lei.

«Gliel'ho già chiesto. È d'accordo.»

«Gli hai parlato?»

«Sì, ha telefonato un'ora fa.»

Carmen sospirò. Suo padre non avrebbe mai imparato a chiamarla sul cellulare?

«Va bene.»

«Il bar ti piacerà. Magari ci incontra una ragazza.»

«Jones.»

Lui sorrise e Carmen non poté impedirsi di sorridere a sua volta. Il sorriso conciliatore di Jones era sempre contagioso.

Lo guardò battere sui tasti. Osservò il modo in cui la luce si rifletteva sulla sua testa calva, che rasava con assiduità pari a quella con cui lei seguiva le cure di bellezza. Diceva che gli piaceva solo così. Jones ne faceva una questione di scelta, ma lei sapeva che alcune zone del suo cranio sarebbero rimaste nude comunque. Era incredibile quanto sforzo richiedesse l'assenza di qualcosa.

«La posta è tutta qui?»

«Credo di sì. Perché?»

«Tibby ha detto che avrebbe mandato una busta.»

«Tibby?»

«Tibby.»

«Non ne parli quasi più.»

«Non è vero. Di lei parlo, è con lei che non parlo.» Per questo Carmen aveva esultato vedendo il messaggio di Tibby, ed era stata impaziente di arrivare a casa per controllare la posta.

Jones finì quello che stava facendo al computer, poi le si avvicinò e la baciò su una spalla. «Mettiti qualcosa di bello, bellissimo. Ti porto fuori.»

«Dove?»

«Minetta Tavern.»

«Scordatelo.» Adorava quel posto. Come poteva non mangiare?

Si insinuò con la mente nel suo vasto guardaroba. Il nuovo abito di Gucci? Quello rosa di Stella McCartney dell'anno prima? Non le occorreva tanto tempo per i capelli e il trucco, ci aveva già passato quasi tutta la giornata. Forse il vestito corto di Catherine Malandrino che piaceva molto a Jones? Di sicuro quella sera avrebbero finito per fare l'amore se avesse indossato quello. «Che cosa si festeggia?» chiese.

Lui le baciò l'orecchio. «Ho una donna splendida, che sarà mia sposa.»

Lei rise. «Ce l'hai ogni sera.»

«È per questo che voglio festeggiare.»

«Direi che col tacchino può andare bene.»

Lena appoggiò i gomiti al bancone e guardò la schiena di Drew mentre affettava il tacchino, trasformando il margine del grumo di pollame in una pila sottile e dentellata. Lui continuò finché il mucchio non fu altissimo e lo adagiò su una fetta di pane integrale. Uno dei vantaggi del suo lavoro era che poteva avere i panini gratis.

«Lattuga, pomodoro, peperoni, senape, niente maionese» recitò, voltando il capo per avere conferma da lei.

«Sì, grazie.» Lena osservò la maglia marrone con il

cappuccio. Sembrava che tutti i suoi abiti avessero il cappuccio. Arrivava ad avere tre cappucci insieme quando metteva la maglia con cappuccio, la felpa con cappuccio e il parka con cappuccio.

Tagliò il panino in due con mano esperta, lo posò su un piatto di carta dal bordo ondulato, e lo depose sul bancone davanti a lei. Aggiunse la metà di un cetriolino.

«Grazie» disse lei.

Lena rimase in piedi e mangiò al bancone per tenergli compagnia come faceva sempre. Era abituata alle loro conversazioni interrotte dai clienti che ordinavano; non le dava fastidio. Anzi, paradossalmente, era più semplice.

Lo osservò preparare una complicata tortilla arrotolata nella quale c'era una varietà di formaggio che non aveva mai sentito nominare. Lo guardava e masticava, e si chiedeva se lui fosse il tipo di persona – o perfino la persona – che avrebbe potuto sposare. Forse a causa di Tibby che non vedeva da quasi due anni, e della cosa misteriosa che doveva arrivare per posta, pensò al tempo, e ai cambiamenti che porta o dovrebbe portare. Presto avrebbe compiuto trent'anni. Tutte e quattro avrebbero avuto trent'anni a settembre. In un certo senso si sentiva meno costretta a giustificarsi, visto che accadeva a tutte loro insieme.

Per quanto Carmen dichiarasse di essere fidanzata (forse era solo un desiderio di Lena, ma non ci credeva fino in fondo), nessuna di loro era sposata. Quando lo aveva detto all'amica di sua madre, Maria Cantos, lei aveva osservato: "Be', chi state aspettando?"

Ripensandoci, Lena si chiese che cosa avesse voluto dire Maria, se state aspettando che arrivi l'uomo giusto o se state aspettando le altre.

Drew si era fatto crescere la barba. Lena aveva capito quanto fosse importante per lui dalla frequenza con cui se la toccava. Era piuttosto irregolare e più chiara dei capelli biondo scuro, perciò anche le parti più folte si confondevano con il viso. La lasciava crescere dall'inizio del semestre, ma i progressi erano pochi. A lei pareva senza speranza, ma si sforzava di non giudicare. Era cresciuta tra uomini greci che avrebbero potuto farsi crescere la barba in una notte ma non lo facevano mai, e di fatto si radevano due volte al giorno.

«Ti va di vedere qualcosa quando chiudi qui?» gli chiese tra un boccone e l'altro.

«Volentieri.» Stava pulendo il bancone.

«Un film? O una puntata di *The Wire*?»

«È lo stesso.» Non lo diceva tanto per dire, lo pensava davvero. Era probabilmente l'unica persona nella sua vita a non essere ostinata o testarda.

«Magari *The Wire*» disse lei.

A Drew piaceva che scegliesse lei perché diceva che non riusciva mai a capire, perfino mentre stavano guardando il film, se le piaceva o lo detestava. Ed era vero: lei si teneva tutto dentro, in profondità, anche il piacere e la commozione più intensi. Non riusciva a farli risalire in superficie, perché affiorassero sul viso.

Lena finì il panino e si sedette a un tavolo per aspettare, mentre gli altri clienti si avviavano verso la porta. Appoggiò il mento sulla mano e osservò Drew che riponeva il cibo, chiudeva a chiave la cucina, spegneva le luci.

«Pronta?» le chiese.

Lo seguì fuori del negozio e lo guardò abbassare la rumorosa serranda e chiuderla a chiave. Mentre camminavano, lui non le passò il braccio intorno alle spalle né le prese la mano, del resto lei non si aspettava che lo facesse. Camminarono fianco a fianco sul marciapiede buio. Espansivi com'erano, le pareva quasi che l'aria notturna incapsulasse ognuno di loro in una bolla separata.

Alcuni mesi prima Effie, avendo già rotto due fidanzamenti (e venduto due anelli su eBay), aveva dichiarato che a quasi trent'anni non bisogna avere una relazione con qualcuno che non si crede almeno di poter sposare. Lena non sapeva dire se Drew rispondesse al requisito. No, a essere onesta, lo sapeva. Drew era premuroso e intelligente. I suoi occhi erano di un bell'azzurro chiaro e gli piacevano quasi tutte le cose che piacevano a lei. Eppure non lo avrebbe sposato. Lo sapeva, ma non per questo era ansiosa di rompere con lui. In tutta onestà, era un sollievo non essere presi nel vortice del matrimonio.

Lena era felice di camminare accanto a lui, ma si rendeva conto che la questione era un'altra. Drew forse non lo sapeva, ma lei sì.

Si era innamorata di un ragazzo greco l'estate dei suoi sedici anni, quando era andata a stare dai nonni sull'isola di Santorini. Kostos era l'orgoglio del villaggio, nipote dei migliori amici dei suoi nonni. Le aveva spezzato il cuore con una lettera a diciassette anni, e più avanti lei aveva scoperto che si era sposato con una ragazza del paese che aveva messo incinta. Due estati dopo era andato negli Stati Uniti per parlarle, e lei lo aveva mandato via, furiosa.

Lena lo aveva visto per l'ultima volta a diciannove anni, quando era tornata con Tibby, Carmen e Bee a Santorini in cerca dei jeans che avevano perso. Kostos le aveva spiegato alcune cose importanti l'ultima sera: non esisteva un bambino, non era mai esistito, la ragazza lo aveva manipolato, il matrimonio era stato annullato. Kostos non aveva mai smesso di amarla, così le aveva detto. Aveva aggiunto che si sarebbero ritrovati *prima o poi*. Gliel'aveva sussurrato in greco nell'orecchio, e lì era rimasto.

Quando Lena aveva quasi ventidue anni, il giorno dopo essersi diplomata alla Rhode Island School of Design, Kostos le aveva spedito una lunga lettera, del tutto inaspettata, in cui le chiedeva di tornare a Santorini per trascorrere l'estate con lui. Ma non doveva sentirsi costretta, aveva specificato.

Se le avesse mandato il virus dell'Ebola infilato nella lettera l'effetto sarebbe stato più o meno simile. Era stata devastata dal desiderio, dalla tristezza, dal dubbio. Aveva accettato. L'ansia era cresciuta. Aveva comprato un biglietto aereo per Fira con arrivo il 4 luglio. Aveva chiamato sua nonna e si era messa d'accordo per stare da lei.

Con il passare dei giorni era diventata così nervosa che non riusciva a dormire. Lo stomaco e l'intestino si erano alleati contro di lei e le impedivano di digerire come si deve. Una volta, in piena notte, era andata al pronto soccorso con un terribile dolore al petto, temendo che anche il cuore si fosse ribellato.

La sera del 3 luglio avrebbe dovuto prendere il volo per andare finalmente da lui, ma quella mattina aveva annullato il viaggio. Per email. *Non è il momento giusto,* aveva scritto, accampando qualche scusa che le era parsa codarda perfino mentre la formulava. Kostos non le aveva risposto per due lunghi giorni. Non aveva cercato di farle cambiare idea. Era deluso, aveva detto, ma avrebbe trovato un modo per superare quel momento. Anziché andare in Grecia, Lena aveva trascorso l'ennesima estate nel monolocale di Providence.

Non lo aveva più visto né sentito da allora. Erano trascorsi sei anni senza una parola tra di loro. Ma mentre la sua vita scorreva in sordina, quella di lui era l'esatto opposto. Se ne era resa conto per la prima volta grazie a un ritaglio di giornale attaccato al suo cavalletto da una cosiddetta amica, al primo anno della scuola d'arte. Era tratto dal *Wall Street Journal,* e dichiarava che Kostos Dounas era il più giovane partner nella storia della sua banca. C'era un disegno al tratto di Kostos in cima, bellissimo e serio. L'articolo si dilungava sull'affare multimilionario che aveva portato a buon fine tra due gruppi aziendali. Lena aveva osservato lo schizzo, ma non era riuscita a vederci il suo Kostos. Prima di tutto perché il ritratto era rigido e rozzo, ma anche perché aveva la curiosa sensazione che lui stesse sfrecciando irrimediabilmente via da un mondo e dentro un altro.

Quella sensazione non aveva fatto che crescere durante gli anni seguenti. Lena non aveva l'abitudine di sfogliare i giornali economici, ma pareva che il suo nome e le sue fotografie la trovassero comunque. Non riusciva proprio a eludere Kostos. Era comparso nell'elenco dei giovani più influenti del mondo della rivista *Time*. Chiunque venisse da Santorini non poteva fare a meno di vantarsi di lui, compresa la nonna di Lena. Perfino suo padre ne parlava con entusiasmo a ogni occasione, ignorando gli sguardi taglienti di sua madre. Un giorno Lena aveva visto il suo viso sulla copertina dell'*Economist* mentre passava davanti a un'edicola della stazione.

Dubito che pensi a me, si sorprese a dire tra sé con inconsueta autocommiserazione mentre Kostos la fissava dalla copertina della rivista come se fosse una passante qualsiasi.

Kostos le aveva detto *prima o poi,* ma ormai quell'idea le pareva insensata. Lui non era affatto alla portata della sua piccola vita tranquilla; occupava un universo alternativo che non intersecava in nessun punto quello di lei. Non costituiva più un *prima o poi,* una possibilità. Rappresentava una strada non presa, una via che all'improvviso correva così lontano da non riuscire neppure più a vedere dove portava.

Rimpiangeva di aver rinunciato? Ogni tanto se lo chiedeva. Che cosa sarebbe successo se avesse preso quell'aereo? Se fosse andata in Grecia quell'estate come voleva lui? Una vita con lui sarebbe stata giusta per lei?

Probabilmente no, stabilì. La forza del sentimento, la paura per il proprio cuore dovevano averla sopraffatta.

A lei piaceva la vita che aveva. Adorava le abitudini. Smaniava di avere un giorno vuoto, una lunga distesa di ore davanti a sé nel monolocale.

E in quella tranquillità era fiorita la sua vita di pittrice. Erano sbocciate le sue qualità di insegnante. Fresca di diploma, era stata l'unica tra i suoi compagni a vedersi offrire un posto di insegnante stipendiato alla RISD. Adesso aveva studenti in lista d'attesa per frequentare il suo corso. E ne andava orgogliosa. Sarebbe arrivata a tanto stando al fianco del potente Kostos, il conquistatore del mondo?

Quando sua nonna Valia era morta all'età di novantadue anni, nel gennaio dell'anno prima, Kostos le aveva spedito una bellissima lettera di condoglianze. Per quanto alieno potesse apparire il Kostos delle riviste, quelle parole venivano dalla persona che Lena aveva amato. Dire che l'aveva toccata era lungi dal descrivere lo struggimento che aveva provato.

Si era portata la lettera di Kostos in giro per due settimane. Le ci erano voluti cinque fogli di brutta per rispondere. Era rimasta per ore sulla lettera. Aveva scritto e cancellato e scritto e cancellato, fatto e disfatto tanto che alla fine il suo messaggio non diceva granché. L'intensità dei sentimenti ravvivati dalla lettera era bastata a sfinirla.

Eppure. Una vita trascorsa con Kostos sarebbe stata bella, no? Non aveva mai provato gli stessi sentimenti per nessun altro. Nemmeno per chi le era più vicino. Sapeva che quando fosse diventata vecchia, sarebbe stato più divertente guardare indietro e vedere una vita di amore e avventura che non una vita fatta di tranquille abitudini. Ma guardare indietro era facile. Difficile era fare. C'erano un mucchio di esperienze che le sarebbe piaciuto ricordare, ma con cui non si sarebbe arrischiata: il deltaplano, le immersioni nelle grotte, l'ecstasy.

Sulla via di casa, si fermò con Drew da Foodmart per prendere una vaschetta di gelato Ben & Jerry da mezzo chilo. Le piaceva quello con i pezzetti di biscotto, e anche a lui.

Venti minuti più tardi Lena e Drew stavano aspettando l'ascensore nell'atrio del palazzo di Lena, quando un pensiero le passò per la mente. «Guardo la casella della posta» disse. Lui lasciò che l'ascensore arrivasse e ripartisse senza spazientirsi mentre lei frugava in cerca della chiave e apriva la serratura. Oltre alla solita robaccia, c'era la busta gialla di Tibby. La aprì con un pizzico di eccitazione, per un verso benvenuto, per un altro meno.

Tornò verso l'ascensore sfilando il contenuto. La prima pagina era tanto inattesa che le ci volle parecchio tempo per capire che cosa fosse. In fondo si leggeva nella calligrafia di Tibby, più confusa del solito: «Questa è un'idea pazza. Ti prego, di' che ce la fai.»

Sembrava la ricevuta di un biglietto aereo elettronico a nome di Lena. Era un andata-e-ritorno da New York. Era costato seicentotré dollari ed era stato pagato con la carta di credito di Tibby. La partenza era prevista per il 28 ottobre, meno di quattro settimane dopo, e il biglietto di ritorno sei giorni dopo.

La seconda pagina era un biglietto simile per Carmen e la terza uno per Bee, che nel suo caso partiva e tornava da San Francisco.

«Sarò lì un giorno prima di voi e vi aspetterò all'aeroporto» aveva scritto Tibby in fondo all'ultima pagina. E sotto: «Per favore, voi tre, dite di sì!»

Il particolare più sconvolgente era la destinazione: Fira, Santorini.

Se c'era una cosa nella quale Bridget eccelleva era pedalare in salita. A questo pensava mentre conquistava la collina all'incrocio tra Duboce e Divisadero nella luce del tardo pomeriggio.

A parte un mazzo di fotografie e qualche ricordo delle sue amiche, l'unico bene che avesse un significato per Bridget era la sua bicicletta. Era robusta e antiquata nella linea, ma moderna in quanto a funzioni. Eric gliel'aveva regalata per il suo venticinquesimo compleanno e lei aveva trascorso le quattro ore seguenti ad agghindarla. Non aveva molto senso artistico, ma l'aveva decorata con vivaci vernici a smalto e fiori di seta. Era l'unica cosa che si era portata in California, oltre a un borsone di vestiti.

E infatti la conoscevano tutti nei quartieri di Mission e Castro come la ragazza bionda con i fiori sulla bici. Provava un certo orgoglio quando le capitava di sentire i vicini o i negozianti che parlavano di lei. "Non c'è collina di questa città su cui quella ragazza non sappia salire con la sua bicicletta."

Un tempo, alle superiori e all'università, le sue imprese fisiche erano palesi e riconosciute. Faceva il maggior numero di goal, di assist, il miglior tempo nella corsa, più flessioni di tutti. Si muoveva all'interno dell'universo sicuro e strutturato di una squadra di calcio di alto livello, dove anche se sbagliavi potevi continuare a giocare. Ecco quello che pensava mentre scendeva lungo Dolores Park e svoltava nella sua strada senza usare i freni.

Il problema di quell'universo era che quando finiva, ti espelleva nel caos dell'esistenza post-squadra. E il caos pareva governato da persone con la lingua sciolta, che adoravano stare chiuse tra quattro mura. Bridget si accorse che stava cercando piccoli modi per mettersi alla prova, che le dessero una sensazione anche solo annacquata di come si sentiva prima. Le colline, per esempio.

Mentre procedeva a ruota libera lungo la via, vide Eric che aspettava sui gradini d'ingresso. Era insolito che arrivasse a casa prima di lei.

Si alzò per baciarla e le porse la lettera.

«Per me?» chiese lei, baciandolo una seconda volta.

«Sì» disse lui. «È di Tibby.»

«Davvero? Impossibile.» Bridget la aprì con trepidazione e guardò l'indirizzo del mittente.

«Quand'è stata l'ultima volta che hai avuto notizie di Tibby?»

Lei scrollò la testa. «Parecchio tempo fa.» Ci pensò un momento. «Per il suo compleanno le ho spedito via mail una foto di lei col grembiule di Wallman's e mi ha mandato un paio di righe in risposta.» Rigirò la busta. «Perché me l'ha mandata da te in ufficio?»

«Forse perché sa che non abbiamo un indirizzo fisso.»

«Sì che lo abbiamo» disse Bridget, a un tratto nervosa mentre apriva la busta. «È solo che cambia spesso.» Scorse le pagine in fretta. «Wow.»

«Cos'è?»

«Un biglietto aereo.»

«Per chi?»

«Per me. Aspetta.» Lesse piano, assorbendone ogni parte, e finì con il messaggio scribacchiato da Tibby in fondo. «Santo cielo. Ha preso un biglietto per la Grecia a ognuna di noi. Ha organizzato un viaggio.» Bridget sentì le lacrime che le riempivano gli occhi e distorcevano le parole. «Non è incredibile?»

«Wow. È grandioso. Nella casa della famiglia di Lena? Quando?»

«Il 28 ottobre. Non ci posso credere.» Si rese conto che stava saltellando.

«Per quanto tempo?»

«Solo una settimana. Mi sa che sarà una rimpatriata.»

Eric vide le sue lacrime e la sua gioia allo stato puro. «È fantastico, Bee. Sono felice per te. Mi mancherai, ma sono felice.»

Lei annuì. Dio, che sorpresa. La risposta a un desiderio che non si era concessa di formulare da tanto tempo. «È di questo che abbiamo davvero, davvero bisogno.»

A un tratto le sue gambe misero radici e le sue braccia si allungarono in rami lunghi e sottili.

Apollo raggiunse l'albero di alloro, e,
ancora innamorato di Dafne, conservò l'albero
in una parte speciale del suo cuore.

Encyclopedia Mythica

Venerdì sera, dopo il lavoro, Carmen andò dritta al SoHo Grand per incontrare suo padre. La hall era sgradevole, tutta angoli retti, toni smorzati e atmosfera minimale. Lei era un'attrice di successo a New York, con un grande loft a Nolita, un armadio zeppo di abiti invidiabili, un ragazzo – diciamo un fidanzato – che faceva il produttore esecutivo in tivù. Questo era il suo mondo. Eppure perfino lei si sentì imbarazzata da tanto gelo.

«Albert Lowell» disse alla donna eterea dalle unghie smisurate, che sedeva dietro il banco della reception. «Potrebbe dirgli che c'è Carmen?»

La donna condusse la breve conversazione con il padre di Carmen sottovoce, con tono possessivo, come se lui appartenesse a lei anziché a Carmen.

«Arriva» la informò.

«Grazie» disse lei.

Si accomodò in una poltrona con vista sugli ascensori. Controllò velocemente i suoi tre diversi indirizzi di posta elettronica con il cellulare.

Si accorse che aveva una sua idea particolare dell'uomo che sarebbe emerso dall'ascensore, e infatti quello che comparve con la camicia blu di Izod era riconoscibile, ma non era lui. Suo padre era alto, questa persona era vagamente curva. Suo padre aveva i capelli castano chiaro, mentre quest'uomo era brizzolato. Suo padre era disinvolto, questo pareva un filo disorientato. Quando suo papà stava da lei, poteva anche non notare questi dettagli. Ci voleva un ascensore del SoHo Grand per incrinare ogni sua certezza.

Si alzò. «Ciao, papà.»

Lui le si avvicinò per abbracciarla. «Ciao, cucciola.»

Carmen lo tenne stretto più a lungo del solito. Si sentiva triste. «Com'è la stanza?» chiese, quando si sciolse dall'abbraccio.

«Splendida. Splendida. C'è tutto. Nel minibar ci sono delle specie di noci squisite. Un po' speziate.»

Era contenta che Jones non lo sentisse parlare con tanto entusiasmo delle noci. Suo padre le era sempre parso raffinato in ogni altro contesto. Poi si chiese perché si preoccupava del giudizio di Jones, che non era neppure lì.

Non si trattava di Jones, ma di se stessa, vero? Incolpava Jones perché non voleva essere lei quella che metteva in discussione o giudicava suo padre. Era di gran lunga più comodo rimanere innocente.

«Ottimo» disse. «Allora, vuoi andare a prendere una tazza di tè da qualche parte? O un aperitivo? Altrimenti possiamo rimanere qui al bar. Abbiamo appuntamento con Jones alle otto in un ristorante di Bond Street.»

«È qui vicino?»

«Sì, abbastanza. Una decina di minuti a piedi.»

«Tu cosa vuoi fare?»

«Conosco un posto dietro l'angolo. Andiamo lì.» Non

le piaceva l'influsso che il SoHo Grand esercitava su entrambi.

Mentre attraversavano la hall, si rese conto che suo padre portava i jeans. Strano, non li metteva quasi mai. Le spezzò il cuore pensare che avesse scelto di vestirsi così perché gli pareva appropriato a quello scintillante hotel di SoHo.

Si sistemarono in un Irish pub su Grand Street, e Carmen attese che suo padre tornasse a essere quello di sempre.

Lui ordinò un whisky sour, che gli venne servito con una ciliegia al maraschino, e lei un calice di vino bianco. Le faceva ancora un effetto curioso ordinare una bevanda alcolica davanti a lui.

«Come sta Paul?» chiese. In realtà sapeva come stava perché si scrivevano una mail a settimana, ma Paul era il vero eroe di tutti loro, perciò le pareva un buon argomento per cominciare.

«È bello riaverlo a casa dall'Afghanistan. Sta bene. Chiede sempre di te. Che vita, eh?»

«Già» disse lei. Paul era il suo fratellastro, ma poteva ancora ritenerlo tale dal momento che sua madre era morta? Era l'unico della famiglia che Jones non avesse ancora conosciuto.

«Mi ha mandato un video con gli F16 che decollano dalla portaerei. C'è anche il suo. Davvero incredibile.»

Un tempo Carmen avrebbe potuto sentirsi minacciata da una considerazione del genere, ma un anno e mezzo prima Lydia era morta di cancro al seno e in quel momento provò soltanto tristezza. E comunque

Carmen era un'attrice televisiva. Sapeva che suo padre era orgoglioso anche di lei.

«Come sta Christa?»

Quello era un tasto un po' più delicato, e suo padre era abbastanza intelligente da saperlo. Era da Christa che lui andava a cena ogni domenica. «Bene. Il piccolo ha... quasi un anno, credo.»

«È lui che si chiama Tommy?»

«No, credo che Tommy sia quello di mezzo.»

Carmen non capì se quella incertezza apparente fosse simulata ad arte per lei. «Il piccolo è... Joey?»

«Sì. E il più grande... deve avere cinque anni.»

«Jack.»

«Giusto, Jack.»

Christa era più giovane di Carmen, eppure era già riuscita a sfornare tre figli. Certe volte a Carmen pareva emozionante, altre volte grottesco. Ma a dire il vero era un bene che Christa rimpinguasse la famiglia, perché Jones era inflessibile sul fatto di non volere bambini.

«Tieni ancora i bambini qualche volta?» Lui e Lydia lo facevano ogni venerdì sera, e adesso si era offerto di andarci da solo. Era coraggioso, in quel senso.

Annuì e alzò un sopracciglio. «Quelli non mancano.»

Annuì anche lei. Era contenta che Christa fosse rimasta a Charleston, e vivesse in una casa con una sala da pranzo come si deve a pochi chilometri da lui, che gli desse dei nipoti e lo tenesse d'occhio. Carmen gliene era grata. Qualunque altro sentimento potesse nutrire nei suoi confronti, l'importante era quello.

Ogni tassello della loro vita s'incastrava con un certo

pathos. Suo padre era stato più un'idea che un genitore per lei durante la crescita. Lei era più un'idea che una figlia per lui adesso.

«Come sta tua madre?»

Suo padre sentiva sempre il bisogno di porle quella domanda a un certo punto della conversazione. Un tempo pareva che lo facesse per dovere, ma ormai la prospettiva era mutata.

Erano incredibili i ribaltamenti a cui si poteva assistere se solo si riusciva a tenerli a mente. Un tempo suo padre era calato in un felice matrimonio e circondato da una chiassosa famiglia mentre sua mamma era sola e incerta. Era sua madre a chiedere con aria melanconica: "Come sta tuo padre?"

Ormai sua madre era felicemente sposata con un avvocato di successo, viveva in un'ampia casa lussuosa in Chevy Chase con il fratello undicenne di Carmen, Ryan. Il viso di suo padre tradì quello stesso struggimento quando chiese di lei.

«Senti, ho una cosa entusiasmante da raccontarti» dichiarò Carmen. Non poteva più trattenersi. Suo padre era la persona giusta a cui dare la notizia.

«Quale?»

«Tibby mi ha mandato un biglietto aereo ieri. Per la Grecia. Santorini.»

Lui inarcò le sopracciglia. «Santorini? Il posto in cui abitavano i nonni di Lena e dove siete andate tutte insieme quando eravate all'università?»

«Esatto.» Suo padre aveva sempre avuto una memoria di ferro. «Ha mandato un biglietto anche a Lena e

Bee. Ci ritroveremo lì.» Sentì le lacrime salirle agli occhi mentre lo diceva. Nessuno poteva volerlo né averne più bisogno più di lei. Non se n'era resa conto finché non le era stato presentato, e adesso sentiva che sarebbe morta senza.

«È una splendida notizia.» Suo padre annuì. «Immagino che Tibby abbia fatto carriera.»

«Mi sa che Brian ha fatto carriera per entrambi. Questa almeno è la mia impressione. Ha messo su una ditta di software. È una specie di genio.»

«Buon per loro. Quando parti?»

«Il 28 ottobre» disse, assaporando quella data. «Sono così ansiosa di ritrovarmi con tutte loro.» Inalò gli odori del locale e sentì il vino bianco che dissipava ogni riserbo. «Davvero non vedo l'ora.»

Suo padre bevve un sorso di whisky sour e la fissò, assorto. «Vi rivedo ancora tutte e quattro da piccole. Facevo fatica a dire dove finivi tu e dove cominciavano le altre.»

Carmen annuì. «Anch'io.»

Negli ultimi quattro anni, Lena era migliorata in greco grazie a una conversazione settimanale con Eudoxia. Aveva trovato Eudoxia tramite il corso di greco online: Lena pagava sedici dollari per parlarle un'ora al telefono. Certo, avrebbe potuto conversare con una quantità di persone che parlavano correntemente la lingua, compresi i suoi genitori, ma avevano tutte in comune il fatto di conoscerla, e quando parlavano volevano parlare di lei. Eudoxia aveva il vantaggio di essere un'estranea, almeno all'inizio, di essere piuttosto anziana, dura d'orecchio e un tantino eccentrica.

Dopo un anno Eudoxia aveva proposto di spostare le conversazioni dal telefono al caffè (greco) equidistante dalle loro case. In principio Lena aveva pagato sedici dollari più il caffè e un dolce occasionale, ma dopo un altro anno Eudoxia aveva rifiutato il compenso. E durante l'ultimo anno Eudoxia aveva insistito nel pagare il conto perché suo marito, agente di polizia, aveva ottenuto il massimo della pensione e in aggiunta aveva trovato lavoro come addetto alla sicurezza in un negozio di scarpe. Lena si era offerta di aiutare Eudoxia a esercitarsi in inglese per equità, ma Eudoxia non aveva voluto sentire ragioni.

Mercoledì alle quattro, come sempre, Lena entrò nel caffè e scorse Eudoxia seduta nel solito séparé. Per quanto presto arrivasse, Eudoxia era sempre lì prima di lei. La donna balzò in piedi e la abbracciò. Era grassa, morbida e curva, laddove Lena era dritta e soda.

«Sei eccitata per qualcosa» la accolse Eudoxia in greco.

Lena la baciò su una guancia e rispose in greco: «Come fai a sapere sempre tutto?»

Comparve la cameriera, un'altra greca emigrata coi capelli neri cotonati, che Lena vedeva più spesso delle sue migliori amiche. «Io solo un caffè oggi» disse Lena in greco, esattamente nella maniera in cui lo pronunciava Eudoxia. Lena era un'imitatrice accorta e dotata. Era tanto abituata a copiare le espressioni e gli accenti di Eudoxia che cominciava ad avere il sospetto di parlare greco come una sessantenne di Salonicco.

Quando arrivò il caffè, Lena svelò la grande notizia. «Vado in Grecia.»

Eudoxia chinò il capo e batté la mano sul tavolo come faceva quand'era eccitata. Quando rialzò la testa i suoi capelli ricci stavano ancora rimbalzando e le tazze di caffè traballavano sui piattini. «È fantastico. Quando?»

«Il 28 ottobre. Ha organizzato tutto Tibby. Ha comprato i biglietti per tutte e quattro, per riunirci.»

«Tibby?» Eudoxia sapeva di loro quattro. Parlava delle amiche di Lena come se fossero le sue.

«Sì, Tibby.»

Lena tenne ferma la tazza mentre Eudoxia picchiava di nuovo sul tavolo. «In Grecia! Splendido. Splendido.»

«Non riesco a crederci.»

«Nemmeno io.»

«All'inizio non sapevo se accettare. Sono parecchi soldi. Ma ho spedito una mail a Tibby e lei ha detto che devo. Ha detto che faccio già la mia parte mettendo a disposizione la casa.»

«Starete nella casa dei tuoi nonni a Oia?»

«Sì. È ancora vuota. Mio padre continua a ripromettersi di andarci per venderla, ma non ha ancora trovato il tempo. E con la situazione economica che c'è laggiù...»

«Forse gli piace l'idea di tenerla.»

«No, credo che vorrebbe venderla. Dovresti sentirlo lamentarsi delle tasse e dei costi di manutenzione.» Lena sfiorò il suo piattino e ci pensò un momento. «Ma non ha voglia di occuparsi della loro roba, visto che non sa cosa farne. Odia non sapere cosa fare.»

«Allora toccherà a te.»

Lena annuì. «Forse.»

Uno degli aspetti positivi di Eudoxia era che le loro vite non si sovrapponevano in nessun altro modo. Era come un terapeuta o un barista. Lena poteva rappresentare il proprio mondo esattamente come lo decideva, senza preoccuparsi di pesare le parole per correttezza o timore che fossero male interpretate o risultassero sconvenienti.

Eudoxia sorseggiò il caffè. Il suo viso era pensieroso. «È successo qualcosa a Tibby?»

«Che cosa intendi?»

«Non l'hai più vista. Non le parli quasi mai. Dici che prima non era così. Perché credi che abbia organizzato questo incontro?»

Lena spinse il suo zaino sotto il tavolo con la punta dello stivale. «Secondo me è solo che le manchiamo e vuole stare un po' insieme a noi.»

«Credi che sia tutto qui?»

«Cos'altro potrebbe essere?»

«Non la conosco. Tirerei solo a indovinare» disse Eudoxia con sincerità. Chiamò la cameriera e ordinò un dolcetto alla panna con la solita aria di resa e sollievo. Quando arrivò, lo tagliò accuratamente a pezzetti con il coltello. «Magari vedrai il tuo giovanotto, lì» proseguì Eudoxia con una punta di malizia.

Eudoxia chiamava sempre Kostos "il tuo giovanotto". A Drew si riferiva come a "quello che fa i panini".

Lena fu tentata di ignorare quello che Eudoxia le diceva, ma non si diede la pena di farlo. «Probabilmente no. Pensa a quanto è preso. Ormai lavora a Londra.»

«Va avanti e indietro. È così che ha detto nella lettera.»

Lena si premette le dita sul viso caldo. Era colpa sua. Aveva trascorso un mucchio di ore a balbettare in greco nel tentativo di descrivere quella lettera.

Di fatto, grazie al fervore di Lena, avevano fatto parecchi passi avanti nella conversazione, e Eudoxia se n'era accorta. Aveva cominciato a chiamare Lena "la mia Dafne", e quando lei ne aveva chiesto il motivo, le aveva risposto: "Non leggi i tuoi miti?" Da quel momento era stato evidente che le piaceva spronare Lena a parlare di Kostos.

Con Drew, invece, la conversazione non portava a nulla.

«Dovresti scrivergli per dirgli che ci vai» dichiarò Eudoxia. «Potresti farlo in greco! Posso aiutarti! Non sarebbe una sorpresa?» Batté la mano sul tavolo ancora una volta.

Lena esitò. Riusciva a immaginare una quantità di persone appartenenti alla vecchia vita di Kostos che chiedevano a gran voce la sua attenzione. Non voleva fargli questo.

Dal suo silenzio Eudoxia parve capire che non poteva ragionevolmente sperarci. «Ma promettimi questo, mia Dafne» sussurrò chinandosi in avanti. «Promettimi almeno che lo chiamerai. Lo chiamerai prima di lasciare l'isola.»

Lena rise. *Nemmeno per sogno.* «Forse» disse ad alta voce in greco. «Non si può mai sapere che cosa succederà.»

Quando salti dalla gioia, stai attento che nessuno
ti porti via il terreno da sotto i piedi.

Stanislaw J. Lec

Carmen era una campionessa a negoziare con il Cielo. Sapeva che era sbagliato, ma finiva per farlo comunque. Quando aveva nove anni, la sera prima di prendere l'aereo per Orlando e trascorrere un finesettimana a Disney World con la famiglia di Lena, si era rigirata nel letto per ore perché non stava nella pelle dall'eccitazione. Con il passare delle ore, l'entusiasmo si era tramutato nel terrore di morire prima del mattino. Il desiderio era diventato mostruoso, e a un tratto era stata sicura che avrebbe inghiottito il giorno più felice della sua vita. Aveva chiesto a Dio di mantenerla in vita almeno fino al giorno dopo, per favore, poi avrebbe potuto fare quello che voleva di lei.

Erano passati due decenni da allora, eppure era stesa sul letto la sera del 27 ottobre con la stessa, identica sensazione. Si agitò e si rigirò e spinse a turno gambe e braccia fuori delle coperte per rinfrescarsi, chiedendo a Dio di proteggerla finché non si fosse ritrovata con le sue amiche a Santorini il giorno dopo. Se fosse riuscita ad arrivare fin lì, sarebbe stata felice. Dopodiché Lui avrebbe potuto fare di lei ciò che voleva.

Che cosa poteva offrire in cambio? Sarebbe stata una persona migliore. Avrebbe speso meno in scarpe. Avrebbe partecipato alla partita benefica di softball. Avrebbe fatto da mentore a uno studente delle superiori. Avrebbe telefonato a suo padre assolutamente e senza sgarrare due volte a settimana. Avrebbe letto l'editoriale del *New York Times* ogni giorno. Avrebbe smesso di cercare in internet fotografie in cui si vedeva la cellulite di attrici che avevano ottenuto la parte per cui lei invece era stata scartata.

Per quanto Carmen si sentisse assurda, le pareva di essere fortunata a negoziare con Dio, che perdonava tutto, contrariamente a qualcun altro che sarebbe di sicuro venuto a riscuotere quel che lei aveva offerto.

Lena andava fiera della sua capacità di pensare in astratto, ma certe volte il suo cervello era concreto come quello di una lucertola. Finché non vide Bridget e Carmen in carne e ossa, col loro calore e i capelli al vento, che correvano verso di lei nell'area voli internazionali dell'aeroporto JFK di New York, non comprese quanto le erano mancate.

Bridget la raggiunse per prima afferrandola mentre ancora correva. Lena si sentì trascinata in quello slancio familiare.

Carmen, con le sue zeppe di sughero, giunse pochi istanti dopo. Strizzò l'avambraccio di Lena tanto forte da lasciarle un livido. Strillò così tanto che l'orecchio prese a fischiarle. Le pestò le dita dei piedi senza farci caso. Lena sentì le lacrime pizzicarle gli occhi e scoppiò a ridere. Era così bello sentire tutto questo, perfino il dolore.

Bee le abbracciò. Cercò si sollevarle e Lena reagì agli stimoli familiari: lo shampoo alla menta di Bridget, la consistenza di pan di spagna della sua pelle contro la guancia di Lena, la robaccia per i capelli al profumo di pompelmo e le labbra appiccicose di Carmen. I loro odori erano più intensi, i loro colori più vividi di quelli delle altre persone.

A Lena piaceva che non cambiassero col passare del tempo e loro rispondevano perfettamente a questo suo desiderio. Negli ultimi anni la gioia di vederle era sempre mescolata con l'attesa di assistere a qualche cambiamento rivelatore. Non sapeva bene quale sarebbe stato: un sopracciglio altezzoso, qualche piccolo rituale dimenticato, la comparsa di zampe di gallina, un qualcosa che avrebbe allontanato una di loro dalle altre, o dal loro legame o dal loro passato.

Bee in particolar modo assecondava questo suo desiderio. Più che Bee era un museo di Bee. La sua maglietta stinta color lavanda aveva accumulato strappi e cuciture dai quattordici anni in poi. I capelli biondi erano lunghi e spettinati più che mai, interrotti nel loro fluire da sottili trecce qua e là, che ricordavano a Lena la sua fase tutta treccine in prima media. Strascicava sui pavimenti lucidi dell'aeroporto gli stessi logori zoccoli chiusi di pelle che aveva comprato con Lena durante una passeggiata in 8th Street l'estate dopo la fine dell'università. Lena la perdonò ampiamente per le calze flosce blu che le aveva spudoratamente rubato durante l'ultimo viaggio in Grecia.

Be', Carmen mostrava alcuni segni di cambiamento,

perfino da quando si erano viste due mesi prima: i riflessi erano leggermente più chiari, i jeans leggermente più stretti, le sopracciglia leggermente più sottili. Ma lei era la regina dei trattamenti di bellezza, cos'altro c'era da aspettarsi? I cambiamenti di Carmen in fatto di cosmesi non mutavano in alcun modo l'entusiasmo e la vivacità del suo viso. Carmen cambiava come il tempo. Sarebbe stato strano se fosse rimasta uguale.

Tibby le aspettava all'aeroporto di Fira. «Mi ha mandato un messaggio: è arrivata ieri mattina. Ha aperto la casa» raccontò Lena con foga, anche se le altre lo sapevano già perché aveva mandato un sms anche a loro.

Lena si infilò tra Carmen e Bridget, e le tenne per mano attraverso il lungo terminal senza alcun imbarazzo. Aveva una rivista sotto il braccio, caramelle nella borsa e un'insolita sensazione di fame. Si pregustava la vita con gioia sfrontata, e quello era un regalo che non si concedeva mai. Aspettava con ansia ogni singolo frammento, dal cibo sull'aereo, al volo nella notte insieme sotto le coperte, al respiro affannoso di Carmen durante il sonno (che non le venisse in mente di chiamarlo russare!), fino alla veduta della Caldera dall'alto.

Più di tutto attendeva con ansia di vedere Tibby, una volta atterrate. Le tornò alla mente con struggimento il suo viso lentigginoso a forma di cuore, che le era mancato ogni giorno degli ultimi due anni. L'ultima volta che l'aveva visto era incorniciato dalla porta del bar di East 5th Street, nel loro vecchio quartiere, dove si erano ritrovate tutte e quattro per festeggiare il debutto di Carmen in *Criminal Court*. Aveva visto Tibby guardarsi alle spalle un'ultima volta, mentre salutava. Al tempo Lena non sapeva che fosse un addio, ma forse Tibby sì. Tibby aveva sempre detestato i rituali pomposi. E per niente al mondo avrebbe sottratto qualcosa a Carmen durante la sua serata di gloria. Ma una settimana dopo Brian aveva avuto un'opportunità incredibile e si erano precipitati insieme in Australia. Solo per qualche mese, aveva detto Tibby allora. Ma erano trascorsi due lunghi anni, e perfino il cervello da lucertola di Lena riusciva a sentirlo, ora che erano così prossime a ritrovarsi. Vedere Tibby avrebbe reso la sua gioia completa.

Lena era brava ad autoconvincersi, pericolosamente brava a pensare di poter essere se stessa senza di loro. Mentre chiacchieravano allegre camminando verso il gate, durante le lunghe procedure d'imbarco, fin dentro all'aereo pieno di coperte e cuscini che regalavano un'atmosfera da pigiama party internazionale, sentì il proprio viso aprirsi a espressioni dimenticate. Lena si ritrovò in tutti i discorsi familiari che facevano. Sentiva di esistere dentro di loro: proprio lì. Ecco tutte le parti di sé che aveva dimenticato. Conosceva meglio se stessa quando era con loro.

Battendo le ciglia alla luce artificiale del mattino, con gli occhi affaticati di chi ha dormito poco, Carmen lesse stanchezza e disorientamento anche sul viso delle amiche. Il loro aereo aveva accolto una porzione di America, che si era dispersa nel momento in cui avevano messo piede nel piccolo aeroporto brulicante e surriscaldato.

«Secondo voi siamo in ritardo?» chiese Lena.

Bee diede un'occhiata al tabellone degli arrivi. «O in anticipo?»

«Non sono sicura di avere l'ora giusta sul telefono» disse Carmen, guardandolo. Tutte loro avevano tarato la loro pazienza su quel preciso momento, e non oltre. Dopo dieci minuti trascorsi a voltare la testa, scoccare occhiate e darsi gomitate nelle costole, Carmen fu piuttosto certa che Tibby non fosse ancora arrivata, e l'eccitazione cominciò a sfumare.

«Magari è al ritiro bagagli.»

«Già. Probabile.»

«In queste cose si fa sempre confusione.»

«Forse è quella, Tibby.» Bridget indicò una donna corpulenta di mezza età con un foulard blu in testa.

Carmen scoppiò a ridere. «Be', certo, ne è passato di tempo.»

Gli occhi di Carmen continuarono a muoversi. Esaminava ogni volto oltre la vetrata dell'area arrivi. Rimpianse di essere stata tanto vanitosa da mettere in valigia gli occhiali da vista.

«Andiamo al ritiro bagagli.»

«Sarà lì.»

Si mossero come una stanca creatura a sei zampe verso il cartello che recitava *Ritiro bagagli,* passando in rivista la folla in cerca di un'americana magra, lentigginosa e molto desiderata.

L'odore di sigaretta era forte e la quantità di luce solare nell'aeroporto non si accordava con il tempo sfasato dei loro corpi. A loro era parso molto più importante parlare durante tutto il volo che dormire. Carmen avvertì una leggera sensazione di nausea prenderle lo stomaco a causa della stanchezza.

Rimasero ferme al ritiro bagagli. Erano così intente a guardarsi intorno alla ricerca di Tibby che continuavano a dimenticare le loro valigie. Il borsone dell'esercito di Bee girò diverse volte sul nastro trasportatore prima di essere prelevato.

Stentavano a scambiarsi anche solo una frase, tanto erano ansiose di scorgerla. Era... lì. Dietro la colonna. Stava oltrepassando la porta a doppio battente. Era così vicina che Carmen poteva quasi darle vita con il solo potere della mente. Sarebbe arrivata da un momento all'altro. Ogni viso era, per un attimo, il viso di Tibby.

Alla fine ritirarono le valigie e vi si sedettero sopra in mezzo alla sala. A Carmen pareva che fossero a un passo dal traguardo. Era andato tutto liscio fin lì. Avevano accettato le medaglie, si erano crogiolate nelle congratulazioni. Si erano messe quelle insulse coperte di stagnola. Non ci si poteva fermare lì.

«C'è stato qualche casino» disse Bridget. «Sull'ora, la data, qualcosa.»

«Magari si è persa venendo all'aeroporto» suggerì Carmen.

«Non è facile spostarsi sull'isola» osservò Lena. «Anche solo scendere da Oia è un'impresa. Forse non è partita abbastanza presto. Probabilmente si sta facendo fregare da qualche tassista ladro.»

«Avete controllato il telefono?» chiese Bridget. Carmen non si sarebbe mai aspettata che Bee pronunciasse quelle parole.

«Non funziona qui. Te l'ho detto.»

«Magari sta cercando di chiamarci» disse Lena.

Bridget annuì. «Aspettiamo...»

«Finché non arriva» finì per lei la frase Lena.

Sarebbero forse rimaste lì sedute sulle valigie fino al calare del buio, se un facchino non le avesse accompagnate con garbo fuori, sul marciapiede, intorno a mezzogiorno. Gli addetti ai bagagli e gli impiegati erano ansiosi di andare a mangiare. Lì si tornava a casa per il pranzo. Non ci sarebbero stati voli per le due ore successive.

«Se però andiamo a casa, rischiamo di incrociarla lungo la strada» disse Carmen al facchino, che non diede segno di capire o parlare inglese.

Lena cercò di tradurre, cosa che fece sentire Carmen una stupida. Non era uno di quei commenti fatti per essere sentiti e capiti. Lo aveva detto tanto per dire.

Stiparono alla rinfusa la loro roba e se stesse nel taxi. Lena disse qualche parola in greco. Carmen era in ansia all'idea di andare via. Quello era il posto in cui avrebbero dovuto incontrarsi. Ricordava la raccomandazione che ricevevano sempre da bambine: "Rimanete fermi in un punto, vi troveremo."

Bridget parve leggerle nel pensiero. «Non ti preoccupare. Probabilmente è a casa dei nonni di Lena che si chiede dove diavolo siamo. Non è potuta venire all'aeroporto per chissà quale ragione. Ha pensato che saremmo andate a casa. Sarà lì. Dove altro potrebbe essere?»

Lena annuì e Carmen la imitò, ma per il lungo e costoso viaggio in taxi rimasero per lo più in silenzio.

Nell'ultima salita che portava alla casa camminarono trascinandosi dietro le valigie. La strada era troppo stretta e ripida per un'automobile di dimensioni normali. Quando arrivarono a metà collina, Bridget stava ormai portando tutti e tre i bagagli.

«Ci vorrebbe un mulo» disse Carmen.

Lena abbassò la maniglia della porta consunta color tuorlo d'uovo, aspettandosi che Tibby fosse dentro, ma era chiusa a chiave.

«Ciao» gridò Lena, aprendo la porta dopo aver girato la chiave nella serratura. Si fermarono tutte e tre, ubriache di sole e affannate, nel buio della casa chiusa. «Ciao.»

«Tibby?» strillò Carmen tanto forte che Lena sobbalzò.

Lena aprì un'imposta e Bridget posò le valigie a terra. Pian piano gli occhi di Carmen cominciarono a riconoscere i contorni familiari. «C'è qualcuno in casa?» disse.

«Non credo che sia qui.»

«Avremmo dovuto rimanere all'aeroporto» piagnucolò Carmen, esausta. «E se fosse lì, adesso?» Più si sentiva stanca meno riusciva a tenere per sé i suoi umori.

«Può darsi che sia bloccata da qualche parte» fece notare Lena in tono ragionevole, «ma riuscirà a tornare qui prima o poi.» Lena s'inoltrò nella casa un passo dopo l'altro. «Ed è stata qui di sicuro. Guarda i fiori!» Aprì un'altra coppia di imposte. Erano stati tutti educati dalla sua loquace nonna a non aprirle a caso, poiché una casa da queste parti era soprattutto una fortezza contro il sole.

C'era un mazzo di rose rosa sul tavolo della sala da pranzo e uno di rose bianche sul tavolino del salotto e nella piccola cucina. Una ciotola capiente era ricolma di frutta e verdura, sul piano di lavoro.

«Ha fatto la spesa» disse Carmen. C'erano due filoni di pane sopra il piccolo frigorifero e dentro, latte, burro, uova e alcune bottiglie d'acqua. Sbirciò in una scatola di cartone e vi scorse una torta di pasticceria.

Carmen sentì gli occhi stanchi che le si riempivano di lacrime davanti a tutti quei doni. La mano di Tibby tanto vicina eppure assente.

Dalle scale, sentì dire a Lena: «Scommetto che sarà qui da un momento all'altro.»

Al piano di sopra c'erano altre rose rosa e bianche in tazze da tè e barattoli di marmellata.

Avevano già deciso che Bridget e Tibby si sarebbero sistemate in una stanza, Lena e Carmen in un'altra; nessuno avrebbe dormito nella camera di Valia e Bapi, perché sarebbe stato triste. Tibby sapeva che a Lena piaceva la stanza davanti con la vista sulla Caldera, e così aveva messo le sue due borse nella camera sul retro. Sempre per rispetto verso Lena, Tibby aveva lasciato la sua roba piuttosto in ordine, per quanto fosse una disordinata cronica.

Di sotto udì Lena che chiamava Tibby dal telefono di casa. «Non risponde. Le lascio un messaggio» disse Lena a nessuno in particolare. «Chissà se il suo telefono funziona qui.»

Carmen passeggiò in tondo nella piccola stanza. Scorgere le cose familiari di Tibby rese la sua presenza così viva, che Carmen si aspettò quasi di vederla saltar fuori da sotto il letto. La vista delle scarpe abbandonate di Tibby cancellò all'istante i due anni trascorsi. A partire da quelle scarpe si poteva ricostruire l'intera Tibby. Niente era davvero cambiato.

Le altre avevano piedi lunghi, da Lena con il quarantuno a Carmen con il trentanove e Bridget a metà tra l'una e l'altra. Avrebbero quasi potuto scambiarsi le scarpe in caso di emergenza. Ma il trentasei di Tibby pareva da bambini in confronto. Con lei non sarebbe stato possibile. Portava sempre quelle scarpe robuste, piene di occhielli, che avrebbero dovuto essere in sintonia col suo atteggiamento ma erano troppo piccole per imporsi in qualche modo.

Il particolare profumo di Tibby richiamò altre lacrime. Non un profumo dolciastro né un odore di piedi, solo un marchio che convogliava Tibby nella maniera più unica possibile. Con le lacrime giunse la sensazione impetuosa di quanto le mancava, la tristezza disarmante di non vederla.

Carmen non si rese conto di averla trattenuta a forza. In quel momento lasciò che la travolgesse.

Lena raccontava sempre che era terrorizzata o afflitta, prima ancora che le cose accadessero. Carmen cominciava a sospettare di essersi concessa di provare tristezza per quella lunga separazione solo adesso che era finita.

Il destino non è un'aquila,
striscia come un ratto.

Elisabeth Bowen

Bridget si raffigurò loro tre come formiche intrappolate in una perla della collana di ambra che era appartenuta alla bisnonna di Tibby, Felicia. È curioso come alcune cose rimangano impresse. Bridget non ricordava la maggior parte dei propri compleanni, l'ultimo giorno di vita di sua madre, l'indirizzo attuale di suo padre, il momento in cui si era laureata, ma pensava molto spesso a quei tre accidenti di insetti incastrati nella collana dell'antenata di Tibby, che tra l'altro era svitata.

Era calato il buio. Ormai era l'ora di cena e Tibby non si era ancora presentata. Non volevano mangiare niente né fare niente e neppure dire niente finché Tibby non fosse arrivata. Sedevano tutte e tre in salotto, paralizzate. Bridget aveva l'inquietante sensazione che fossero giunte al culmine di quasi due anni trascorsi in quel modo.

Loro erano in quattro. Erano sempre state in quattro. Pareva, come del resto era sempre parso, sleale concedersi un qualunque progresso nell'amicizia senza che fossero tutte presenti. Per nessuna ragione avrebbero cominciato la loro magica settimana senza Tibby.

Lena aveva l'aria agitata. «Se si fosse persa? Le strade sono traditrici. Spero che non abbia deciso di guidare lei.»

«Lenny, ha ventinove anni. Sa badare a se stessa. Di noi è la seconda più brava al volante, e anche se ha avuto qualche disavventura non può essere niente di grave.»

Lena annuì.

«Mette sempre la cintura, e non si può andare a più di venti all'ora su queste strade.»

Lena, sempre annuendo, tornò in cucina per accertarsi ancora una volta che il telefono funzionasse. Era stata una stramberia di suo padre, quella di lasciare il telefono in una casa vuota. E infatti il segnale c'era, proprio come mezz'ora prima. «Magari non ha questo numero» sussurrò Lena.

«Probabilmente no» disse Carmen dalla sua rigida posa sul divano. Bridget capiva l'apprensione di Carmen dal modo in cui le sporgevano le ossa della clavicola.

Tese un orecchio. «Lena, non la richiamare. Quando vedrà il numero delle chiamate perse, penserà che sei diventata paranoica.»

«Non sto richiamando. Voglio dire, non lo stavo facendo» disse Lena, avviandosi verso il salotto. «Volevo solo controllare.»

Carmen si rosicchiava le unghie. «A giudicare dalla roba in cucina, sembra che avesse pensato alla cena. Qualunque cosa sia successa, troverà il modo di tornare in tempo per cena, giusto?»

Alle nove ormai si era alzato il vento e il mistero cominciava a infittirsi.

«Cenano molto tardi qui» notò Carmen.

«Magari è scappata con un bel greco.» Bridget cercava di fare dell'ironia, ma nemmeno lei si sentiva troppo spiritosa.

Tra le nove e le dieci non si mossero quasi. Bridget si alzò due volte, una per scrutare nel buio dalla finestra e l'altra per aprire la porta. Percorse con lo sguardo la strada ventosa e deserta, sperando che in quel momento Tibby sbucasse da dietro la curva.

«Vorrei che ci fosse qualcuno da poter chiamare» disse Lena.

«Credi che i suoi genitori possano saperne qualcosa?» chiese Carmen.

Lena scosse il capo. «E comunque sono più o meno le quattro del mattino lì.»

«E Brian?» chiese Bridget.

Carmen levò lo sguardo. «Hai il suo numero?»

Questa volta fu Bridget a scuotere il capo. Avevano solo il numero di cellulare di Tibby, nessun fisso in Australia per cercarlo. «Mi chiedo dove sia.»

«In Australia, presumo. Qui non è.»

Lena parve perplessa. «Che cosa sappiamo di loro ormai? Sappiamo se sono ancora insieme? Si sono trasferiti in Autralia insieme, ma cosa può essere successo poi? È da tanto che non parla di lui.»

Bridget scrollò le spalle. Le dolevano le gambe per averle tenute nella stessa posizione troppo a lungo. «Tibby ce lo avrebbe detto, se si fossero lasciati.»

«Non dice granché da tanto tempo.»

Bridget annuì. Erano tornate parecchie volte su quel discorso. «Mi piacerebbe sapere perché tanto mistero.» Alla luce del presente, inquietante dilemma, pareva particolarmente strano, inaccettabile a dire la verità, non conoscere quello che era accaduto. Come avevano potuto andare avanti sapendo così poco? Come avevano potuto trascurare la situazione?

«Queste cose non succedono per caso. Deve aver avuto qualche ragione per prendere le distanze» disse Lena.

Carmen accavallò e poi sciolse le gambe. «Ha mandato delle mail. Tutte noi ne abbiamo ricevuta qualcuna. Che cosa ti aspettavi? Abita dall'altra parte del mondo. A ogni modo, è chiaro che vuole essere con noi adesso.»

Bridget scosse il capo, seccata con se stessa per aver lasciato correre, per non aver passato più tempo a incalzare Tibby. Per non essere saltata su un aereo per andare in Australia, se era quello che ci voleva. «Quando si presenta, la facciamo sedere e ci facciamo dare alcune risposte prima che si dilegui di nuovo.»

Carmen teneva le braccia incrociate e le ossa della sua clavicola sporgevano. «È stata impegnata come tutte noi, nient'altro. Brian è innamorato di Tibby assolutamente e perdutamente da quando lei aveva quindici anni, e lei prova lo stesso per lui. È impossibile che abbiano rotto. A chi ne avrebbe parlato se non a noi? È escluso che possa affrontare una situazione così grave senza farcelo sapere.»

«C'è qualcosa che non va» disse Bridget. Avevano aspettato tacitamente fino a mezzanotte per dirlo. Avevano aspettato che fosse Bee a dirlo.

Lena teneva le mani sul collo. «Che cosa dovremmo

fare? Chiamare la polizia? Il consolato?» Ci pensava da quando il cielo si era fatto buio. La sua mente tornò alle centinaia di cartelli che avevano preparato quando erano andate in cerca dei pantaloni perduti dieci anni prima, e si sentì soffocare.

Quell'isola era un dannato buco mezzo sprofondato. Aveva perso la maggior parte di sé sotto il mare, Dio santo. Era il luogo peggiore in cui smarrire qualcosa.

Bridget si alzò e cominciò a camminare. «Avrei voglia di uscire e andare a cercarla» disse.

«Credo che prima sia meglio chiamare il consolato» propose Carmen rivolta a Lena.

Lena trovò il numero in un vecchio elenco telefonico, ma rispose una voce registrata.

Il viso di Carmen era serio. «La polizia?»

Lena trovò il numero del distretto locale e chiamò. Il cuore le martellava nel petto e la testa annaspava alla ricerca di qualche parola da dire in greco. Il telefono squillò più volte prima che un uomo rispondesse.

«Inglese?» fu la prima domanda che gli rivolse lei, suo malgrado.

«Un poco. No, vuole richiamare?» le chiese in greco.

«No. Ho bisogno di parlare con qualcuno adesso» rispose, in greco anche lei. Non si rese conto che non stava parlando inglese finché non ebbe finito. Spiegò, in greco, la faccenda di Tibby. Parlò e ascoltò per alcuni minuti, notando gli sguardi sorpresi di Bee e Carmen. Quando appese, le si avvicinarono.

«Come hai fatto?» chiese Carmen, sbalordita.

«Mi sono esercitata.»

«Che cos'hanno detto?» domandò Bridget.

«Il poliziotto ha detto di richiamare se non torna entro ventiquattr'ore. Fino a quel momento tecnicamente non è ancora scomparsa. Ma ha preso nota di tutti i dati. Ha il suo nome, l'età e la descrizione, e il nostro numero e indirizzo e tutto quanto.» Serrò le labbra. Di colpo si sentì stanca, eppure incapace di prendere sonno. «Non so cos'altro fare.»

«Aspettiamo» disse Bee.

Nessuno si azzardò a suggerire di mangiare o dormire. Parlare era l'unico conforto che avevano.

Quando l'alba filtrò tra le stecche delle imposte, avevano ormai esaurito le ipotesi sull'accaduto. Avevano trascorso due notti insonni e il mondo aveva assunto un aspetto strano e alieno. Parecchio tempo prima Carmen aveva frugato nella stanza sul retro in cerca di un biglietto o un indizio qualsiasi, per quanto le sembrasse sbagliato aprire il borsone di Tibby.

«C'è una spiegazione logica» disse Carmen alle altre. «C'è sempre.»

I colpi alla porta giunsero due ore dopo l'alba.

Per quanto nell'ultima ora fossero rimaste apparentemente inerti, due sul divano e Lena sulla poltrona, balzarono tutte e tre in piedi e in un istante raggiunsero la porta.

Non era Tibby. Era il suo opposto: due uomini in divisa, uno giovane, l'altro di mezza età. Il più vecchio fece un passo avanti. «Lena Kaligaris?» chiese.

Lena alzò la mano come un'alunna di scuola elementare. «Sono io» disse.

«Ha chiamato il distretto ieri sera» riprese lui in greco.

«Parla inglese?» Qualunque cosa avesse da dire non voleva sentirla da sola.

«Sì. D'accordo.» Guardò il suo compagno. Lena li scrutò in cerca di una certa disinvoltura rassicurante, che non trovò. «Ha chiamato per la sua amica. Tibby.» Sulle sue labbra il nome di allungò in *Tiiiby*. «Non è tornata a casa?»

Lena sentì la mano di Bee che avvolgeva la sua. «No. Non ancora. È tutto a posto?» Le sue parole produssero un lieve sussurro nell'ululato della tempesta che le infuriava in testa. Quelli come loro non venivano a casa se era tutto a posto.

L'agente scoccò un'altra occhiata al suo compagno. «Questa mattina presto un peschereccio che passava davanti a Finikia... Hanno chiamato la guardia costiera. Be'. Hanno trovato un corpo. Una ragazza. Una nuotatrice. Una bagnante, si dice? Doveva essere affogata da parecchie ore. Ci dispiace, ma secondo noi può essere la sua amica.»

Si udì un rumore che veniva da un punto indefinito. Forse da Carmen. Forse da lei. Lena scosse la testa con forza. C'erano quei pensieri, quelle idee che arrancavano, graffiavano, gridavano per essere ammessi, ma lei li rifiutava. Avvertì il braccio di Bee che tremava, in fondo alla sua mano. «Non credo. No. Non credo che sarebbe andata a nuotare. Dev'essere qualcun altro.»

La sua voce era diversa dal solito: stranamente sembrava quella di Valia, impermeabile, ostinata e sicura. No, quella bagnante affogata doveva appartenere alla tragedia di qualcun altro. Pareva impossibile che fosse la loro.

«Qualcuna di voi è della famiglia? Quello che chiamate un parente stretto? Se qualcuno può venire a...» L'agente estrasse il fazzoletto e si asciugò il volto «... a identificare il corpo, se è la vostra...»

«Il corpo combacia con la descrizione che lei ci ha fornito al telefono» dichiarò il più giovane in greco, con voce grave. «Se è un errore siamo davvero molto dispiaciuti.»

E se non lo fosse stato? Lena non poté fare a meno di trasalire al pensiero. Che cosa sarebbe stato?

Ma era per forza un errore. «Non può essere andata a nuotare. Siamo a fine ottobre. Nessuno va a nuotare in questa stagione» insistette la voce di Valia che usciva dalla bocca di Lena.

Il più vecchio scosse il capo. «Le spiagge sono piene dalla mattina alla sera. È stato un mese molto mite. L'acqua non è ancora tanto fredda.» Il sudore che gli gocciolava sulle tempie parve confermarlo.

C'era quel raspare, quel dimenarsi da qualche parte dentro il cranio di Lena, come topi che non riuscivano a scappare. Per quanto tempo ancora avrebbe potuto ignorarli?

«Siamo sue amiche» disse Bridget. A Lena si straziò il cuore nel vedere la bocca di Bee che tremava in quel modo.

«Tutte amiche? Nessuna parente?»

Bridget scosse la testa piano. Le parve una confessione difficile che le veniva strappata, in un momento del genere. «Solo amiche. Nessuna parente.»

A Lena bastò dare un'occhiata al viso di Carmen per vedere la rivolta infantile che era in corso dentro di lei. Solo amiche? Più che parenti! *Ha idea di chi siamo noi?*

«Sapete dov'è la sua famiglia? È sposata? Abbiamo trovato i vestiti e un telefono cellulare. Sono rimasti per tutta la notte sulla spiaggia di Ammoudi. Abbiamo chiamato ma ha risposto la segreteria telefonica.»

«Vive in Australia in questo momento. La sua famiglia è negli Stati Uniti. Non è sposata» disse Bridget.

Carmen non poté impedirsi di aggiungere: «Siamo come la sua famiglia.»

Lena udì il singhiozzo finale, che rimase sospeso nell'aria. Poi scrollò forte la testa per cercare di alleviare il raspare alla base del cranio. «Possiamo chiamare i suoi genitori» disse. «Se è quello che vi serve.»

«Se volete, me ne occupo io» si offrì il vecchio poliziotto con riguardo.

Lena cercò di respirare. «No, non voglio che chiamiate voi. Chiamerò io.»

È così che finisce il mondo,
non con un'esplosione,
ma con un piagnucolio.

T.S. Eliot

Quando più tardi ci ripensò, Bridget sentì di avere nella testa due sistemi in movimento che non si congiungevano mai, in quella lunga giornata, come due ingranaggi che giravano a velocità folle, non abbastanza vicini da potersi adattare l'uno all'altro.

C'era la marcia ridotta, che faceva girare le cose minuto per minuto: *Tibby non è comoda, perché la mettono sdraiata su quel tavolo duro? Le fa male la testa. Tibby, vai via di lì.* Lo smalto arancione sulle unghie dei piedi, le efelidi familiari sugli stinchi, il luccichio di un brillantino dorato sul naso, il colore sbagliato della pelle. Perché veniva ficcata in un sacco? Come poteva sopportarlo? Tibby era quella che strillava quando la si copriva con la coperta, giocando a nascondino. Non lo chiudete. No, per favore. Fa così freddo qui. Potrebbe ammalarsi. In Tibby un banale raffreddore poteva trasformarsi subito in polmonite.

La seconda marcia girava con i grandi eventi, astratti, insondabili. Tibby non è più qui. Tibby è sparita. Non tornerà. Per sempre.

In tutti i punti nei quali i due ingranaggi avrebbero potuto collegarsi e far progredire la sua comprensione, questi non lo facevano. Si limitavano a ruotare ognuno dalla sua parte, senza portarla in nessun luogo.

Sei mia amica. Ho bisogno di te. Era una realtà viva e vera. *Sei andata via. Non tornerai.* Anche questo era altrettanto vero.

Non c'era un terreno comune tra la vita e la morte.

Anche molto tempo dopo, Lena continuò a dubitare che la sua mente funzionasse quel giorno. Si muoveva e parlava e guardava, ma tutto le rimbalzava sulla testa come tante palline da ping-pong. Sapeva che erano eventi terribili, che distruggevano la sua felicità un minuto dopo l'altro, ma scordava tutto non appena era successo. In che modo era andata alla stazione di polizia, all'ospedale, dove si era seduta, chi aveva guidato, com'era il seminterrato dell'ospedale, che cosa aveva detto loro l'ispettore, e più tardi, quali parole aveva usato lei con la madre di Tibby, Alice Rollins, al telefono dal commissariato. E cosa le aveva detto Alice.

Dimenticava tutto all'istante, come se non avesse un organo preposto alla memoria. Ma in un modo perverso, sapeva anche che i suoi occhi e le sue orecchie assorbivano ogni dettaglio e lo trattenevano. Quelle immagini e parole si sarebbero depositate in qualche strato profondo della sua mente e sarebbero riemerse un giorno – forse quella notte, forse l'indomani, forse mesi o anni dopo – e l'avrebbero terrorizzata e fatta impazzire. Sarebbero strisciate nei suoi sogni e si sarebbero divise in modi strani che le avrebbero fatto trovare sgradevole un tipo di macchina nella quale non ricordava di aver viaggiato, o il profumo particolare di una persona a cui non ricordava di aver parlato, o il gusto di una certa tazza di tè che non ricordava di aver bevuto.

Oh, vedrai che te ne ricordi.

Sapeva che la memoria si divideva in memoria a breve e lungo termine. Nel breve termine Lena era solo cosciente di essere in piedi. Nel lungo, aveva paura di essere piena di crepe e prossima al crollo.

Tornarono in casa di Valia a notte fonda, senza cibo né parole, e andarono di sopra una per volta. Bridget entrò nella stanza che avrebbe dovuto condividere con Tibby e si abbatté sul letto come un albero segato alla base. Si aspettava di sentire le altre usare il bagno, ma niente. Non c'era alcun rumore. E capì. In mezzo a tutti i grandi traumi c'erano anche quelli lievi da evitare. Come doversi guardare allo specchio sopra il lavandino mentre ci si lavava i denti, sapendo quello che sapevano.

Dopo qualche tempo, Bridget cambiò letto. Andò in quello su cui era appoggiato il borsone di Tibby, si infilò sotto le coperte e passò le braccia intorno al borsone. Avvertì l'odore di Tibby. Un tempo non lo sentiva, così come non avvertiva il proprio: era troppo familiare. Ma quella sera ci riuscì. Quella era una parte ancora viva dell'amica e se la tenne stretta. Tibby era più presente lì con lei che non nella fredda stanza del seminterrato dove l'aveva vista quel giorno.

Ogni volta che la sua mente correva a quel ricordo per un secondo, anche solo per una frazione di secondo, ciò che vedeva la abbagliava come un flash, bruciando gli occhi della sua mente fino ad accecarli. Le pareva che quell'immagine dividesse già la sua vita a metà. La sua esistenza fino a quel giorno era fatta di innocenza e gioia inconsapevole per non averla ancora vista. Il resto della sua vita si sarebbe dispiegato dopo di essa.

E se la seconda parte avesse macchiato la prima? E se la seconda parte fosse tutto quello che le rimaneva? Immaginò le migliaia di preziose immagini della loro vita insieme arricciarsi e sciogliersi nella caldaia della cantina alla fine di *Quarto potere*. Conosceva quel film perché Tibby gliel'aveva propinato tutto, temendo che Bridget rimanesse un'ignorante in fatto di cinema, all'infuori di *Napoleon Dynamite* e *La storia fantastica*.

Mi dispiace, Tib. Credo proprio di essere rimasta un'ignorante e non c'è più nessuno che mi aiuti ormai.

Carmen se ne stava sdraiata nella silenziosa oscurità a immaginare dove fosse Tibby, chiedendosi come ci si sentiva a trovarsi in quel posto. Era il pensiero più orrendo, ma voleva cercare di essere coraggiosa, così come le pareva tremendamente coraggiosa Tibby a essere morta.

Non riusciva a capire fino in fondo come Tibby avesse potuto andarsene dove loro non potevano seguirla. Cercò di immaginare il momento in cui era successo e si chiese se avesse avuto paura. Era un pensiero terribile, ma cercò di seguirlo nonostante il dolore che le provocava, perché non voleva che Tibby facesse tutto da sola. Era l'unico modo che le veniva in mente per stare con lei.

Più in là, durante la notte, Carmen fu colpita dal pensiero che fosse tutto fuori posto. Sentiva che il momento in cui Tibby aveva lasciato questa vita avrebbe dovuto avere un qualche parallelo con l'attimo in cui vi era entrata. Facevano tutto insieme. Erano nate insieme. Erano cresciute insieme. Avrebbero dovuto sposarsi più o meno nello tesso periodo. Avrebbero dovuto avere figli insieme. Avrebbero dovuto lamentarsi della menopausa insieme e criticare insieme quelle che si facevano un lifting ed essere nonne insieme e morire tutte nell'arco di diciassette giorni. Era questo che sarebbe dovuto accadere. Carmen sentiva che era stato commesso un errore, una svista così grossolana che se fosse stata sottoposta all'attenzione della persona giusta, forse avrebbe potuto essere ritirata come una partita di carne trita avariata. Era uno sbaglio.

Ma se non poteva essere rettificato, allora cosa sarebbe successo? Non seguivano più la mappa, stavano vivendo un'altra vita, sconosciuta e di gran lunga inferiore, per la quale non erano preparate.

Ma Carmen non ci credeva fino in fondo. Non credeva fino in fondo che Tibby appartenesse alla morte, a quell'idea gigantesca, al mondo incurante.

Appartiene a noi.

Seduta in cima alle scale, Lena si rese conto che la loro felicità dipendeva dalla vicinanza delle altre. Le loro vite erano piene e indipendenti, la loro amicizia ne era soltanto un aspetto, ma era quello che dava significato al resto.

Le più solide fondamenta di quella felicità erano loro quattro a diciannove anni, riunite su uno scoglio a guardare il punto in cui il mare si confondeva con il cielo, il loro ultimo giorno a Santorini. O la sera d'estate, a ventiquattro anni, in cui la corrente era saltata a New York e loro si erano sdraiate sulle coperte per terra, circondate da candele, e avevano passato la notte a parlare, mangiando ciò che poteva andare a male, compreso un chilo e mezzo di gelato. E anche l'ultima sera, al Teller's Bar in East 5th Street, durante quell'addio che non sapeva di essere un addio, Lena aveva guardato intorno al tavolo con un senso di sicurezza e un sentimento di gioia verso il futuro che non aveva mai più avvertito.

Quella felicità si erodeva quando erano lontane, fuori sincronia e fuori contatto. Aveva vacillato la sera in cui Lena aveva scoperto che Tibby si era trasferita in Australia senza nemmeno spiegarle perché, e non era riuscita a parlare al telefono né con Bee né con Carmen per chiedere loro che cosa sapessero.

E adesso? Se la felicità dipendeva dal fatto che erano insieme, allora che cosa si poteva dire di quel giorno?

E nonostante tutte le nostre invenzioni
se perdiamo la persona amata,
non abbiamo risorse.

The Shins

Lena si era sforzata di accogliere i genitori di Tibby il meglio possibile, quando erano arrivati a Santorini. Insomma, avevano fatto quel che potevano. Lei, Bridget e Carmen, silenziose e cupe, come ombre senza corpi che le proiettassero, erano riuscite a noleggiare un'auto, avevano raggiunto l'aeroporto e aspettato l'aereo. Avevano imparato a odiare quell'aeroporto.

Lena aveva cercato di arieggiare la camera che era appartenuta ai suoi nonni e l'aveva preparata, facendo il letto, ma i Rollins avevano preferito stare in albergo e forse era meglio così. Avevano bisogno di vivere da soli il loro dolore, era quanto aveva detto il papà di Tibby. Lena si era chiesta se in realtà si potesse davvero scegliere. Ognuno viveva da solo il proprio dolore.

Durante i tre giorni funesti di quel soggiorno, Alice Rollins venne alla casa di Oia un'unica volta. E una volta Lena incontrò i genitori di Tibby all'obitorio, dove cercò di tradurre il loro desiderio di rinunciare all'autopsia completa. Era stato accertato che la morte era avvenuta per annegamento accidentale, e a loro premeva di portare il corpo negli Stati Uniti al più presto. Durante quei tre giorni, Carmen trascinò Bridget e Lena a trovare i genitori svuotati di Tibby nel loro albergo a

Fira. I Rollins erano riusciti a scovare l'unico hotel grigio e scialbo, che pareva un palazzo di uffici, in una scintillante cittadina di villeggiatura che li sbeffeggiava giorno e notte con strombazzanti navi da crociera e orde di vacanzieri alticci sulle terrazze.

Nella squallida hall, i cinque s'incurvarono sulle tazze di tè forte. La pelle di Alice pareva sottile e incolore come latte scremato. Il padre di Tibby si mordeva le labbra furiosamente.

Tra i tanti argomenti che elusero, vi fu quello di Brian. Una volta sbrigate le pratiche per richiedere il corpo, un ispettore del commissariato aveva riferito la telefonata di un uomo sconvolto, che diceva di aver sentito il messaggio lasciato dalla polizia sul telefono di casa di Tibby in Australia. L'ispettore non ne ricordava il nome, ma lo aveva scritto nell'incartamento. "Non suo marito. Il suo ragazzo" aveva puntualizzato, sbrigativo, in greco. "Ma gliel'ha detto?" aveva chiesto Lena. "Sì, gliel'ho detto" aveva risposto lui. Considerato il tono dell'ispettore e il suo scarso inglese, c'era da dubitare che la conversazione fosse stata semplice. Lena aveva avvertito un principio di compassione per quel ragazzo, che era piuttosto sicura fosse Brian, ma non aveva avuto la forza di soffermarsi sulla faccenda, e men che meno di mettersi in contatto con lui. Era troppo spaventata dai propri sentimenti per pensare di assumere un ruolo qualsiasi in quelli di lui. Non sapeva se i genitori di Tibby gli avessero parlato, ma ne dubitava.

Mentre guardava gli altri, Lena si sentì divisa e senza cuore, separata da sé quanto da loro. Erano tutti caduti nello stesso baratro e si guardavano a vicenda, in un'atmosfera di generico sospetto e incredulità verso una tragedia che non poteva essere cancellata. Erano lì nello stesso momento, ma non insieme. Per sopravvivere avevano bisogno di chiudersi in se stessi e questo li rendeva estranei, incapaci di qualsiasi azione e relazione. Le emergenze offrivano una trama concreta a cui prendere parte, mentre la morte non era nemmeno una storia. Non lasciava niente.

Lena si sentì fredda in superficie. Fredda e misteriosamente elettrica, tanto che le si rizzarono i peli sulle braccia. Sentì un'ondata di gelo nell'aria che le sfiorò la pelle, e la sensazione di una fastidiosa, inquietante punizione che aspettava al di sotto.

Nessuno di loro sapeva esattamente come confortare gli altri. Intuì che ognuno si sentiva nell'intimo il più disperato.

L'unica volta in cui Alice andò a casa di Lena, fu per prendere la roba di Tibby. Doveva essere fatto. Bridget si offrì di portare le valigie all'albergo e perfino di aiutarla a passarne in rassegna il contenuto, ma lei rifiutò.

Alice trascorse molto tempo nella stanza sul retro, con la porta chiusa, mentre loro tre se ne stavano sedute in riga sul divano. Di quando in quando udivano un rantolo o un singhiozzo, simili a quelli che tutte loro avevano emesso o sentito dalle altre.

Infine Alice tornò di sotto e scaraventò la valigia per terra in mezzo al salotto. «Credo che questa roba sia per voi, ragazze» disse. Aveva il viso punteggiato di macchie rosse. «Bene.»

Guardarono tutte e quattro la valigia. Nessuna si mosse.

«Bene» disse di nuovo Alice, fissandole come se dovessero fare qualcosa. Ma nessuna sapeva cosa.

Bridget pensò che Alice non pareva quasi toccare il pavimento. Era tutta sguardo e nessuna aderenza.

Mi dispiace, se siamo ancora vive, pensò Bridget. Non invidiava a Alice il sentimento che quasi di sicuro stava provando, mentre guardava le amiche di sua figlia. Un mucchio di volte si era augurata la morte di ogni altra madre, se fosse servito a tenersi la sua. *Ci vuoi bene, lo so, ma siamo le figlie di qualcun altro.*

Era quello che girava nella mente di Bridget adesso. Una fiacchezza malata e filosofica che stentava a riconoscere.

Finché non si raccolsero intorno alla sacca da viaggio di Tibby e la aprirono e si ritrovarono tra scatole di Poptarts alla fragola, sacchetti di salatini, bustine di plastica gonfie di vermicelli gommosi alla frutta e candele nuove, Carmen non si rese conto di quello che avrebbe dovuto essere la loro vacanza e che cosa perversa era invece diventata.

Era l'ultima sera: Carmen e Bridget sarebbero partite il giorno dopo. Non potevano più temporeggiare. La borsa era in mezzo a loro. Come avrebbero avuto la forza di guardarla altrimenti? Nella sacca c'erano quelle cose, non si poteva far altro che tirarle fuori. Carmen prese un CD, un'autentica reliquia, e si limitò a leggere i titoli delle canzoni scritti nella calligrafia infantile di Tibby. I tremendi ballabili zuccherosi fine anni Ottanta di Paula Abdul, Janet Jackson e George Michael.

Occorreva una notevole intraprendenza per farsi spedire le vere Pop-tarts americane in Autralia, per poi portarle lì.

Tibby, che aveva sorriso e storto il naso davanti al rituale dei Pantaloni Viaggianti, era andata fin lì per allestire proprio quel rituale, perfino senza pantaloni. Sotto il primo strato di cibarie e oggetti portati per creare l'atmosfera, la mano di Carmen incontrò fogli, buste e pacchetti. Il primo foglio era un vero e proprio manufatto. «Oddio» sussurrò Carmen mentre il suo cuore cercava di farsi strada attraverso una melma densa. «Non sapevo che ce l'avesse Tibby.» Riusciva a sentire lo stesso genere di umore umido in fondo al respiro di Bridget. Per un momento si riscossero dal torpore.

Eccolo lì. La scrittura accurata di Lena quindicenne sulla carta intestata della palestra di Gilda.

Noi quattro, Vere Amiche, decretiamo le regole che governeranno l'uso dei Pantaloni Viaggianti.

Non era giusto. Essere costrette a vederlo e ricordare era un gioco crudele. Carmen avrebbe voluto tornarsene nel torpore strisciando il più in fretta possibile. Sistemò il foglio di carta sotto una scatola di Pop-tarts. Non poteva sopportare di vederlo un secondo di più.

Nella borsa c'era un altro foglio. Era coperto dalla

scrittura di Tibby, meno fitta e più confusa di un tempo. Carmen vide tutti i loro nomi scritti in cima. Lo porse subito a Lena senza leggere oltre.

Lena lo lesse per un momento. Avvampò, poi sbiancò, e infine levò lo sguardo. «Non so cosa significa.»

Qualcosa nel modo in cui lo disse spaventò Carmen.

Bridget si alzò e prese a camminare in tondo dietro il divano. «Cosa dice?»

Lena guardò altrove. Abbassò il foglio: le tremavano le mani.

«Ci vuoi dire cosa c'è scritto?» la incalzò Carmen, spinta dal bisogno di sapere più che dal desiderio.

«Non posso. Non capisco.» Le mani di Lena parevano quelle di uno scheletro, mentre si artigliava il viso.

«Allora leggilo e basta.» Carmen fu assalita dal panico. Doveva farla finita.

Lena si voltò verso di lei con uno sguardo truce che non le aveva mai visto. «Non voglio.» La sua voce era fredda e tagliente, come Carmen non l'aveva mai sentita.

Bridget tese il braccio e prese il foglio. Tornò dietro il divano e prese a oscillare, in punta di piedi, mentre lo guardava. Poi attaccò a leggere ad alta voce con noncuranza, come se non stesse ascoltando quello che diceva.

Scrivo questo perché mi sarà difficile dirlo. Perché probabilmente sarà l'ultima volta tra di noi. Vedete, non riesco a scriverlo, ma non crediate che saprei dirlo. Non lo faccio per dirvi addio, anche se so che in parte è così. Lo faccio per ringraziarvi di tutto quello che abbiamo avuto e fatto e di tutto quello che siamo state l'una per l'altra, per dirvi che vi voglio bene perché avete fatto di questa mia vita quello che è. Lasciarvi è la cosa più difficile. Ma il fatto è che le migliori parti di me sono dentro di voi, dentro tutte e tre. Voi siete quello che sono, e ciò che di me di più amo rimane in voi.

La voce di Bridget tremò e si incrinò, e tacque. Posò la lettera sul tavolino da caffè. Carmen la guardò salire le scale. Osservò Lena riporre il contenuto nella borsa e chiuderla con aria severa. Carmen appoggiò la testa sul tavolo. Nessuno fece rumore.

Poi, agli occhi di Bridget, Lena sparì. Anche se se ne stava in mezzo alla stanza, con il telefono in mano per chiamare il taxi che le portasse dai piedi della collina fino all'aeroporto, era svanita. Era diventata un buco nero, ma non di quelli che ti risucchiano.

In modo del tutto ingiusto, Bridget avrebbe voluto che Lena la finisse con quella scena e l'aiutasse. Si era abituata ad avere Lena che le veniva in aiuto quando soffriva. Il destino era stato clemente con loro fino a quel momento, aveva distribuito i traumi in modo tale che quando a una di loro accadeva una cosa terribile, le altre le erano accanto per aiutarla. Le esplosioni erano sempre venute dall'esterno, e loro si erano strette tra loro in cerca di protezione.

Questo scoppio, invece, veniva dal centro del loro cerchio. Era un fatto interno.

Dopo la lettera, Bridget vide Carmen come un'estranea. La voce un po' troppo squillante, i denti un po' troppo bianchi, le clavicole troppo sporgenti. Era quello il suo aspetto ora? Era incredibile quanto i ricordi potessero addolcire un viso. Quanto l'amore potesse rendere bello il volto di un'amica. Si scopriva il suo potere quando ormai non c'era più.

Per qualche ragione Bridget pensò, inebetita, al vecchio appartamento in Avenue C. Per due anni e mezzo il canone mensile si era mantenuto al di sotto del prezzo di mercato. La somma saliva piano, con minimi ritocchi, grazie all'affitto calmierato di cui avevano goduto decine di alternativi squattrinati prima di loro.

Ma un giorno il padrone di casa aveva mandato due nicaraguensi con tanto di cinghie per trasportare mobili, in modo che portassero via la piccola cucina che era un gioiello di squallore. Per tre settimane erano state lasciate con una cavità umida, un pugno di condutture mozze e fili perplessi come serpenti che si cercano la testa. Infine il burbero sensale aveva riempito il buco con nuovi apparecchi e pensili, tutti di plastica e compensato. Per avere quell'onore, si erano ritrovate il canone raddoppiato di colpo, un cosiddetto "affitto più equo".

Il mese dopo avevano traslocato. Aveva segnato la fine di un'epoca. Tibby era andata a vivere con Brian a Long Island. Bridget aveva trascorso un anno itinerante in parte a dormire su divani e pavimenti, in parte a curare la casa di gente in viaggio oppure in sub-subaffitto, per poi intraprendere un lento cammino alla volta di San Francisco. Carmen aveva condiviso un appartamento in un quartiere residenziale con una ragazza bulimica che faceva la segretaria nello studio di un avvocato. Lena aveva trovato un posto migliore da insegnante e per lo più stava a Providence.

La sistemazione che avevano amato e dato per scontato, in un attimo e senza un motivo ragionevole era diventata inarrivabile.

Bridget camminava per il salotto della casa dei nonni di Lena, aspettando che arrivasse il momento di spostare i suoi passi da un'altra parte. Non riusciva a sopportare lo sguardo ferito e deluso di Carmen. Avrebbe preferito seguire la sorte di Tibby piuttosto che essere costretta a sentire quello che Carmen voleva da lei. *Per favore, vogliamoci tutte bene. Per favore, comportiamoci come sempre. Per favore, facciamo come se ci credessimo ancora.*

Ci fu un momento alla fine di quell'ultimo, terribile giorno, in cui gli occhi di Bridget si trascinarono fino a quelli di Carmen, ma non vide quello che si aspettava. Fu una sorpresa. Gli occhi di Carmen erano morti quanto quelli di Bridget; non chiedevano niente di niente. E forse non vedere il bisogno di Carmen fu perfino peggio che deluderlo. Forse nemmeno Carmen credeva più in loro.

Tibby, che non amava i cambiamenti, le aveva detto una volta che il presente non può cambiare il passato in alcun modo. Il passato è fisso e sigillato.

Ma non era vero. Ormai ogni volta che Bridget guardava al passato, che fosse recente o remoto, questo si apriva e mutava e si ricomponeva in immagini e dubbi a cui non aveva mai nemmeno pensato. Se a Tibby era successo questo, allora non ci si poteva fidare della loro amicizia, di ciò che avevano vissuto insieme. Pareva paradossale non essere d'accordo con Tibby in un momento del genere, ma non credeva più nel loro passato e le dispiaceva che fosse proprio Tibby a mostrarne tutta la fragilità.

Carmen guardò dal finestrino del taxi, mordicchiando sovrappensiero la costosa manicure e sputando frammenti di unghie come non faceva dalla scuola media. Il taxi le condusse lungo la strada costiera, e le lasciò all'aereo che le avrebbe portate lontano dall'isola. Per la prima volta da quando ricordava, sull'isola non splendeva il sole. Le nuvole erano basse e il vento soffiava forte e irregolare. Cercò di orientarsi dando un'occhiata alla Caldera; sapeva che avrebbe dovuto essere subito lì, fuori del finestrino, ma non riusciva a vederla.

Invece si figurò la pesante busta dentro la sua borsa da viaggio, che recava il suo nome nella scrittura illeggibile di Tibby. L'avevano trovata nella sacca di Tibby. Ce n'era una per ognuna di loro, con poche istruzioni scritte sul retro, compresa la data in cui doveva essere aperta. Lena le aveva distribuite prima di richiudere la sacca una volta per tutte, confusa quanto Carmen e Bridget. Aveva detto che avrebbe riportato il bagaglio a casa dei suoi genitori e lo avrebbe messo in cantina a meno che qualcuno non avesse un'idea migliore, ma nessuno ne aveva una.

Pensando alla sacca, la mente di Carmen si volse verso un altro foglio che avevano scoperto lì dentro, le famose regole dei pantaloni: il Manifesto, quella era la definizione altisonante che gli avevano dato. Quanto si sentivano splendide, allora.

Con insolito disprezzo, pensò a quante di quelle regole aveva infranto. Non avevano mai stilato un elenco delle conseguenze a cui sarebbero andate incontro infrangendole, ma forse avrebbero dovuto.

Quattro quindicenni potevano essere così potenti da stabilire le regole? Era a causa delle regole infrante che i pantaloni erano andati persi e con loro la Vera Amicizia di un tempo? Era perché aveva passato un panno umido sui pantaloni più volte sfidando la regola numero 1? Era perché aveva pensato "Sono grassa" nei pantaloni molte, moltissime volte, sfidando la regola numero 3? Di sicuro ci si era pulita l'indice dopo aver rovistato nel naso, chi voleva prendere in giro, e un paio di volte almeno li aveva indossati con la camicia dentro e una cintura. E addio alle regole numero 5 e 9.

Ma era la regola numero 10 che le bruciava davanti agli occhi mentre la ricordava. Era lì che aveva fallito. Che avevano fallito. Ed era quella che contava davvero, l'imperdonabile, impensabile fonte della loro perdita.

Ricorda: Pantaloni = Amore. Ama le tue amiche. Ama te stessa.

Ma perché vorresti spezzare un cuore
così perfettamente buono?

Taylor Swift

Dopo la partenza in taxi di Carmen e Bridget, Lena si sedette al piccolo tavolo di formica della cucina, nella casa dei suoi nonni. Era lì che mangiava i cereali con Bapi, l'estate dei suoi sedici anni. Lui sedeva sulla sedia di fronte alla sua, un giorno dopo l'altro, mangiando Cheerios in silenzio.

Ma non aveva lo stesso aspetto di allora. Né quella stanza né nessun'altra parte della casa. Era sbiadita e indistinta. Le era difficile riuscire a pensare che fosse la stessa. Ormai tutto era così, anche i suoi polsi e i suoi piedi le parevano curiosamente estranei. Forse il problema stava negli occhi.

Certe volte si calava così profondamente nella propria mente – senza pensieri particolari che avessero un loro svolgimento, solo avvolta dal fango e dall'oscurità – che le ci voleva un tempo incredibile per ricordarsi dove fosse e perché. Era quasi come se si addormentasse e svegliasse così tante volte in un giorno, dimenticando e ricordando che ormai viveva solo per intervalli.

Rispose al telefono che squillava. Era l'addetta della polizia giudiziaria. Parlò in fretta di pratiche e firme e orari, e per quanto Lena ascoltasse con tutta l'attenzione che le riusciva di avere, continuava a perdersi. Udiva le parole, le riconosceva e le dimenticava e cercava di ricordarle, e nel frattempo la donna era già avanti di decine di parole.

Negli ultimi giorni, Lena si era impegnata. Sapeva che i Rollins, Carmen e Bridget contavano su di lei. Era successo a casa sua. Ma la sua padronanza del greco non era all'altezza. Lei non era all'altezza. Forse il suo cervello non era in grado di comprendere quanto era accaduto in nessuna lingua.

«Capisce? Capisce?» continuava a ripetere la donna.

Lena teneva il ricevitore con entrambe le mani. «No, non capisco» rispose.

Lena trovò il numero attraverso l'operatore e chiamò quel pomeriggio. «Kostos, sono Lena Kaligaris» disse in inglese, con una voce che lei stessa stentava a riconoscere. «Sono a Santorini, mi dispiace disturbarti, ma se per caso sei qui avrei bisogno del tuo aiuto. Per favore, chiamami a casa dei nonni se senti questo messaggio.» Lasciò il numero, in caso lui lo avesse dimenticato.

Appese. Il suo cuore mantenne il solito battito greve. Si aspettava di sentire i passi di Carmen e Bee, anche se sapeva che erano partite quella mattina.

Non erano state capaci di guardarsi in faccia mentre si salutavano. C'era un miscuglio putrido e rabbioso di critica, paura e recriminazione tra di loro: *Che cosa abbiamo fatto? Come abbiamo potuto lasciare che accadesse questo? Sapevate qualcosa? Io sapevo qualcosa? Cos'è che non mi avete detto? Cosa non ho detto a me stessa?*

Avevano lasciato che Tibby scivolasse via da loro nell'oscurità più assoluta e *senza neppure saperlo.*

Cosa significa questo per noi? Chi siamo ora? Chi siamo diventate?

Quando Bridget chiamò Eric dall'aeroporto di Atene per informarlo di quando sarebbe arrivata, lui le disse che si era preso il pomeriggio libero per andarla a prendere e passare un po' di tempo con lei. Atterrata all'aeroporto di San Francisco, vide il viso ansioso di lui nel momento stesso in cui oltrepassò la porta che separava gli arrivi dal ritiro bagagli. Lui la prese subito tra le braccia. «Mi dispiace così tanto» le sussurrò nell'orecchio. La cullò, dicendolo più e più volte.

Ma nonostante continuasse a ripeterlo e col sentimento profondo che lei conosceva, le parole le giravano nell'orecchio senza mai arrivare al cervello. Altre volte era riuscito a confortarla, le aveva detto quello di cui lei aveva bisogno, ma quel giorno non poteva raggiungerla. Niente avrebbe potuto farlo.

Tenne lo sguardo fisso al finestrino mentre tornavano a casa. Guardò le colline marroni, chiedendosi quando sarebbero state di nuovo verdi. Eric non cercò di farla parlare.

Mentre si inoltravano nel quartiere di Mission, per un certo tempo Bridget non riuscì a ricordare dove abitava. Continuava a rivedere l'appartamento che avevano quando Eric si era trasferito in città ed erano andati a vivere insieme, un posto piccolo in Oak Street. Non riusciva a ricordare nulla della sua vita più recente.

Quando entrò in casa, non la riconobbe, per quanto fosse stata lei a sceglierla, costringendo Eric ad andarci. Vide che Eric aveva apparecchiato con i piatti che piacevano a lei: un burrito ai fagioli neri di Pancho, un avocado maturo tagliato a fette, una ciotola di mango a cubetti, un piatto di biscotti all'avena, e una brocca di limonata mescolata con il seltz. Si volse verso di lui e lo ringraziò abbracciandolo. Gli era davvero grata. Anche se nessuna di quelle vivande pareva avere un qualche collegamento con lei. Anche se non poteva mangiare nulla.

«Bene, e ora la sorpresa» annunciò lui, spalancando la porta della camera da letto.

Bridget guardò la piccola stanza, incredula. C'era un letto. Un ampio letto a baldacchino con tanto di rete a molle, materasso, piumino soffice e una pila di cuscini.

«Lenzuola nuove di zecca e tutto il resto» aggiunse Eric con orgoglio. Si avvicinò al letto e lei lo seguì lentamente.

«Mi sono reso conto che non abbiamo mai avuto un letto» disse ammirandolo, e intanto vi batteva la mano aperta. «Abbiamo sempre dormito su un materasso per terra o un futon. Sento che è il momento di avere un vero letto, sai? Mi ci è voluto un po' per sceglierlo. C'erano un mucchio di modelli diversi. Spero che ti piaccia.»

Si voltò a guardarla. Lei non riuscì a dire niente. Si sedette per terra sulla soglia e scoppiò in lacrime.

«Bee?» disse Eric inginocchiandosi accanto a lei. «Che c'è?»

Bridget ansimava. Lui la abbracciò, ma non riuscì a calmarla.

«Per piacere. Dimmi cosa ti succede.»

«I-io non voglio quel l-letto» singhiozzò.

«Perché no? Cos'ha che non va? Credevo che ti sarebbe piaciuto.»

Lei levò lo sguardo. «N-non è un b-brutto letto. M-ma hai i-idea...» s'interruppe e cercò ancora una volta di respirare «... di qu-quanto sarà difficile da spostare?»

«Non voglio spostarmi. Voglio stare qui. Voglio sistemarmi con te. Posso prendermi cura di te, Bee.»

Si sentì come se i polmoni le si fossero rivoltati contro. Non volevano saperne di riempirsi d'aria. Ciò che provava era opprimente, ma lei non riusciva a spiegarlo. Non avrebbe mai potuto fargli capire.

Doveva essere il pomeriggio successivo alla partenza di Bee e Carmen. Lena calcolò che era il giorno dopo quello in cui aveva parlato con la polizia giudiziaria e lasciato il messaggio a Kostos. Era stata seduta al tavolo della cucina a lungo, poi era rimasta sdraiata sul divano al buio per un certo tempo. Era molto probabile che fosse il giorno dopo, ma una giornata in più avrebbe potuto scorrere via e un'altra scivolare sotto la porta senza che lei ne fosse veramente consapevole.

Comunque, era piuttosto sicura che fosse il giorno dopo la loro partenza, quello in cui Kostos arrivò.

Sentì bussare alla porta, si alzò dal divano e andò ad aprire. Non si aspettava di vedere lui. Non si aspettava nessuno. Un tempo sentir battere alla porta indicava che qualcuno era sicuramente lì fuori, ma così come il tempo si era confuso, la sua mente si era estraniata dai principi di causa ed effetto. Gli avvenimenti le sorgevano davanti agli occhi e rimanevano lì un certo tempo per poi scomparire. L'avvenimento, in quel caso, era Kostos.

Lui aprì le braccia e Lena vi si abbandonò. Kostos la strinse forte a sé e lei sentì il proprio viso che premeva sulla sua camicia di cotone. L'odore del colletto le era familiare. In qualche modo Kostos erano tornato nel mondo in cui viveva lei. Avvertì le emozioni, la sorpresa e la stranezza di quella situazione, ma non riuscì a provarle davvero.

«Entra» lo invitò guidandolo verso il divano. Si era dimenticata di quanto fosse buio, con le imposte chiuse, ma quando Kostos le si sedette accanto e lei non riuscì a vedergli il viso, disse in tono fiacco: «Mi sa che è troppo scuro qui dentro» e si diresse verso la finestra sul davanti per aprirla. La luce del sole irruppe, troppo intensa per essere la benvenuta.

Lui le prese la mano e la tenne stretta. Lena vide che aveva l'aria triste. Pensò di chiedergli cosa avesse. Era confusa, e di nuovo dimenticò dove si trovava. E poi ricordò. Tutto sommato, dimenticare era più semplice, ma non durava mai molto.

«Tibby non c'è più» mormorò. Non si era accorta che le lacrime stessero scendendo, ma erano lì. Aveva il viso bagnato: dovevano essere le sue.

Lui annuì. In qualche modo lo sapeva già. Era un sollievo per un certo verso, perché non era sicura di poter mettere in fila le parole che occorrevano per spiegarsi.

«È annegata.»

Lui annuì di nuovo.

«Qui.»

«Me l'hanno detto.»

«Credevo che fossi a Londra.»

«Lo ero.»

«Come sei venuto?»

«In aereo.»

Lena fece cenno di aver capito, nonostante la confusione che aveva in testa. Significava che era venuto perché lei lo aveva chiamato? Aveva senso? Questa e altre possibilità aleggiavano, senza che lei riuscisse ad afferrarle. «Sentivo che spettava a me affrontare i poliziotti e gli inquirenti e l'ambasciata e tutto il resto, ma non me la sono cavata molto bene.»

«Spero di poterti aiutare.»

«Sono tornati a casa tutti. I genitori di Tibby, Carmen e Bridget. Gli ultimi sono partiti ieri mattina. Credo.» Fece una pausa. Stava per dire che Tibby era andata con loro. Il corpo di Tibby era andato con loro. Ma non sapeva come spiegarlo. Doveva esserci un modo per dire cose come quella. «Credo che fosse ieri mattina.»

«Capisco» disse lui.

«All'inizio sembrava un incidente, invece a quanto pare sapeva che sarebbe annegata.»

Lui si picchiettò sulla testa, gli occhi mostravano la sua confusione. «In che senso?» Pareva sorpreso, non più solo triste.

«Sembra che ci abbia riunite qui per dirci addio.» Era una realtà che Lena non aveva osato dire ad alta voce a nessuno e nemmeno pensare fino in fondo, e adesso ne stava parlando con lui. Lei, che di solito studiava e soppesava ogni parola prima di pronunciarla, non stava affatto pensando. Le era bastato aprir bocca e quella frase era uscita.

«Che cosa te lo fa credere?» Aveva un'espressione dolce. Le teneva ancora la mano.

«Perché ci ha lasciato delle cose. Per dirci addio.»

Kostos annuì. Attese un momento prima di chiedere: «Ne sei sicura?»

Lei scrollò la testa. «Non sono più sicura di niente. Ma ci ha scritto di andare avanti senza di lei. Ci ha lasciato delle buste da aprire più tardi, quando non sarebbe più stata con noi.»

«Poteva aver deciso di andare da qualche parte? Di partire?»

Lena ci rifletté. «Ci ha scritto che voleva che la ricordassimo.»

Con la mano che non stringeva quella di lei, Kostos si stropicciò gli occhi. «Vuoi dire che sapeva che sarebbe successo qualcosa?»

«Sì.»

«E tu temi che lo abbia voluto.»

Lena non riuscì a fare quel passo. Era comprensibile pensarlo, eppure non era possibile che Tibby lo avesse desiderato.

«Qualcuno ne ha parlato con i poliziotti o gli inquirenti?»

Lei scosse la testa, colpita. «Perché non posso proprio crederci.» Non si rese conto di aver ricominciato a piangere, ma il suo viso era di nuovo bagnato. Sperava che lui non lo notasse.

«Ma così sembrerebbe.»

«Così sembrerebbe.»

Bridget si sedette al tavolo apparecchiato della cucina e si rialzò. Fece qualche passo nella stanza senza sole. Mangiò una mezza fetta di avocado e sentì che le si bloccava nello stomaco.

Le sembrava di non riuscire a concentrarsi sul viso di Eric, né su altro, in realtà. Sentiva gli occhi pulsare nelle loro cavità. Provò a risedersi, ma non ci riuscì. Le sue gambe non volevano star ferme. Avvertì lo sguardo preoccupato di Eric su di sé e cercò di non lasciar trapelare il panico. Lui si aspettava che gli raccontasse di Tibby, ma non poteva.

«Vado a fare due passi» annunciò. «Devo prendere una cosa al minimarket.»

Lui si alzò. «Posso andarci io. Non mi pesa.»

«No, grazie. Ho bisogno di muovermi un po'. Sono stata in aereo per tante ore.»

«Ma non hai ancora toccato niente.»

Prese al volo mezzo burrito dall'incarto per mangiarlo mentre camminava. «Mi serve una cosa da donne. Non posso aspettare.» Era già a metà strada verso la porta prima che lui potesse fermarla.

«Vuoi compagnia?» chiese, seguendola.

«No, no. Torno subito.» Non si guardò neppure indietro. Caracollò giù dalle scale e lasciò che il portone si richiudesse dietro di lei con un tonfo.

Camminò. Camminò in fretta senza pensare a dove andava. Si fermò solo il tempo di scagliare il burrito in un cestino dell'immondizia. Le sarebbe piaciuto avere la bicicletta, ma non voleva tornare a prenderla. Non andò al minimarket. Non le occorreva nulla. Aveva solo bisogno di continuare a camminare.

Risalì Divisadero Street e vide il tramonto. Era uno splendido cielo rosa, arancio e grigio scuro, ma la sua bellezza non le entrò negli occhi. Rimase in superficie, come un riflesso.

Sarebbe scesa volentieri nel quartiere di Marina, fino all'oceano, ma un pensiero le ronzava nella testa a intermittenza e la tormentava come una sveglia che non dà pace. Eric la aspettava. Eric era seduto davanti a un tavolo ricoperto dei suoi cibi preferiti. Eric era preoccupato per lei, e il pensiero di lui non voleva lasciarla tranquilla.

Alla fine la sveglia trillò così forte che lei si bloccò e tornò indietro sulla Divisadero. Camminò fino a casa, sfruttando il senso di panico per mettere a punto subito un piano. Un brutto piano, un piano sbagliato, ma l'unico che poteva tollerare.

«Stavo cominciando a preoccuparmi» disse Eric quando Bridget entrò.

Lei andò dritta in bagno e chiuse la porta. Non era stata abbastanza furba da rientrare a casa con un sacchetto. «Non devi preoccuparti» gridò attraverso la porta.

Si sedette sul coperchio del water e si prese la testa tra le mani.

Questo è l'uomo che ami, una parte di lei sentiva il bisogno di dire.

Non so nemmeno cosa significa, replicava il resto di lei. *Non so come farlo adesso.*

Pensò al letto. Alle quattro colonne del baldacchino. Uscì dal bagno quando fu pronta.

Eric stava leggendo alcuni documenti legali al tavolo di cucina. Aveva sparecchiato.

Lei rimase sulla soglia, imbarazzata. Si passò le dita tra i capelli, là dov'erano più annodati. Non li lavava da giorni. «Ehi» disse piano.

Lui le sorrise, incerto. «Vuoi vedere qualcosa? Un film, magari?»

Bridget annuì. Le sembrava più facile che parlare. Eric trascorse parecchio tempo a passare in rassegna la piccola libreria. Niente che avesse a che fare con la morte. Niente di sinistro o impegnativo. Alla fine scelse *La storia fantastica.* Sapeva che lei lo adorava. L'avrebbe aiutata a rilassarsi, anche se non a smettere di pensare.

Si sedette sul divano e lei si sistemò sul pavimento tra le sue ginocchia, cercando di trovare un modo per tenere a freno le gambe irrequiete, visto che non poteva tagliarle.

Il film non fu neppure rilassante. Quando arrivarono alla palude del fuoco, Eric stava ormai sbadigliando e Bridget non poteva più imporsi di stare seduta e ferma. Si allungò per prendere il telecomando e spense.

«Vai a letto» suggerì. «So che sei stanco. Io disfo la borsa e ti raggiungo.»

«Vorrei che venissi subito» disse lui con sguardo rassegnato.

«Devo mettere via alcune cose. Sono ancora sintonizzata sull'ora greca.» Si zittì prima di aggiungere una terza misera scusa.

Lui andò in camera e lei fece il gesto di aprire la borsa da viaggio in salotto ed estrarne il contenuto. Presto udì il suono regolare del respiro di lui.

Eric si addormentava sempre in fretta, come le persone buone. Dormiva profondamente: un premio per l'innocenza e il duro lavoro. Bridget rimase accanto alla finestra della cucina, in preda all'agitazione.

E in preda all'agitazione si mosse verso la soglia della camera da letto e lo osservò dormire. Non poteva andare a letto. Le pareva una prigione. Estrasse lo zaino dal proprio armadio, lo portò in salotto e vi trasferì la metà della roba che si trovava nella borsa da viaggio. In quell'appartamento aveva la sensazione di essere in gabbia.

Legò il sacco a pelo allo zaino e lo lasciò accanto alla porta d'ingresso. Prese al volo il cellulare dal tavolo e se lo ficcò in tasca. Si avvicinò al nuovo letto e si chinò per baciare Eric sulla tempia. «Non posso farlo. Mi dispiace» disse, troppo piano perché lui potesse sentirla.

Scrisse un messaggio e lo lasciò sul tavolo.

Non posso rimanere. Devo continuare a muovermi. Ma mi dispiace andare via.

Ti amo.

Con lo zaino in spalla e un dolore opprimente al petto, Bridget attraversò la città. Percorse Cole Valley e poi Haight, tra le torme di nottambuli. Discese Fulton Street fino all'oceano, e si fermò sulla spiaggia buia. Si sfilò scarpe e calze e camminò fino alla battigia. L'Oceano Pacifico era possente. Poteva inghiottire qualsiasi cosa. Prese dalla tasca il cellulare e lo lanciò il più lontano possibile tra le onde. Glielo offriva come antipasto.

Distese il sacco a pelo sulla sabbia e vi s'infilò, cercando di impedire al proprio corpo di tremare. Si distese supina, guardando le stelle silenziose e chiedendosi quando la nebbia l'avrebbe inghiottita.

Il suo corpo era una prigione, il suo cervello era una prigione. I suoi ricordi erano una prigione. E le persone che amava. Non riusciva a liberarsi dal dolore che le provocavano. Poteva lasciare Eric, uscire di casa, camminare per sempre se le andava, ma non poteva scampare a quello che faceva davvero male. Quella notte perfino il cielo le pareva una prigione.

Kostos uscì dalla casa dei nonni di Lena dicendo che doveva andare a prendere un paio di cose. Lena richiuse la porta dietro di lui e subito pensò che l'intero episodio fosse stato frutto di un'allucinazione.

Ma poco tempo dopo lui tornò, portando una cartella di cuoio e due sacchetti di cibo. Nel giro di qualche minuto fece e ricevette alcune telefonate: parlò con qualcuno al consolato americano e con il commissariato locale di polizia. Sembrava che conoscesse tutto e tutti senza che lei fosse costretta ad aprir bocca. Si chiese se era ancora in preda alle allucinazioni.

Poi Kostos appese il ricevitore, prese il cibo dai sacchetti e le preparò un piatto di uova strapazzate con pane tostato e un tè zuccherato. Lei si sedette al piccolo tavolo di cucina, di fronte a lui, e mangiò. Non toccava cibo da così tanto tempo che le parve strano, come se la lingua avesse dimenticato come si assapora e i denti come si mastica. Fece una pausa a metà e posò il mento sulla mano. Mangiare era stranamente spossante.

Studiò il viso di lui, più a pezzetti che nel complesso. Non riusciva ad assorbirlo tutto insieme. C'erano quelle emozioni in fondo e, per quanto non riuscisse proprio a sentirle, erano potenti e lei le temeva. Era come guardare una nube temporalesca dall'alto di un aereo, e sapere esattamente come ci si sentiva a essere lì sotto, pur senza esserlo ancora. In fondo prima o poi l'aereo avrebbe dovuto scendere.

Gli zigomi, il naso e le mascelle di Kostos erano più prominenti di quanto non ricordasse. Le sue espressioni ricorrenti si erano incise sul viso: piccole rughe intorno agli occhi dovute al riso, alla preoccupazione o forse alla miopia, linee sottili intorno alla bocca. Guardò quelle linee mutare e muoversi mentre lui parlava.

Aveva la barba del giorno prima, rischiarata da scintille d'argento. *Hai qualche anno in più,* pensò. Ma questo era il suo Kostos, quello che ricordava, non l'uomo delle riviste. Era possibile che ce ne fossero due? Ebbe l'idea di guardargli la mano in cerca di un anello. Non aveva la fede, ma portava un cerchio d'argento al dito medio. Lena non sapeva che significato potesse avere in Grecia o a Londra, e non riusciva nemmeno a seguire i propri pensieri.

«Com'è strano» disse in silenzio, a lui, alle uova, a se stessa.

Suppongo di essere sostanzialmente un fantasma.
Credo che lo siamo tutti.

John Astin

Caro papà,

mi fa piacere che tu abbia telefonato tante volte e mi dispiace di non averti richiamato. Il tuo biglietto era davvero delizioso. So che vorresti venire al funerale, ma Alice chiede di aspettare e di andare alla funzione in suo ricordo a primavera. Capisco che vuoi essere d'aiuto, e lo apprezzo molto. Ti chiamo quando torno a New York, o forse posso venire a trovarti a Charleston prima o poi. Per cui, insomma, grazie tante, papà, mi faccio sentire presto.

Un abbraccio,
Carmen

Carmen guardò la mail a lungo senza cliccare Invio. Era sdraiata sul suo vecchio letto, il suo vecchio letto nella gigantesca casa nuova della madre, e curiosamente sentiva che lei e il padre si stavano scambiando i ruoli. Ricordò quanto fosse frustrata un tempo perché lui eludeva la sua tristezza, dicendo senza convinzione frasi come "la sofferenza rende forti" e "i colpi peggiori alla lunga si rivelano i migliori". Un tempo desiderava più di tutto condividere qualcosa di importante con lui, far sì che quella cosa li avvicinasse. Adesso era lui quello ansioso di conoscere il suo dolore, di mostrarle la via, e lei non voleva. Chi dei due era elusivo adesso? Non poteva sopportare il dolore di lui né il proprio.

Scoccò un'occhiata all'icona della posta elettronica sul suo telefono. Diceva che c'erano cinque nuovi messaggi in arrivo e in loro scorse un'ancora di salvezza. Riconobbe in se stessa le vecchie mosse familiari: la scappatoia, il sotterfugio, e soprattutto il diversivo. Le riconobbe per averle viste tante volte in suo padre. E in quelle sue proposte lamentose Carmen riconobbe il suo vecchio sé che si sforzava di essere coraggioso.

«Vuoi dormire un po'?» chiese Kostos quando vide Lena sbadigliare sulla tazza del tè.

«Se potessi lo farei» rispose.

Kostos aveva un'espressione aperta e comprensiva. L'aveva sempre avuta, perfino quando stava mandando in pezzi le sue speranze nel più brutale dei modi. «Tu ti sdrai sul divano e io rispondo al telefono o alla porta. Baderò io a tutto.»

Terrò a bada la tristezza per te, pareva che dicesse. *Terrò a bada la preoccupazione e le grandi, oscure domande, in modo che tu possa riposarti un poco.*

«Grazie. Ci proverò» disse lei. Si distese con le mani sotto il capo, e lui le diede una coperta di lana. La adagiò su di lei come se la casa fosse sua. E di fatto era sua più che di Lena. Kostos aveva trascorso parecchio tempo in quella casa, mentre lei ci era andata soltanto quattro volte, e sempre per perdere qualcosa: il cuore, il nonno, i pantaloni, Tibby, e insieme a Tibby il conforto di sentire di aver capito qualcosa del mondo, ma forse non lo aveva mai capito.

Kostos le toccò la caviglia senza volerlo. Poi andò a sedersi sulla poltrona verde imbottita di fronte a lei. Lena lo osservò con attenzione, apertamente, mentre si alzava e riprendeva la borsa dall'altra parte della stanza e ne sfilava il giornale. Lena dimenticò che avrebbe dovuto dormire e che era una cosa strana da fare.

Lui appoggiò i piedi sul tavolino e le scoccò un'occhiata. Lei chiuse gli occhi, ma non ci riuscì a lungo. Anziché essere pesanti, le palpebre parevano elastiche e leggere, e forse perfino troppo corte per poter coprire i bulbi oculari. Strano.

Si voltò verso la spalliera del divano. Forse le sue palpebre si accorciavano quando voleva guardare lui. Esaminò la fantasia del divano: fiori di ortensia verde, blu, giallo, ocra, rosso granato, che non sembravano affatto ortensie, quanto una loro versione vertiginosamente drogata. Quel divano non sarebbe stato bene con nessun quadro.

E poi cominciò a chiedersi che ne sarebbe stato di quel divano. Suo padre non avrebbe saputo che farne. Lo immaginò fuori, sulla strada serpeggiante, in attesa di qualcuno che lo volesse, sotto il sole cocente dell'isola che ne esaltava i segni d'usura.

Immaginò i suoi nonni mentre lo compravano. Si figurò l'angusto negozio di mobili a Fira, suppergiù nel 1972: sua nonna che indugiava sui colori e suo nonno con l'espressione dolce e niente da dire. Cercò di immaginare come sarebbe stato, quel divano, nel suo monolocale di Providence. Non ci sarebbe stato. Avrebbe dovuto eliminare il letto. Una cosa su cui riflettere.

Quando si voltò di nuovo a guardare Kostos, scoprì che il giornale gli era caduto in grembo, il capo gli era scivolato all'indietro e le palpebre erano chiuse. Lo osservò dormire, con occhi sgranati. *Mi sa tanto che sarò io a badare a te,* pensò. La vista del suo corpo abbandonato era un piacere per lo sguardo, invitante e travolgente insieme. Gli occhi di Lena erano avidi, perfino in quel momento. Ciò che di solito la tratteneva era il timore di farsi sorprendere mentre guardava. Ma in quel momento poteva farlo liberamente. Per un momento, il viso di lui non appartenne più al mondo importante, ma soltanto a lei.

Lena fece una cosa curiosa: sfilò dalla borsa un blocco per gli schizzi e un carboncino. Quei due oggetti la seguivano sempre e dovunque, ma era da tempo che non li usava. Kostos dormiva in silenzio e lei disegnò il suo viso, segnato da tutti i drammi che Lena faticava a ricordare in quel momento. Anche quando il cervello non capiva, gli occhi potevano comunque vedere. Per quanto Lena si sentisse ancora lassù in alto, a guardare da sopra la nube temporalesca che presto avrebbe tempestato anche lei, poteva comunque disegnare. E in questa possibilità scorse una fonte di salvezza.

Quando Kostos aprì gli occhi, gli ci volle qualche secondo per metterla a fuoco. Un'espressione contrita gli si dipinse sul viso. Aveva pensato di badare a lei, lo aveva voluto davvero, ma la tristezza e l'ansia erano come bambini turbolenti, difficili da tenere a bada.

Mentre Kostos parlava al telefono in cucina, Lena si sedette accanto alla finestra e guardò fuori il breve tratto di strada e la casa di fronte a qualche metro di distanza. Avrebbe potuto andare di sopra e concedersi la splendida vista che spaziava sulla Caldera, ma in certi momenti non si riesce a sopportare che una visione angusta.

Ascoltò la voce di lui. In passato le era parsa elettrizzante, adesso la cullava. Per qualche ragione la sua mente si distrasse, richiamando l'immagine di una sua cugina iperattiva a cui serviva uno stimolante per calmarsi.

Proprio come si era aspettata, Kostos era la persona più giusta in quel momento. In un batter d'occhio era diventato amico dell'addetto al consolato, e il commissariato contava su di lui per gli ultimi dettagli. A un certo punto Lena si rese conto che era passato dall'inglese al greco, ma non ci aveva fatto caso in un primo momento perché capiva entrambi.

Pensò a Eudoxia per un momento. *Alla fine l'ho chiamato*, pensò, triste.

Per un po' non sentì alcun rumore. Quando Lena andò a controllare, scoprì che Kostos aveva staccato il rubinetto per sistemare il gocciolio. Lo osservò per qualche minuto dalla soglia, dimenticando di sentirsi in imbarazzo o che lui potesse esserlo.

«Nessuno si occupa della casa da parecchio tempo» disse.

«Che fine farà?»

«Mio padre dice che la venderà. Ma per farlo dovrà venire qui e mettere in ordine e passare in rassegna tutta questa roba.»

Lui annuì. «Odio pensare che questa casa possa appartenere a qualcun altro.» Quando ebbe finito di avvitare il rubinetto, levò lo sguardo. «Potresti farlo tu.»

«Fare cosa?»

«Sistemare la casa.»

«Io?»

«Potrei aiutarti.»

La nube temporalesca crepitò sotto di lei. Strizzò gli occhi per mandare indietro le lacrime. «Ma devo tornare a casa.»

«Perché?»

Non che ne avesse paura. Avrebbe anche potuto restare. Lo guardò negli occhi. «Il funerale.»

Kostos annuì, comprensivo. «Oh» disse piano. «Quando?»

«Domani. Parto domani. Il funerale è dopodomani. Giovedì.»

Non riusciva ancora a registrare i giorni che passavano, ma ricordava che Alice Rollins aveva continuato a ripetere giovedì.

Nella sua mente giovedì non aveva nulla a che fare con Tibby, ma era uno dei pochi punti definiti rimasti all'orizzonte.

Lui aprì la bocca per parlare, ma non lo fece. Strizzò la spugnetta nel lavandino e cominciò a passarla sul piano di lavoro.

Lei andò in bagno per lavarsi il viso e soffiarsi il naso, e quando tornò, Kostos, la star della finanza, stava staccando i cardini della porta di servizio che non volevano più girare come si deve.

Il corpo di Bridget era in rivolta e la sua mente non aveva niente da dire in merito. In realtà non aveva niente da dire in generale. Non pensava a niente, non aveva niente, non apparteneva a niente, non possedeva niente. Tranne la sua bicicletta.

Il secondo giorno era tornata a prenderla, quando era sicura che Eric fosse al lavoro. Durante i chilometri che fece a piedi verso casa, pensò a come avrebbe fatto a prenderla, visto che non aveva la chiave del garage. Era lì che l'aveva messa il giorno in cui era partita per la Grecia.

Sentì una fitta di dolore. Era stata così felice in quel momento, perché immaginava che la sua vita si sarebbe rimessa insieme, non che sarebbe caduta a pezzi. Spazzò via quel ricordo.

Eric teneva la chiave del garage nel suo portachiavi. Lei non la usava quasi mai. Non prendeva mai la macchina e preferiva legare la bicicletta nel portico sul davanti per averla sottomano. Poteva scassinare la serratura, oppure poteva entrare da una finestra. Era piuttosto brava in tutte e due le cose.

Ma quando giunse lì, trovò la porta del garage spalancata. C'era la sua bici nell'angolo. Pareva che Eric l'avesse lasciata aperta per lei.

Il suo cervello tacque, e fu meglio così. Spinse la bicicletta fino a 16th Street prima di montare in sella. Ma non fu contenta di vederla come aveva pensato. Non la sentiva davvero sua. I fiori di seta le sembrarono insulsi. Non si spiegava come potessero esserle mai piaciuti.

Pedalò in salita attraverso Pacific Heights, punendo i suoi muscoli irrequieti sulle colline più ripide, e poi giù a Presidio. Svoltò verso nord e si arrestò a Fort Point il tempo necessario a staccare i fiori di seta dalle sbarre e dal cestino. Salì in piedi su un muro e li lanciò nell'acqua avida. Per quel che la riguardava, poteva prendersi anche quelli.

Kostos disse che una passeggiata le avrebbe fatto bene, e Lena pensò che forse aveva ragione. Magari muoversi le sarebbe riuscito meglio che restare ferma.

Quando varcò la porta d'ingresso, il sole era così forte che Lena incurvò le spalle sotto la sua forza. Socchiuse le palpebre e poi le serrò, cercando di adattare gli occhi e i pori all'assalto.

Scoccò un'occhiata alla casa dei nonni di Kostos, in fondo alla strada. Aveva sempre un certo timore di loro, da quando aveva dato spettacolo quella prima estate. Era successo molti anni prima, certo, ma Lena aveva una memoria di ferro per i propri errori. Aveva pensato di fermarsi a salutare. Aveva immaginato di parlare un po' con Rena di sua nonna. Aveva perfino incartato un regalino per loro con un biglietto da parte di sua madre. Ma poi, fin dalla mattina presto, tutte quelle idee si erano disperse o dileguate.

«Stai da loro?» chiese, indicando la casa. Era così vicina che la prima estate aveva pensato che se fosse inciampata e finita rotoloni, e la porta di casa di Douna fosse stata aperta in quel momento, sarebbe piombata dritta nel salotto di Kostos.

«No. Passo spesso da loro quando sono qui, ma ho una casa mia.»

Lei cercò di immaginarla. «Hai ancora quell'appartamento a Fira?» domandò. Ricordava che quando era stato sposato con Mariana vivevano lì.

Sulle prime parve perplesso, ma poi capì. «No, no.» L'espressione di Kostos le diceva che non avrebbe potuto essere più fuori strada di così. «Qualche anno fa ho comprato una casa di fronte a Oia, che domina la Caldera.»

«Una casa tua?»

Lui mostrò un vago imbarazzo. «Una casa per andarci il finesettimana. Una casa delle vacanze.»

«Si può andare in vacanza a casa?»

La battuta non attenuò l'imbarazzo, e lei decise di fare un passo indietro. Non avrebbe voluto porgli nemmeno una di quelle sciocche domande.

Salirono anziché scendere. Ma che importanza aveva? Qualsiasi direzione era ugualmente angosciante.

Mentre si arrampicavano, Lena parlò tra sé più che a lui. Si rimproverò per essersi stupidamente confusa, pensando che vivesse ancora con i nonni, dimenticandosi chi era lui ormai.

Il fatto era che lei non poteva nemmeno contemplare l'idea di avere una casa sua, e meno che mai in un luogo nel quale non viveva.

Lena stentava a racimolare il coraggio e i soldi per comprarsi un fornetto elettrico. Il poco denaro che aveva, lo spendeva nell'affitto e nel cibo. Anche quando riusciva a mettere da parte qualcosa, tendeva a non acquistare né accumulare niente, tranne fotografie, piccoli ricordi e blocchi per schizzi. Era un fatto normale per gli studenti universitari, in particolar modo per quelli di belle arti, e per tutti coloro che rifiutavano il passare del tempo.

Ma Kostos si era lasciato alle spalle tutto questo. Ormai aveva superato i trent'anni. Nel lavoro, aveva un potere enorme. Era apparso sulla copertina di una rivista, santo cielo. Lei era rimasta intrappolata nel tempo, e solo nelle sue fragili ossessioni poteva restarvi ingabbiato anche lui. Salire era fonte di angoscia. In cima alla collina, sull'altipiano, c'era il boschetto in cui avevano condiviso una vasta gamma di stati d'animo, tra cui vergogna, desiderio, tradimento e perdono.

Lena temeva di ritrovarsi nel cuore della tempesta, se fossero andati lì. Invece Kostos la condusse su un tratto di roccia riarsa, e sedettero sull'orlo di un precipizio che dominava il mare.

Era quella la vista che aveva cercato di eludere, e mentre i suoi occhi si perdevano nell'orizzonte blu ne capì la ragione. Qualcosa si mosse nel suo cervello, si aprì, o forse si chiuse. L'orizzonte tremolò e si allargò e le lacrime le solcarono le guance. Il suo respiro si fece irregolare e le spalle sobbalzarono.

Si ritrovò con la testa appoggiata alla spalla di lui e avvertì vagamente il suo braccio che la cingeva. Si sentiva dissolta dall'acqua. Forse era il sale nelle lacrime che la scioglieva, che la annientava come una lumaca senza guscio. Non si ribellò. Non aveva le forze per farlo.

Ricordò di aver pianto in quel modo tra le braccia di Bee, ed era stato a causa di Kostos. Ricordò di aver pianto in quel modo tra le braccia di sua madre in un altro momento, sempre per Kostos. E adesso c'erano le braccia di Kostos intorno a lei mentre piangeva per Tibby e per la loro vita perduta.

Chi avrebbe immaginato che lui, fonte di ogni sua sofferenza, alla fine l'avrebbe confortata? Lo aveva posto su un piedistallo, così alto che era difficile pensare di averlo lì con lei in un momento come quello. Pareva un'allucinazione, ma non tale da essere messa alla prova o discussa, perciò la lasciò dov'era.

Pianse a lungo. O così le parve, a giudicare dal cambiamento della luce. Kostos aveva molta pazienza. Era nella sua natura più autentica, come i modi garbati, il senso di colpa, la sua estrema affidabilità. Il senso di colpa era nei suoi confronti.

Le era già capitato di piangere, con il cuore spezzato. Sapeva come ci si sentiva. Ma adesso non le pareva che il suo cuore fosse spezzato, quanto piuttosto... vuoto. Si sentiva una sagoma senza nulla dentro, e quella sagoma piangeva stupidamente per quell'interno inesistente. Il passato piangeva per il presente che non era nulla. Tibby era radicata in lei troppo profondamente perché Lena potesse continuare senza di lei.

«Perdo sempre tutto, qui» disse.

Kostos non poteva sapere quello che intendeva esattamente, eppure ci rifletté.

«Forse trovi anche qualcosa.»

«Forse» sospirò lei. Ci pensò e scosse il capo. «Niente che riesca a tenere.»

Bridget si abbandonò a uno dei suoi vecchi desideri. Intorno a mezzanotte – ormai non sapeva più bene che ore fossero – legò la bicicletta a un lampione e sistemò il sacco a pelo su una panchina di Dolores Park. Si distese sulla schiena, appoggiando la testa allo zaino e guardò su, attraverso i rami dell'albero familiare, i frammenti di cielo.

Cercò di restare sdraiata, di non farsi vedere dai suoi amici, perché non lo riferissero a Eric – il messicano incravattato, così lo chiamavano – che avrebbe temuto di vederla trasformarsi in una senzatetto. Ma scoprì, col progredire e raffreddarsi della notte, che sebbene il gruppo parlasse tanto di dormire all'aperto, la maggior parte di loro doveva rifugiarsi in chiese e ospizi dei dintorni molto prima dell'alba. Nelle ore più buie il silenzio avvolgeva ogni cosa.

Era quasi addormentata quando sentì qualcosa accanto a sé. Aprì gli occhi e non vide nulla, perciò li richiuse. Trascorsero alcuni minuti e il suo respiro si fece regolare. Poi, a un tratto, un'ombra le coprì il viso e sentì che lo zaino le veniva sfilato da sotto la testa.

C'era un vantaggio ad avere in corpo così tanto dolore e adrenalina. Afferrò subito lo zaino con entrambe le mani e lo strattonò.

Le ci volle un momento perché i suoi occhi mettessero a fuoco: era un uomo con un berretto di lana fatto a maglia e la barba.

«Giù le mani dal mio zaino» ringhiò.

«Ho un coltello» disse una voce maschile, minacciosa.

Bridget tirò lo zaino ancora più forte. Non le importava se aveva un coltello. Che avesse pure un coltello. Che la uccidesse con quel coltello. Non era un problema. Ma la sua roba non doveva prenderla. Si alzò, imponente. Era più alta di lui e molto più arrabbiata. Aveva dato quasi tutto ciò che aveva alla gente di quel parco, ma l'aveva fatto alle proprie condizioni. Non l'avrebbe fatto a quelle di lui.

Con un vigore inaspettato, gli strappò lo zaino dalle mani. Lui le si avvicinò, cercando di attaccarla, ma Bridget era salda sulle gambe. Strinse lo zaino con un braccio e con l'altro gli sferrò un pugno sulla mascella con tutta la forza che aveva. Si fece male alla mano, ma anche la mascella di lui doveva averne risentito, ne era certa. Sorpreso, l'uomo portò la mano al viso e lei lo colpì di nuovo all'orecchio.

Se anche aveva un coltello, lei non lo vide. L'uomo si voltò e se ne andò. Pareva aver capito che lei era più disperata di lui. Fu tentata di seguirlo e picchiarlo di nuovo. Poteva anche essere un criminale e un tossico, ma aveva più motivi di lei per vivere.

«Vaffanculo» sbraitò.

La mano le faceva male. Strinse a sé lo zaino. Non voleva dare più niente a nessuno.

Quella sera Lena e Kostos sedettero sul divano. Dapprima si sistemarono composti ai due estremi, poi si volsero uno verso l'altro, le gambe di Lena erano accavallate. Le scarpe eleganti di lui sparirono e infine, quando si fece tardi, abbandonarono la schiena sui cuscini spinti contro i braccioli, le ginocchia flesse e i piedi non molto distanti. La conversazione scorreva, si arrestava e riprendeva, accompagnata da un terzo elemento di cui nessuno dei due aveva il controllo, ma che era per lo più benevolo.

Lei si appisolò, e al risveglio si rese conto che aveva allungato le gambe e gli aveva adagiato i lunghi piedi sulle ginocchia. Non erano certo la sua parte migliore.

«Hai idea di quanto abbia significato quella lettera per me?» gli chiese. Si domandò perché l'avesse detto così, di punto in bianco, senza la minima cautela. Doveva avere a che fare con un sogno di poco prima. Ma in fondo perché non dirlo? Perché tenere ancora qualcosa per sé?

Tutta quella situazione non era altro che un'allucinazione, poteva dire quello che le pareva.

Kostos le prese i piedi tra le mani. Sembrava confuso. «Quale lettera?»

Quale lettera?! Esisteva forse un'altra lettera? Dio, quanto era diventata piccola la sua vita. Per lui doveva essere solo una delle cinque lettere scritte quella settimana. Trasse un respiro. «La lettera che mi hai scritto dopo la morte di Valia.»

Lui annuì. «Le volevo bene come a mia nonna. Ogni volta che percorro questa strada, lei mi manca.»

«Anche lei ti voleva bene, lo sai. Era così orgogliosa di te. Le sembrava che tutti abbandonassero questo posto. Siamo andati ad abitare da altre parti, mentre tu, l'eroe di Oia, sei sempre tornato.»

Lui fece spallucce e scosse la testa. Non giudicava quasi mai.

«Se ne vanno tutti da qui. Eccetto i turisti. I tedeschi. Quelli rimangono.»

Lei sorrise. Pareva proprio un sorriso. «Non sono riuscita a capire i miei sentimenti verso Valia finché non ho letto la tua lettera, allora mi sono stati chiari.»

«Mi fa piacere» disse lui. Ci pensò un momento, con lo sguardo basso. «Eppure l'ho delusa.»

«Valia?»

«Sì.»

«Impossibile.»

«L'ho fatto.»

«In che modo?»

L'espressione di lui si era fatta pensierosa e cupa, e Lena non fu più tanto sicura di volerlo sapere. Era raro che lui si bloccasse in cerca di parole come in quel momento. Kostos guardò giù, poi levò gli occhi verso di lei. Sorrise, ma con un certo sforzo. «Non ho sposato sua nipote.»

La cautela di Lena parve rallentare i suoi pensieri: li vedeva quasi scorrere come parole sul nastro di una lentissima telescrivente. Kostos non aveva sposato la nipote di Valia. Lena era la nipote di Valia. Una delle nipoti, con ogni probabilità quella a cui si riferiva lui. Kostos non aveva sposato lei, era quello che intendeva dire. Kostos avrebbe dovuto sposare lei, Lena, e non lo aveva fatto.

Lena lo guardò, allarmata. Non aveva pensato che lo avrebbe mai detto ad alta voce. Era troppo esausta per considerare l'impatto di quelle parole e per fare un tentativo di schermirsi.

No, non l'aveva sposata. Aveva sposato un'altra. Aveva divorziato da un'altra. E la sua vita era proseguita, senza che niente di tutto questo lo trattenesse. Non si poteva lasciare a una burbera nonna – la burbera nonna di qualcun altro, per giunta – il compito di dirci chi sposare.

Kostos guardava in basso, nel vuoto. Lena capì che stava guardando Valia dentro di sé, e non lei né altro nella stanza. «Prima di morire, mi chiese perché. E non riuscii a darle una spiegazione soddisfacente, ma io le dissi che ti amavo, e lei disse: "E io che cosa ci ho guadagnato?".»

Kostos levò gli occhi, e tornò a fissare Lena.

Sorrise, cercando di alleggerire l'atmosfera, ma lei sapeva di avere un'aria affranta. Del resto, se anche si fosse sforzata, non avrebbe potuto cambiare espressione.

Allora lui parve pentito e dispiaciuto per lei. «È stato tanto tempo fa.»

Lena non sapeva che cosa dire. Boccheggiava come un pesce fuori dall'acqua.

«Sono cambiate tante cose da allora» aggiunse lui in fretta. Non voleva che lei rimanesse appesa all'amo.

Lena annuì. Le riusciva impossibile aprir bocca. Si rizzò a sedere e ritrasse i piedi.

«Mi dispiace di aver sollevato l'argomento» disse.

Lena avrebbe voluto dire così tante cose. Voleva colmare quell'abisso, ricoprirlo con garbo, far sì che lui si sentisse tranquillo, attraversarlo con cautela, raggiungere l'altra sponda e riprendere il cammino.

Ma allo stesso tempo avrebbe voluto tuffarcisi e chiedergli se il suo amore era coniugato solo al passato. Una parte di lei voleva dirgli che lo amava ancora, e che anche se il loro amore era senza speranza e seppellito da tempo, la consumava ancora, anno dopo anno. Provava un groviglio di sentimenti e non riusciva a districarne nemmeno uno.

«Mi dispiace» si scusò di nuovo lui. «Non devi sentirti costretta a dire qualcosa.»

Si alzò dal divano e andò in cucina. Lena si abbracciò le ginocchia. Si chiese se stesse per avere un infarto, o se la parte del suo cervello preposta al linguaggio si fosse allagata e avesse smesso di funzionare.

Lui tornò con un filone di pane e del formaggio, due mele e una bottiglia di vino rosso. Affettò il pane con cura, tagliò una mela. Versò il vino, e così facendo quella strana atmosfera riacquistò una parvenza di normalità.

Lei afferrò il bicchiere e tenne il piatto in equilibrio sulle ginocchia. «Grazie» disse con un filo di voce.

Lui alzò il bicchiere. «All'amicizia» brindò.

Lei annuì e levò il bicchiere a sua volta. Si sforzò di sorridere. Anche quello poteva aiutare.

Masticarono e sorseggiarono in silenzio per qualche minuto.

«Sai cosa mi piacerebbe fare?» disse lui.

Lei scosse la testa.

«Mi piacerebbe scriverti una lettera per Tibby. Vorrei scriverti qualcosa che possa aiutarti a stare meglio.» Aveva gli occhi lucidi. «Ma non so che cosa ci sarebbe scritto.»

Lei fu commossa dalla compassione che gli leggeva in viso. Le ci volle qualche istante per trovare le parole giuste. «Nemmeno io so che cosa ci sarebbe scritto.»

Lui annuì. Aveva un'espressione sconfitta, e lei detestava farlo sentire così. Aveva parlato con tre burocrati locali al posto suo. Le aveva preparato del cibo, pane e vino. Aveva aggiustato il rubinetto del lavandino, la porta di servizio, e perfino pulito gli armadietti della cucina mentre lei non lo guardava. Era rimasto per ore sul divano con lei. Le teneva i piedi tra le mani.

Perché? Cosa, a parte il senso di colpa e di responsabilità nei confronti di Valia, lo spingeva a farlo? Ma per quanto paresse strano, Kostos, che in genere era la causa della sua tristezza, le aveva regalato un enorme conforto.

Inghiottì il pane che stava masticando e si schiarì la voce. «Essere qui è un po' come avermi scritto quella lettera» disse.

Più tardi quella sera, Lena udì il vento soffiare. Pareva che stesse per scatenarsi un temporale. Ne sentiva quasi le avvisaglie sulla pelle.

Era passata da un pezzo la mezzanotte, e lei si era aspettata che a un certo punto Kostos tornasse alla sua cosiddetta casa delle vacanze, che immaginava offrisse una sistemazione più comoda del vecchio divano dei suoi nonni. Ma non era successo. Era rimasto lì disteso con lei, con i suoi piedi, più che altro, a sorseggiare vino, parlando di quando in quando e assopendosi alla fine.

Questa notte siamo strani compagni di letto, pensò lei. Lei con la sua perdita, lui con i suoi sensi di colpa. Lei insicura, lui così cortese. Di solito quelle cose li dividevano, ma quella sera li univano.

C'era ancora dell'attrazione tra loro? C'era stata un tempo, ed era furiosa. Ma ormai Lena era troppo distante da sé, troppo triste e vuota e confusa per sapersi rispondere. Cosa provava Kostos per lei, a parte la compassione? Lui era imponente, elegante, affascinante, si muoveva attraverso il tempo con disinvoltura laddove lei si sentiva striminzita, piccola e impacciata, uno stecco con i piedi enormi, da compiangere.

Poteva immaginare come doveva apparire agli occhi di lui. Se non era riuscito a sposare la triste nipote, ora poteva almeno compiangerla.

Lui non la toccò con intenzioni romantiche. La sua postura – perfino così, stretto con lei sul divano – non era allusiva né in alcun modo provocante.

E se invece fosse stato altrimenti?

Allora sarebbe stato tutto sbagliato. Avrebbe potuto lusingarla o rassicurarla lì per lì, ma in questo momento della sua vita le sarebbe parso più che altro un gesto triste e disperato. Non si sarebbe sentita sollevata, bensì sminuita, se lui avesse espresso una qualche attrazione. Col passare del tempo, se la sarebbe presa con lui.

Allora perché essere delusa da desideri che non voleva vedere avverati? Se mai esisteva una mappa dell'infelicità, Lena l'aveva percorsa in lungo e in largo.

Che Kostos avesse voluto sposarla o meno, pareva che sapesse come prendersi cura di lei in un momento di estrema fragilità, e in sé questo assomigliava all'amore. L'amore per un parente stretto, l'amore per un vecchio amico. Qualunque cosa fosse, lei era troppo svuotata per non accettare quello che lui le offriva.

Era convinta di non poter prendere sonno in quella posizione – e con il corpo di lui accanto, per giunta! –, eppure quando aprì gli occhi la luce filtrava tra le imposte. Aveva dormito, dormito sul serio, per la prima volta da giorni.

Kostos, dall'altra parte del divano, riposava tranquillo, con le braccia incrociate sulle caviglie di lei. Lena voleva stamparsi quella scena nella memoria, inciderla in profondità per riguardarla più tardi, quando avrebbe ripreso a sentire.

Spesso Dio regala noci a chi è sdentato.

Matt Groening

Il mattino dopo la mano di Bridget era ancora gonfia e pulsava. Si chiese se fosse solo una brutta botta o se si fosse rotta qualcosa. Ridusse una vecchia maglietta in strisce e le avvolse a mo' di benda. Non cambiò granché, ma la fece sentire un po' più protetta.

Entrò da Pancho Villa per un burrito, in tarda mattinata, e fu felice di vedere le solite donne con la retina per i capelli che le sorridevano. Avrebbe voluto parlare spagnolo. Avrebbe voluto essere come Eric, che sognava in spagnolo. In realtà, desiderava pensare e sognare in una lingua che lei stessa non capiva.

Non sentiva davvero lo stimolo della fame, ma aveva bisogno di nutrirsi. Mangiò i due terzi del burrito e bevve una bibita al lime messicana, finché non si sentì nauseata e buttò gli avanzi nel cestino dei rifiuti. Detestava lo spreco. Avrebbe mangiato tutto, se solo avesse potuto.

Mentre slegava la bicicletta, le venne un'idea. Risalì la Guerrero finché non giunse a un benzinaio. Lì, spese una parte dei pochi soldi che aveva per una cartina della California. Stava diventando brava a pedalare con lo zaino in spalla, perciò puntò verso est, entrando nella Great Central Valley con un cappello in testa, la mano dolorante e tre bottiglie d'acqua.

Davis distava centoventi chilometri, per lo più roventi e inesorabilmente aridi. Perfino nelle strade più piccole non c'era ombra per ore e ore. *Volevi il sole,* pareva che il cielo dicesse, *eccoti accontentata.*

Erano quasi le cinque quando arrivò alla casetta grigia. Legò la bici nella veranda. Bussò e sbirciò attraverso le finestre, ma non c'era nessuno. Avrebbe trovato un modo per entrare, se solo avesse voluto, ma decise di non farlo. Non voleva risultare subito invadente.

Si sedette su una poltrona di vimini, felice di trovare un po' d'ombra. Poi evidentemente si addormentò. Quando aprì gli occhi, scorse Perry che si avvicinava lungo il vialetto. Si alzò e lo abbracciò e, non appena si scostò da lui, vide che era sinceramente felice della sua visita e anche a disagio perché non sapeva bene cosa dire.

«Ho sentito... Mi dispiace tanto per Tibby...»

«Lo so» tagliò corto Bridget. Neppure lei avrebbe saputo come finire la frase.

«Stai bene?»

«Sì» disse troppo in fretta per essere convincente. Si mise lo zaino sulle spalle. «Ti dispiace se rimango con te e Violet per un paio di giorni?»

«No. Puoi rimanere tutto il tempo che vuoi. Dov'è Eric?»

«A casa.» Il modo in cui lo disse non lasciava spazio ad altre domande.

«Cosa ti sei fatta alla mano?»

Lei esitò e scrollò le spalle. «Ho sbattuto contro qualcosa. Niente di grave.»

Era relativamente facile abbindolare suo fratello, e lei

ne fu sollevata. Lui si voltò per infilare la chiave nella serratura. Aveva di nuovo i capelli biondi da quando viveva in California. Era molto più forte e robusto di quando abitava nella East Coast. Anche se lo vedeva ogni due o tre mesi da quando si era trasferito lì, in qualche modo si aspettava sempre di vedere il vecchio Perry.

«Come va l'università?» chiese.

«Bene, quasi finita. Comincio l'internato a luglio.»

«Strepitoso. Devo chiamarti dottore?»

Perry scoppiò a ridere. «Chiamami come vuoi. Ma non è che possa offrirti molta assistenza medica.»

«A meno che io non sia un uccello» disse lei, seguendolo nella casa fresca.

«Sì. O un cane o un cavallo o un pescespada.»

«Un pescespada?»

«Va bene, forse un pescespada no. Un delfino. Allora potrei aiutarti.»

«Fai sempre parte dell'associazione per gli uccelli stroncati dal petrolio?»

Lui sorrise. «Specie danneggiate dal petrolio. Sì.»

Perry passava quello che a lei parevano un milione di ore ogni settimana all'università o a studiare, e nel suo inesistente tempo libero faceva parte di un'associazione che soccorreva gli animali in difficoltà. Per lui quell'attività contava più di tutto il resto e Bridget lo sapeva.

Dopo che Perry ebbe preparato una limonata e si fu cambiato le scarpe, arrivò Violet. Parve sorpresa di vedere Bridget, ma non fu fredda. La abbracciò. «Mi dispiace per quello che hai passato» disse.

Violet aveva il mento a punta, occhi neri, lentiggini e occhiali da ragazza seria. Lavorava in un laboratorio della facoltà di veterinaria: faceva ricerca sulle malattie infettive degli animali. Lei e Perry si erano sposati sulla spiaggia di Monterey tra gli elefanti di mare due anni prima. Violet aveva trentatré anni. Aveva raccontato a Bridget che avrebbero provato ad avere un bambino non appena Perry si fosse laureato.

Perry preparò una pasta al pesto e Violet un'insalata. Bridget mangiò con voracità, e si addormentò sul divano senza neppure lavarsi i denti. Si risvegliò dopo un momento, disturbata dall'acciottolio che proveniva dalla cucina. A quanto pareva, credevano che lei dormisse.

«Pensi che stia bene?» udì Violet chiedere a bassa voce.

Non le arrivò la risposta di Perry.

«Secondo te, Eric sa che è qui? Dobbiamo chiamarlo?»

Bridget non riuscì a riprendere sonno, ma non poté neppure alzarsi dal divano. Che ribaltamento era successo negli ultimi dieci anni. Un tempo era lei quella che mieteva successi. Aveva le sue migliori amiche, frequentava una buona università, giocava in una squadra, mentre Perry se ne stava in camera sua, così perso nei giochi di ruolo al computer che quasi non mangiava. Era Perry quello di cui si sussurrava, Perry quello di cui ci si preoccupava. Non lei.

Ormai Perry aveva una moglie, una casa, amici, uno scopo nella vita, una laurea in arrivo. E lei che cosa aveva? L'università non le importava, e nemmeno la squadra. Ma le amiche. L'amicizia. Senza, non sapeva chi era. Senza di loro, senza l'idea di loro, non aveva niente.

Al mattino Kostos preparò il caffè a Lena e la accompagnò al traghetto. Lei era sollevata di dover prendere un battello prima dell'aereo. Preferiva non abbandonare la superficie terrestre troppo presto. Non si fidava più delle cose, del loro rimanere dove le si voleva.

Lui le portò la sacca pesante e il borsone di Tibby. La tirò per una mano quando si rese conto che rischiava di perdere il traghetto. Promise di chiudere la casa, di sistemare tutto. Lo disse con tale zelo che lei si aspettò quasi di vederlo stuccare i muri e riverniciare i pavimenti, prima di poter dire che aveva finito.

Fu un addio spiccio che avrebbe dovuto valere per molto tempo, a quanto immaginava Lena. Forse per sempre. Lei lo abbracciò con trasporto, e notò che il proprio corpo riusciva a esprimersi meglio del cervello. Premette il viso contro il petto di lui. Kostos doveva provare la stessa sensazione. Anche lui la abbracciò come se avesse il sospetto che potessero non rivedersi mai più.

La baciò con forza, non sul viso ma sopra l'orecchio. E lei si interrogò sulla natura di quel bacio.

Si separarono. Come dovevano salutarsi? *Ti chiamo? Non scordarti di scrivere? Alla prossima!* Niente di tutto questo pareva adatto.

Che senso potevano avere quelle parole? Quando sarebbe stata la prossima volta? Bapi non c'era più.

Valia non c'era più. Anche la casa presto non ci sarebbe più stata. Loro due non si erano mai incontrati di proposito. Le loro strade travagliate si erano incrociate sempre grazie a qualche circostanza, di solito negativa. Quei giorni erano stati come una morbida tana scavata nel tempo, in una vita grande e prospera nel caso di lui, in una tragedia per lei. Era tempo che ognuno tornasse a quello che aveva.

«Grazie» disse lei con gli occhi lucidi. Era la parola giusta per separarsi.

Trascinò i due bagagli per gli ultimi metri che la separavano dal traghetto. Si fece strada tra i passeggeri e si fermò dietro la prima porzione di parapetto libero che incontrò. Si voltò in fretta per vedere il viso di Kostos ancora una volta. Si sentì disperata mentre i motori cominciavano a girare e la strapparono alla banchina. Voleva fissarlo nella propria mente come era in quel momento. Non voleva perderlo.

E se invece quella fosse stata la sua vita? Se quello fosse stato il viso a cui stava tornando e non quello che stava lasciando? E se fosse andata lì per il Giorno dell'Indipendenza di tante estati prima? Immaginò Kostos proprio dov'era in quel momento, ma con i motori che la sospingevano nella direzione opposta, verso di lui, magari per sempre. Sarebbe stata quella la vita coraggiosa con cui si sarebbe guadagnata il diritto di tenere Tibby?

Lui non si mosse dal punto in cui si trovava. La folla si dissipò e lui rimase fermo mentre la distanza tra loro cresceva. Il mare era così insolitamente calmo e l'acqua limpida che Lena riuscì a immaginare che fosse lui ad allontanarsi e lei a rimanere ferma.

Non aveva scelto la vita coraggiosa. Aveva scelto quella misera e timorosa. Non era riuscita a tenersi Tibby.

Infine smise di agitare il braccio, lasciò ricadere le mani lungo i fianchi, e continuò a guardarlo mentre rimpiccioliva. Le diede la sensazione che la sua memoria lo stesse circondando. La distanza tra loro si allungò fino a spezzarsi. Non riusciva mai a tenersi niente.

Volse il viso all'orizzonte: la linea sfocata tra acqua e cielo, il grande nulla, il posto in cui andavano le cose quando la abbandonavano.

Ma quella mattina non era vuoto, e lei quasi non riusciva ad aprire gli occhi perché c'era qualcosa di grande e ardente proprio al centro, ed era il sole.

Non era una che credeva
di potersi permettere chissà quale vita.

Larry McMurtry

Carmen si sdraiò sul letto di sua madre dopo il funerale, e lasciò che lei le accarezzasse la schiena, proprio come aveva fatto in occasione delle numerose tragedie della sua infanzia. Carmen si sorprese a desiderare quelle tragedie, quando una carezza sulla schiena e un lungo pianto sul cuscino della mamma servivano a stare meglio, mentre questa volta niente pareva essere d'aiuto.

Per lo meno il funerale era finito e non doveva più temerlo. Era stato triste e cupo, un pugno di persone sparpagliate, in piedi nell'aria di novembre: la famiglia di Tibby, Carmen e sua madre, Lena e i suoi genitori. Carmen pensò vagamente a Brian, a cosa sapeva e a dove si trovava. Non faceva che porsi domande, ma non andava mai oltre. In realtà era terrorizzata da quel poco che sapeva; non voleva scoprire altro. Forse era sbagliato, ma non aveva la forza di fare altrimenti.

Avevano sussurrato preghiere, in piedi sull'erba fredda, ma nessuno aveva cercato di imbastire un vero elogio funebre. Soltanto il pastore aveva parlato di lei, chiamandola Tabitha. Alice aveva detto loro di aver programmato una vera funzione commemorativa per la primavera. Era stato tutto troppo sconvolgente, troppo immediato, troppo veloce, troppo devastante per dare più di una semplice sepoltura a quel corpo sbarcato da un aeroplano, che si supponeva fosse di Tibby. In primavera, aveva detto Alice, avrebbero saputo che cosa fare.

Alice aveva lasciato loro la libertà più assoluta di non partecipare al funerale, ma solo Bridget aveva deciso di non esserci. "Verrò in primavera" aveva detto decisa, e Carmen sapeva che avrebbe sofferto di più a non essere lì, ma non era stata in grado di rompere l'isolamento e dirlo a Bridget.

Carmen aveva creduto che alla fine del funerale avrebbe avvertito un po' di sollievo, ma non fu così. Aveva convogliato nel funerale sentimenti terribili, e ora dove avrebbe dovuto dirigerli? Che cosa doveva fare? Non poteva trascinare quello strazio nella sua vita normale. Non sarebbe riuscita a farlo passare dalla porta del loft. Ma quale altra vita aveva?

Poteva starsene lì, raggomitolata nel buio sul letto di sua madre.

Ma in realtà no, non poteva. La pelle della schiena aveva cominciato a irritarsi sotto la mano di sua madre. Era scomoda. L'oppressione che avvertiva al petto la spinse a mettersi seduta.

Christina ritrasse la mano e guardò Carmen con aria triste. Sapeva che non le era d'aiuto. Il suo viso era una maschera di compassione, ma Carmen vedeva bene che anche sua madre era spaventata e insicura.

Nemmeno tu puoi raggiungermi qui, pensò Carmen.

Perry e Violet erano fin troppo tranquilli. Parlavano con voce sommessa. Mangiavano senza far rumore. Quando ascoltavano la musica, il volume era sempre basso.

Bridget, invece, era rumorosa. Camminava pestando i piedi, smaniosa di soffocare i suoi chiassosi pensieri, ma presto si rese conto che non funzionava. La seconda notte non ne poté più. Lasciò loro un biglietto e partì con la bicicletta nell'oscurità in direzione di Sacramento.

Scorse le luci al neon di un bar con una sala biliardo nella periferia della città e svoltò con la bicicletta nel parcheggio. La legò, si mise lo zaino sulle spalle ed entrò. Quel posto sì, che era rumoroso.

Liberò i capelli dall'elastico e li scrollò prima di avvicinarsi al bancone. Sorrise al barista cinquantenne e sollevò lo zaino. «Non è che potrebbe tenermelo lì dietro?» gli chiese con dolcezza. Sorrise, e qualunque riserva si dileguò.

«Solo per questa volta» accettò lui e lo infilò sotto il bancone. «Cosa posso darti, tesoro?»

«Prendo una Bud» disse lei. Non beveva spesso, ma quando le succedeva, non faceva la schizzinosa. Pensò a Carmen e ai suoi spritzer con il vino bianco.

Non fu certo l'ultimo bicchiere della serata, ma fu l'ultimo che pagò. Il ragazzo che le mandò le due birre successive doveva aver appena finito le superiori. Quando si avvicinò per chiederle di ballare, le rivolse uno sguardo pressante che non le piacque. «No, grazie» rifiutò senza alcuna timidezza.

Lui parve più irritato che ferito. «Avanti, bella. Ti ho pagato due birre.»

«E io ti ho ringraziato per le birre. Non hai pagato per me.»

Lo lasciò al bancone e andò nella zona in cui si trovavano i tavoli da biliardo. Era affollata e il volume della musica era alto.

Si materializzò una cameriera con una bottiglia di birra su un vassoio. «Da parte del signore vicino al jukebox» disse, strizzando l'occhio a Bridget.

Bridget guardò nella direzione che indicava. L'uomo si tolse il cappello da cowboy in gesto di saluto. Aveva la pelle abbronzata e i capelli scuri fino alle spalle. Indossava una camicia a scacchi, con le maniche rimboccate che lasciavano scoperti gli avambracci tatuati. Lei gli si avvicinò. «Grazie.»

«È un piacere.» Lui la studiò con palese interesse. «Posso convincerti a fare una partita, bellezza?»

Era del tutto rilassato e sicuro di sé mentre lo chiedeva. Non era vecchio, doveva essere sui trentacinque, ma aveva la pelle segnata dalla vita all'aria aperta, il che le fece pensare che lavorasse in una fattoria o un ranch dei dintorni. Nel punto in cui il colletto della camicia era sbottonato, s'intravedeva un altro tatuaggio che si avvolgeva verso l'altro a partire dal petto. Bridget si chiese che cosa rappresentasse.

«Certo.»

A giudicare dalla velocità con cui un tavolo si liberò quando lui ebbe dichiarato le sue intenzioni, Bridget intuì che era un cliente abituale e un giocatore che faceva sul serio. Lui la vide esitare davanti alla schiera di stecche. «È una partita o una lezione?»

Bridget assunse un'aria ingenua. «Hai bisogno che ti faccia vedere come si gioca?»

Lui rise, e fu una grassa risata. Per la prima volta da molti giorni Bridget ebbe la sensazione di divertirsi.

Gli porse la mano. «Mi chiamo Bridget» si presentò.

Lui la strinse, leggermente sorpreso dell'improvvisa formalità. «Travis» disse.

«Travis» ripeté lei. «Mi piace sapere il nome del mio avversario prima di batterlo.»

Travis offrì a Bridget altre due birre mentre lei lo batteva tre volte di fila. Cominciava a sentirsi stordita. Stordita dall'alcol, stordita dalle vittorie, stordita dalla folla che si era accalcata intorno al loro tavolo, stordita dal modo in cui Travis la guardava.

Era così stordita che perse la quarta partita. Rise quando vide che tutto il bar partecipava al trionfo di lui.

Travis era chiaramente del luogo e oltretutto benvoluto. Nel gioco era bravo quanto lei, se non di più. Ma lei aveva approfittato della sua iniziale sorpresa e del suo disorientamento per vincere le prime partite.

Bridget aveva un talento naturale per il biliardo, e aveva giocato una quantità vergognosa di ore mentre studiava alla Brown University e nei primi inutili anni dopo la laurea.

«Che ne dici se giochiamo in coppia?» suggerì lui. «Terremo questo tavolo tutta la sera.»

I loro primi avversari furono due messicani seri e più in là con gli anni, che diedero loro del filo da torcere. Quando Bridget mise a segno il tiro finale, tutta la gente che si trovava nel bar esultò. Travis la sollevò da terra e la baciò sulle labbra.

Forse si era aspettato che si scostasse, ma lei non lo fece. Il bacio si protrasse e si approfondì mentre il clamore del pubblico si spegneva. Bridget sentì il sangue pulsarle nella testa, correrle giù nell'addome. Sentì la birra sciabordare dietro gli occhi e faticò a ricordare che cosa le avesse spezzato il cuore una settimana e mezzo prima. Riuscì quasi a dimenticare che il funerale aveva avuto luogo e lei non ci era andata.

Non tennero il tavolo tutta la notte. Il loro interesse reciproco era molto più forte, dopo quell'inizio. Non riuscivano a tenere le mani lontane dall'altro. Lei prese al volo un'altra birra mentre Travis la guidava fuori. Se lei continuava a bere e lui continuava a baciarla, poteva tenere la tristezza a distanza più a lungo.

Lui la condusse fuori, sul lato che era buio e tranquillo. Si tolse il cappello e lo lasciò cadere nell'erba. La prese tra le braccia e la spinse contro il muro. La baciò come non le succedeva da tanto tempo e lei rimase senza fiato. La sensazione era così potente che avrebbe potuto perdersi in quel bacio.

Sentì le mani di lui posarsi sulla sua schiena, infilarsi sotto la camicia, poi spostarsi davanti. Le slacciò il reggiseno e la camicia, e lei trasalì. Era molto tempo che non sentiva sulla pelle delle mani sconosciute.

Sei ubriaca, si disse da ubriaca, sentendo che la testa cominciava a girare.

Lei gli sbottonò la camicia e vide il tatuaggio, ma sembrava che si allargasse tutt'intorno al torace, e lei era troppo vicino per capire che cosa raffigurasse. Lui si spinse contro di lei e lei sentì il suo membro duro attraverso i propri jeans e quelli di lui. Voleva chiedergli del tatuaggio ma scordò la domanda prima di riuscire a farlo. Le mani di lui erano sulla sua vita, e poi le stava slacciando i jeans. *Sto per farlo davvero? Qui e ora?*, si stava chiedendo la parte meno ubriaca di lei, mentre il resto andava a mille.

Lui slacciò il bottone e la zip prima che lei se ne rendesse conto. Sentì le mani di lui sul suo sedere nudo.

Per quanto annebbiata dai fumi dell'alcol, una domanda le affiorò alle labbra. Staccò la bocca da quella di lui. «Hai qualcosa?» chiese. «Un preservativo?»

«No. Ci serve?»

«Ci serve» disse.

«Oh, cazzo» imprecò lui. Sfilò le mani dai pantaloni di Bridget. «Sicura?»

«Sono sicura.»

«D'accordo.» Pareva che soffrisse per l'impazienza. «Torno dentro e me lo procuro. Tu rimani qui.»

Bridget avvertì il primo accenno di vergogna mentre si abbottonava i pantaloni, il secondo mentre si allacciava il reggiseno e la camicia. Si sedette nell'erba. Guardò la sottile falce di luna nel cielo. Sentì le lacrime che le solcavano le guance.

Che cosa sto facendo?

Travis tornò e si accorse del suo cambio d'umore. «Ti senti bene?»

«No» disse lei. «No che non sto bene.» La birra diceva la verità.

Si passò le braccia intorno alle ginocchia. Il suo corpo era chiuso a qualsiasi attività.

«Stai per vomitare?» chiese.

«No, non è quello.» Fece una pausa e ci pensò. «Sì, credo di sì.» Andò sul retro e diede di stomaco. Si sentì meglio per un verso e peggio per un altro. La nausea diminuì, la realtà prese il sopravvento.

Tornò a sedersi sull'erba e Travis le si mise accanto. «Ti senti meglio?»

«Non molto» rispose lei. Si strinse di nuovo le ginocchia al petto, appoggiò la testa sopra. *Dio, quanto mi odio.*

Lui le accarezzò i capelli con dolcezza. «Sei una bellissima ragazza e un'ottima giocatrice di biliardo» disse.

«Grazie.» Teneva il viso sprofondato nelle ginocchia.

«Ti va se usciamo un giorno? Domani?» propose lui. «Possiamo prendercela comoda, se vuoi.»

Lei sollevò la testa e cercò di racimolare un sorriso. Se anche aveva rischiato di lasciarsi andare a un orrido e distruttivo incontro sessuale di una sera, per lo meno aveva scelto un uomo gentile.

«Ho un ragazzo» disse.

«Già.» Annuì. «È ovvio. Fortunato lui.»

Lei scosse la testa. «Non credo che si senta così fortunato.»

Devi essere qualcuno.

Bob Marley

«Non so se è il caso di procedere con il matrimonio» disse Carmen.

Sedeva al tavolo di cucina del loft. A casa di sua madre il tavolo in cucina era fatto di pino o ciliegio o un altro legno. Aveva mille nodi e scalfitture, ma era caldo. Questo tavolo, come il resto nella loro cucina, era di acciaio inossidabile. Si poteva ripulirlo da ogni macchia, ma era duro sotto le sue braccia, duro e freddo. Era stato Jones a sceglierlo oppure lei? Probabilmente lo aveva scelto Annaliese, la designer. *In fondo in fondo, io lo detesto questo tavolo,* pensò.

Jones alzò lo sguardo dalla macchina del caffè. Carmen sapeva che stava per premere il pulsante, ma che sarebbe stato inopportuno dare avvio al rumoroso bollore e getto di vapore quando era stata posta una questione così importante.

«Carmen.»

«Come posso pensarci adesso? Come posso pensare ai fiori e agli antipasti? Non ci riesco.»

«Perché no? Avanti. Ne abbiamo parlato. A che cosa penserai? A Tibby? Ci penserai tutto il giorno? Alla vostra amicizia? Per quanti giorni e settimane andrai avanti così? Credi davvero che serva a qualcosa?»

Le lacrime erano così calde negli occhi di Carmen e così fredde quando raggiunsero il mento e le gocciolarono lungo il collo, riversandosi sul tavolo. «Non so cos'altro fare.»

«Vai avanti. Chiama i tuoi agenti. Chiama il tuo manager. Fissa qualche provino. Guarda i fiori, vai a vedere le ditte di catering, comprati il più splendido e costoso abito da sposa di tutta New York, e che cazzo!»

Carmen esaminò una lacrima caduta sulla superficie metallica del tavolo, impertinente, come se fosse l'unica. Be', ce n'erano molte altre da dove veniva lei. La allungò in una striscia bagnata con la punta del dito. «Non so se posso.»

Jones conosceva il lutto. Non si poteva dire che non ne sapesse nulla. Suo fratello era morto a diciotto anni di overdose quando lui ne aveva sedici. "Non puoi lasciare che sia questo a definirti" aveva detto quando glielo aveva raccontato forse tre mesi dopo essersi conosciuti; non ne aveva mai più riparlato. Era molto bravo a elaborare il lutto, oppure molto scarso, Carmen non avrebbe saputo dirlo.

«Credi che startene qui seduta coi pantaloni della tuta giorno dopo giorno sia un tributo a lei?»

Lei scosse la testa.

«Carmen, posso capire una settimana. Dieci giorni. Ma così non stai aiutando nessuno.»

Carmen scosse di nuovo la testa.

«Non dico di cercare di dimenticarlo. È ovvio che non puoi. Ma ora devi prendere la tristezza e muoverti e integrarla nella tua vita, così il fardello si alleggerisce col tempo.»

La ragazza annuì. Le aveva già fatto quel discorso.

«D'accordo?» disse lui, come un allenatore che voleva rimandarla in campo.

Lei scrollò le spalle. «Non so se posso.»

Jones la guardò per un momento. Carmen sapeva di avere i capelli scarmigliati e il viso giallognolo. I pantaloni della tuta non erano attraenti. Probabilmente stava pensando quanto fosse brutta. Doveva essere un sollievo non doversi sposare con lei. Pensò alle belle ragazze nell'ufficio di Jones che gli sfarfallavano sempre intorno con i loro capelli lisci e serici.

Lui lasciò cadere la tazza del caffè nel lavello con un rumore fragoroso che la fece sobbalzare.

«Va bene, Carmen. Se non vuoi sposarti, è una tua decisione.» Raggiunse la porta, poi si voltò. «Io ti amo. Voglio sposarti. Ti sposerei oggi. Voglio andare avanti. Sai come sono. Ma se non lo vuoi, sta a te decidere.»

Carmen si coprì il viso con le mani.

«Però non tornerò indietro» disse mentre s'infilava la giacca. Aprì la porta d'ingresso per uscire. «Non lo farò.»

Bridget dormì in un campo per la terza notte di fila e si svegliò sotto un sole caldo, sferzante. Quello era di sicuro il posto più soleggiato di tutta la California, e lei non se lo stava godendo.

Accusava ancora i postumi della sbornia presa al bar e non riusciva a liberarsene, ma era passato troppo tempo ormai perché l'alcol agisse ancora. Era il senso di colpa? L'odio per se stessa? Pedalò attraverso la città di Sacramento per cercare qualcosa da mangiare che potesse metterle a posto lo stomaco. Dopo aver preso un panino lievitato artigianalmente e una tazza di tè al gelsomino, si fermò davanti a un consultorio familiare.

Una parte di lei si sentiva un verme per quello che aveva quasi fatto quella notte mentre l'altra rimpiangeva di non averlo fatto. Voleva varcare una frontiera, non restare più al di qua. Voleva distruggere tutto per sfida, per vedere se potesse sentirsi peggio di così.

Entrò nel consultorio con tutta la spavalderia che le regalavano i suoi capelli lunghi e firmò un foglio. Seguendo le istruzioni, andò in bagno e produsse un campione di urina. Tracciò sul tiepido contenitore di plastica lo scarabocchio di un sole. Quando tornò nella sala d'attesa, sentì una vecchia canzone degli Earth, Wind & Fire e si ritrovò a ballarla. Non aveva voglia di sedersi.

Era libera. Almeno questo. Non doveva essere da nessuna parte né aveva nessuno a cui rispondere. Dormiva sotto le stelle. Se proprio doveva distruggersi, almeno lo avrebbe fatto in libertà.

L'infermiera entrò nella sala d'attesa e la chiamò: «Bridget Vreeland.»

«Io» rispose. Il nome era una di quelle cose che le erano rimaste, e aveva sentimenti controversi in proposito. Forse poteva cambiarlo. Si sarebbe chiamata Sunny. Sunny Rollins, come il sassofonista. O Sunny Tomko. Aveva preso in prestito il vecchio nome di Tibby già una volta, quando le serviva essere una persona diversa; Tibby glielo avrebbe prestato di nuovo.

Seguì l'infermiera nella sala per le visite. «Devo mettermi uno di questi camici?» chiese. Non aveva paura di niente.

«Parliamo un po' per cominciare» disse l'infermiera. Era piuttosto vecchia. Sulla sessantina almeno. Aveva occhi speranzosi, pensò Bridget, ma in qualche modo tristi. Sarebbe stato difficile dire se erano più l'uno o l'altro. «Cosa posso fare per lei?»

«Ho bisogno di un contraccettivo.»

«Ne sta usando uno al momento?»

«Avevo uno di quegli anelli che si mettono nella vagina. Credo che sia scaduto. Non mi ricordo esattamente il giorno in cui avrei dovuto cambiarlo, ma credo sia già passato.»

«Può dirmi la data delle sue ultime mestruazioni?»

Bridget ci pensò. Non ne aveva idea. Non era il primo tra i suoi pensieri in quei giorni. «Non lo so» rispose con onestà.

«È sessualmente attiva?»

«Adesso? Oggi?»

«Be', non per forza oggi. Ma negli ultimi due o tre mesi.»

Non aveva avuto rapporti con Eric dalla notte prima della Grecia. «Non nelle ultime due settimane, ma prima sì.»

«È sposata? Ha una relazione stabile?»

«Ho un ragazzo.» Non sapeva perché continuava a dirlo. Aveva lasciato il suo presunto ragazzo senza una spiegazione decente. Probabilmente non poteva più essere definito il suo ragazzo.

«Crede di volere ancora l'anello vaginale?»

«Sì.»

«Bene. C'è qualche possibilità che sia incinta?»

«No.»

«D'accordo. Si metta il camice con l'apertura sul davanti. Le faccio un breve esame e la lascio andare.» *Più speranzosi, gli occhi,* stabilì Bridget, *ma stranamente fragili per una persona della sua età.*

«Perfetto. Grazie.» Questo era facile.

«Ha lasciato un campione di urina?»

«Sì, signora.»

L'infermiera tornò quando Bridget aveva indossato il camice, ma la sua espressione era diversa.

«Crede che l'anello non sia adatto a me?» chiese Bridget, in vena di chiacchierare. «Forse sarebbe meglio la pillola? Ma potrei scordarmi di prenderla. Vede, è per quello che ho messo l'anello.»

«Bridget.»

Lei si voltò, sentendo il tono serio con cui veniva pronunciato il suo nome. «Sì?»

«Si sieda.»

Bridget balzò sul lettino. Raccolse il camice tra le mani davanti a sé e infilò i talloni nelle staffe.

«No, non serve che lo faccia ora. Basta che si sieda e mi parli un minuto.»

Bridget si mise a sedere, con i piedi a penzoloni.

«Non posso darle un nuovo anello vaginale né nessun altro anticoncezionale perché lei è incinta.»

Bridget guardò l'infermiera in viso. Guardò i suoi occhi. Guardò dentro di essi per trovare qualche altro modo di interpretare quella parola.

«Crede che io sia incinta?»

«So che è incinta. Ho fatto ripetere il test due volte. È estremamente raro che l'esito positivo sia errato dopo quattro o cinque settimane.»

«Non credo di esserlo. Non credo di poterlo essere. È sicura che ha preso il contenitore giusto?» I piedi di Bee sbattevano, i suoi polmoni parevano vuoti. Incrociò le braccia al petto.

«Se vuole riempire un altro contenitore, può farlo. Ma sono quasi certa che il risultato sarà lo stesso.»

«Ma io ho quell'anello.»

«L'anello sprigiona un ormone che evita di concepire per un certo tempo. Aveva ragione sul fatto che era scaduto.»

I suoi polmoni si stavano rifiutando di funzionare, incapaci di accogliere l'aria. L'aria le avrebbe dato qualche speranza di poter negare ma, a quanto pareva, non riusciva ad affluire.

Sentiva il seno gonfio e dolorante, e così era stato per parecchi giorni. Aveva avuto lo stomaco vagamente sottosopra, ma lo aveva imputato al fatto ovvio che aveva il cuore spezzato e che la sua vita era in rovina, oltre ai lunghi postumi della sbornia. Pensò al suo stomaco, al suo utero, in cui questa cosa stava presumibilmente accadendo. *Oddio*. Si coprì il viso con le mani. Avvertì una tremenda sensazione di claustrofobia. «Devo andare» disse. La sua voce non aveva il suono giusto.

«Bridget.»

Bridget si rese conto quand'era sulla soglia che indossava ancora il camice di carta e che i suoi abiti erano ammucchiati nell'angolo. Si bloccò. Non sapeva cosa fare. Si sentiva oppressa, all'idea di tornare lì e rivestirsi.

Sentì l'infermiera avvicinarsi da dietro e prenderle la mano. Bridget si sentiva tremare in tutto il corpo. Aveva la mano gelida, mentre quella della donna era asciutta e calda. La mano la tirò indietro fino al lettino e la mise a sedere. L'infermiera si sistemò vicino a lei e le cinse le spalle con un braccio. Il mondo ormai era troppo strano per provare imbarazzo. Infine Bridget riuscì a inspirare un po' di aria, e questo la aiutò a pensare per un momento.

«Posso eliminarlo?» chiese. Sapeva che non erano quelle le parole che si dovevano usare.

L'infermiera annuì lentamente. «Puoi interrompere la gravidanza.»

«Allora facciamolo» si affrettò a dire Bridget. «Possiamo farlo adesso?»

«Bridget, è una scelta grave. L'ho fatto tanto tempo fa e ho imparato molte cose mentre lo facevo. Non te lo perdonerai se non ci pensi bene prima.»

Bridget scosse la testa. Non voleva fare una scelta grave. Non voleva pensarci. Voleva che tutto finisse.

«Torna a casa. Parlane con il tuo ragazzo. Lascia che lui ti aiuti, discutetene a fondo. Torna se decidi che sei pronta e porta anche lui perché ti stringa la mano.»

Bridget non poté far altro che vedere Eric nella sua mente. Le lacrime salirono dal profondo. Non erano solo per Eric, ma per tutto quello che aveva perso o rovinato e stava per perdere o rovinare. Perché non meritava nulla. Non meritava lui né nessun altro. Meritava di rimanere sola.

L'infermiera accarezzò paziente la testa di Bridget e la lasciò piangere. Dopo un momento passò ad accarezzarle la schiena. Le strinse la mano e le diede qualche fazzoletto di carta. Bridget sentiva di non meritare neppure quella gentilezza, ma la accettò.

«Non credo che riuscirei a dirglielo» disse infine.

«Se lo ami, allora devi provarci» cercò di rassicurarla l'infermiera. «Che voi vogliate o meno avere un bambino in futuro, posso quasi giurarti che il vostro rapporto non sopravvivrà se non glielo dici.»

Non credo che sia ancora vivo, pensò Bridget, ma quella donna le suscitava troppo rispetto per uscire di lì senza prometterle di fare una scelta ponderata. Se proprio aveva bisogno di farlo senza pensarci su, sarebbe andata da un'altra parte.

L'infermiera l'accompagnò alla porta d'ingresso. Bridget si rese conto che le stava ancora stringendo la mano. L'infermiera sfilò un biglietto da visita dal taschino del camice. Vi scrisse dietro il suo numero di cellulare. «Chiamami a qualsiasi ora, d'accordo? Intendo proprio a *qualsiasi* ora.»

«Grazie» disse Bridget. Guardò il nome sul biglietto e poi il cartellino appuntato alla tasca sul petto. Per la prima volta vide che l'infermiera si chiamava Tabitha.

Il divano su cui Carmen piangeva era di metallo cromato ricoperto da un materiale lucido arancione, con un nome stravagante che in sostanza era plastica. Diversamente dal vecchio divano di ciniglia nell'appartamento in cui era vissuta con sua madre, che conservava traccia di ogni goccia e ogni lacrima, su questo non rimaneva niente.

Quando infine Carmen si alzò e si trascinò in bagno per soffiarsi il naso e fare pipì, guardò lo specchio e si trovò orribile. Un orribile orrore. Durante la prima settimana dopo la Grecia, si era guardata allo specchio e si era commiserata. Ora si disprezzava.

Cosa avrebbe fatto? Avrebbe davvero rotto con Jones perché era troppo triste, troppo pazza e troppo vigliacca per sposarsi? Gli avrebbe detto addio quella sera? Sarebbe andata via, in albergo per un paio di settimane, finché non avesse trovato un nuovo appartamento?

Che cos'aveva senza di lui? Senza quel posto? Niente. Sarebbe stata sola. Con chi poteva piangere? Nessuno. Né Lena. Né Bee. Non sapeva neppure come parlare con loro ormai.

Sentì le lacrime che tornavano. Non Paul, né suo padre. Il mondo era pieno di morte e tristezza, pieno di persone troppo distrutte per potercisi appoggiare.

C'era sua madre. Ma sua madre non sapeva cosa offrirle, e Carmen non sapeva cosa chiedere. Sua madre era tornata attiva: ritinteggiava la casa e cercava di far entrare Ryan in una nuova scuola. Le piacevano i problemi risolti in fretta come i fiori o gli antipasti. Le piaceva Jones. Le faceva paura la disperazione di Carmen.

E gli altri amici? I suoi amici di New York?

I suoi amici di New York consistevano nella sua consulente d'immagine, la sua truccatrice, il suo manager, la sua agente pubblicitaria e la sua assistente personale, che le portava il latte macchiato. Erano tutte persone che si aspettavano qualcosa da lei. Facevano parte del pubblico. Non era gente davanti alla quale si poteva cadere a pezzi.

E gli amici attori? Impossibile. Magari ci si poteva bere un bicchiere insieme, ma con loro si rimaneva per sempre nel limbo delle conoscenze da bacio sulla guancia e bla bla bla. Come lei, avevano tutti i loro veri amici da "prima". A nessuno ne occorrevano di nuovi.

Alle sette di sera Carmen indossava il suo Catherine Malandrino, mise su Billie Holiday, e preparò un martini a Jones per quando fosse rientrato. Era tutto piuttosto stucchevole, ma d'effetto.

Jones le fece fare un giro di valzer intorno alla stanza. «Vada per settembre?» chiese, felice.

«Pensavo più tipo aprile.»

Lui si fermò a metà di un passo. «Questo aprile?»

«Questo aprile.»

Il suo sorriso si allargò. Alzò la mano per battere un cinque. «Ora sì che ci capiamo, baby.»

Dopo il cinque, la portò in camera e fecero l'amore senza nemmeno ripiegare l'elegante copriletto né sfilarle il vestito. Il suo telefono trillava, ronzava, vibrava, e per una volta Carmen lo ignorò.

Dopo, rimasero sdraiati a lungo e parlarono del luogo e della lista degli invitati e di quale fosse il posto più bello in cui andare ad aprile per la luna di miele. Era un'attrice maledettamente brava, fu costretta ad ammettere con se stessa.

Dopo aver lasciato il consultorio, Bridget passò tanto tempo a cercare la bicicletta. Era stordita, la testa le martellava e le pizzicavano gli occhi. Forse l'aveva lasciata accanto al panettiere.

Camminò su e giù per le vie sotto il sole cocente del pomeriggio, cercando di ripercorrere la strada dell'andata. Di nuovo le parve che il mondo si fosse fermato e fosse ripartito da capo. Prima c'era il mondo che conteneva Tibby e le Settembrine, un centro fondamentale della sua vita e una grande fonte di conforto. In un solo attimo quel mondo era finito e ne era cominciato un altro senza di loro. Un mondo più triste, solo con Eric e un materasso sul pavimento, ma si era lasciata alle spalle anche quello.

E così si era aperto il mondo in cui era girovaga, perversa, incinta, ma aveva una bicicletta. E a quanto pareva anche quel mondo era ormai giunto al suo termine.

Inciampò nel catenaccio rotto, che giaceva abbandonato sul marciapiede a una decina di metri dal consultorio. Ecco cosa ne era stato della sua bici.

Non si fermò neppure. Continuò a camminare. Diresse il corpo verso ovest e proseguì. Si chiese se per caso non potesse entrare a far parte di uno di quegli ordini inferiori, come i gamberi e le termiti, che non dovevano sopportare il fardello della consapevolezza.

Verso la fine del pomeriggio, lo zaino ormai era troppo pesante e il sole insopportabile. Perfino le specie più semplici soffrivano. Alzò il pollice. Con i capelli al vento, sapeva che non ci sarebbe voluto molto a ottenere un passaggio. Lasciò andar via le prime due macchine che rallentarono. Nella terza c'erano un uomo e una donna. Salì sul sedile di dietro.

«Dove andate?» chiese all'uomo che guidava. Doveva avere sui cinquant'anni, aveva un pizzetto curato e una camicia hawaiana.

«Tu dove vai?»

«Sonoma.»

«Va bene.»

La moglie si voltò. Aveva i capelli crespi castano chiaro e una certa sollecitudine materna nello sguardo. «Dove abiti?»

Anche con il cervello di una termite, Bridget sapeva di non dover abbassare la guardia quando qualcuno le dava un passaggio. «San Francisco» disse.

«Vuoi che ti lasciamo lì?» chiese la donna.

«No, grazie. Sono in vacanza» rispose Bridget.

«Anche noi» disse l'uomo. «Io sono Tom e lei è mia moglie, Cheryl.»

«Sunny» inventò lei. «Piacere di conoscervi. Grazie per il passaggio.»

Bridget si separò da Tom e Cheryl a una pompa di benzina sulla Statale 80, poco a sud di Sonoma. Camminò incontro al sole che tramontava, e quando lo vide tuffarsi nell'oceano, era ormai giunta a Petaluma. Si sedette su una panchina davanti a una banca e pensò alla cugina di Eric, Anna, e al suo matrimonio. Le venne in mente che sarebbe stato due giorni dopo. Ma ormai Anna apparteneva al vecchio mondo insieme alla bicicletta, al suo utero vuoto e alla sua mente intatta. Si chiese perfino se Anna si sarebbe sposata comunque.

Bridget comprò un trancio di pizza mentre usciva dalla città e camminava verso ovest al buio. Le macchine le sfrecciavano accanto, tanto che una di esse avrebbe potuto travolgerla.

Camminò fintanto che poté, ovvero fino a Point Reyes, sull'Oceano Pacifico. Le facevano male i piedi e le braccia erano arrossate perché si era presa una scottatura, ma ormai non sentiva più nulla. Era scesa oltre i gamberi e le termiti in un ordine ancora inferiore, era un essere senza sistema nervoso centrale. Forse un germe, un'ameba, un'alga verde-blu.

Era giunta all'oceano, ma non riusciva a fermarsi, perciò proseguì verso sud. Si poteva andare molto lontano in quella direzione. Fino in Messico. Si vide camminare attraverso Half Moon Bay, Big Sur, San Luis Obispo, Redondo Beach, Ensenada e giù fino a Cabo, all'estremità di Baja California, e per quanto non potesse sentire niente, cominciò a piangere. Fu il suo corpo a farlo in maniera involontaria, come il sudore che le scendeva sulla schiena. Pianse per un chilometro, poi smise e si sedette.

Gettò lo zaino sulla sabbia. Si rese conto che qualcosa sentiva in fin dei conti, ma non era tristezza. Era rabbia. Bridget era furiosa. Più ci pensava e più si arrabbiava. Era furiosa per quello stupido letto. Era furiosa con Eric che lo aveva comprato, credendo che le sarebbe piaciuto.

Era furiosa con il suo utero. Non era in grado di affrontare nulla, nemmeno se stessa. Non lo sapeva forse? Il capitano lasciava che la barca affondasse, e a lei non importava chi ci fosse a bordo.

Era furiosa con la sua bici perché si era fatta rubare. Era furiosa con il catenaccio per non aver retto. Era furiosa con suo padre per aver eliminato la sua vecchia bicicletta senza nemmeno chiederglielo. Era furiosa con lui per essersi disfatto di tutte le loro cose, perfino delle scarpe di sua madre, quando aveva venduto la casa e si era trasferito in un appartamento.

Pensò alle scarpe di sua madre e al fatto che le avevano conservate per tanti anni. Erano di una misura e mezza più piccola della sua, e non le avrebbe mai messe comunque, ma non si potevano buttare via così. La rabbia le ribolliva dentro sempre più. Come poteva sua madre aver lasciato tutte quelle scarpe senza dir loro che cosa farne? O i suoi abiti? O le sue gardenie, che avvizzivano lentamente nella camera buia? Cosa credeva che sarebbe successo a tutta la roba che si era lasciata dietro? Le importava almeno? Pensava che il mondo sarebbe finito quando aveva deciso di andarsene?

Ed era arrabbiatissima con Tibby. Era furiosa con Tibby. Calciò la sabbia che ricadde a pioggia finendole negli occhi, in bocca, nei capelli. «Come hai potuto farlo?» gridò all'oceano. «Io non te l'avrei fatto!»

Si abbandonò sulla sabbia e rimase lì senza muoversi. Passarono ore e non si diede la pena di prendere il sacco a pelo. Rimase stesa sulla schiena a guardare il cielo.

Tibby non le aveva voluto bene per niente?

Se uno dei membri di una squadra
di nuoto sincronizzato affoga,
anche gli altri devono affogare?

Steven Wright

Alcuni dicevano che il primo mese era il peggiore. Altri sostenevano che erano i primi tre. Il lutto era come un neonato: i primi tre mesi erano un inferno, ma dopo sei mesi avevi preso atto della sconfitta, smosso la tua vita, e avevi fatto spazio per accoglierla.

Mentre Lena camminava lungo il fiume, a Providence, rabbrividendo in una giacca di lana che aveva fatto il suo tempo, sentì che stava andando nella direzione sbagliata. Era afflitta esattamente come quando faceva ogni altra cosa, a rovescio e malamente.

Il primo mese non era stato il peggiore. Era stata inorridita, incredula, confusa, come se si fosse presa una badilata sulla testa, ma non ci aveva creduto fino in fondo. Quel mattino di dicembre era a metà del secondo mese, e ormai ci credeva. La natura aborriva il vuoto e in quello spazio vacuo, il nulla in mezzo a lei, si era insediata una cosa scura e spenta.

Ogni giorno che passava la allontanava dal tempo in cui Tibby era stata viva e questo la spegneva sempre un po' di più. Ogni giorno che passava seppelliva più in profondità le vecchie idee che Lena aveva del mondo.

Quel mattino, quando si era alzata, aveva provato dispiacere per Carmen. Era un pensiero che di solito teneva alla larga, ma il suo cervello il primo mattino era ancora in parte immerso nei sogni e vulnerabile, e in qualche modo quel pensiero era affiorato. Era l'immagine tremolante del maledetto iPhone di Carmen ad aver raggiunto Lena. Ogni volta che Carmen guardava il suo telefono, compariva la vecchia fotografia di loro quattro bambine ai primi passi, che sbirciavano da sopra la spalliera del divano come una banda in miniatura. Carmen la guardava cinquecento volte al giorno. Come ci riusciva?

Mentre Lena piangeva per Carmen e per la fotografia sul suo telefono, capì perché cercava sempre con tutte le forze di non dispiacersi per Carmen e Bee. Perché sarebbe stato come dispiacersi per sé, e se mai se lo fosse concesso, ne sarebbe stata travolta.

Di quel passo non riusciva a immaginare che cosa sarebbe stata dopo sei mesi. Sarebbe stata una palla nera e raggrinzita. Sempre più nera e più raggrinzita, con le speranze seppellite troppo in profondità per poter più riemergere. La sua vita non avrebbe fatto spazio al dolore, sarebbe semplicemente avvizzita e si sarebbe arresa.

In quei giorni camminava tanto. Spesso lungo il fiume, senza in realtà vederlo. In qualche modo aveva l'idea che muovendosi le immagini più tristi non si sarebbero sedimentate dentro di lei con tanta precisione. Non che funzionasse, ma stare ferma le era intollerabile.

Aveva le dita doloranti per il freddo quando infilò la chiave nella serratura. Le facevano sempre male, ma ormai non ci pensava più e non si era presa la briga di ricomprare i guanti dopo averli persi. I dolori più piccoli come quelli alle dita delle mani e dei piedi chiedevano la sua attenzione a gran voce, ma come il quinto e sesto figlio di una grande famiglia, non ne ricevevano molta. Si tende a pensare più al dolore del primogenito e dell'ultimo nato.

Vide che c'erano dei messaggi sulla segreteria. Ormai procedeva al regime di due telefonate regolari, una di sua madre e l'altra di Effie, Carmen non più, e i loro messaggi si erano fatti se possibile più compassionevoli e protettivi. Lasciava che si accumulassero.

Nel piccolo appartamento, si sedette alla scrivania con la giacca ancora indosso. Incrociò le braccia e levò lo sguardo al soffitto. Non c'era nulla su cui le piacesse posare lo sguardo. Alle pareti c'erano le fotografie, molte delle quali erano state staccate e nascoste. C'erano i disegni fatti in un tempo diverso, che le ricordavano il modo in cui si sentiva allora, ma ora non più. Non c'era nulla che lei avesse voglia di sentire o gustare o vedere e neppure immaginare.

Scosse il mouse dell'ingombrante computer che torreggiava sul tavolo, lo osservò destarsi, e si sottopose alla sua versione del telefono di Carmen, la punizione quotidiana. Vivida sull'ampio schermo, apparve una delle poche fotografie che non aveva voltato o messo via. Era la fotografia di loro quattro il giorno in cui avevano ricevuto il diploma di maturità. Indossavano toghe spesse e unte prese a noleggio, mentre tenevano in mano o lanciavano in aria quegli strani cappelli.

Intorno a loro erano riuniti i familiari più stretti e

cari. Quella fotografia rappresentava tutta la sua vita in un momento nel quale era parsa quanto mai immensa, completa, gravida di promesse. Lei cingeva Tibby con un braccio, stringendola appassionatamente e senza riserve, con il viso così vibrante di gioia e libertà che non riusciva nemmeno a riconoscersi.

C'era stata una rottura, uno strappo nelle commessure della sua identità ed era accaduto da qualche parte dopo quel momento. Non si sentiva più la stessa. Osservò i volti nell'immagine, Tibby, Bee, Carmen e di nuovo Tibby.

Grazie a quelle persone Lena si sentiva qualcuno, senza di loro era diversa. Si era tenuta stretta a loro e al suo vecchio io con ostinazione. Vi si era aggrappata, lo aveva celebrato, lo aveva venerato perfino, anziché costruirsi una vita adulta. Per anni aveva continuato a mangiare le briciole fredde avanzate dallo splendido banchetto, vivendo di quelle come se avessero potuto durare per sempre.

Ma qual era lo splendido banchetto? Era l'idea della loro amicizia, la loro forza condivisa, l'amore reciproco e incondizionato, il sostegno, la sicurezza, l'onestà e la libertà che pareva promettere. Era un'idea grande abbastanza da sostenerla negli anni di penuria.

Ma ormai era svanita. E una domanda più grave la tormentava. Era stato davvero un banchetto così grandioso? Era stato reale? Come poteva essere accaduto, se era reale? Perché Tibby le aveva tenute all'oscuro di così tante cose? Se la forza e il sostegno reciproco erano veri, perché Tibby vi aveva rinunciato? E perché loro avevano lasciato che lo facesse? Come avevano potuto permetterle di allontanarsi da loro?

C'era una risposta precisa e inquietante a tutte quelle domande. Se il loro legame fosse stato vero, non avrebbero potuto lasciarla andare. E lei non si sarebbe allontanata. Quindi non era poi così vero.

Lena non aveva mangiato gli avanzi di un banchetto; non aveva mangiato affatto. Aveva patito la fame, ed era così devota alle sue illusioni che era diventata incapace di nutrirsi nella maniera più semplice.

Lo sguardo le cadde sulla lettera che Tibby le aveva lasciato. Giaceva sulla scrivania un giorno dopo l'altro. Studiò il proprio nome nella calligrafia di Tibby sul davanti, e una nota sul retro che si raccomandava di aprirla dopo il 15 dicembre, ma ormai non aveva più alcun segreto da rivelarle. *Potrei aprirla adesso,* si disse, e subito si ritrasse al pensiero, come faceva sempre. Era sempre dopo, il momento in cui l'avrebbe aperta, mai adesso. Tibby voleva che l'aprisse dopo il 15 dicembre. Non aveva specificato quanto tempo dopo.

Il telefono squillò e la riscosse da quei pensieri. Lo fissò senza nemmeno prendere in considerazione l'idea di allungare la mano e sollevare il ricevitore. Dopo qualche secondo premette il pulsante e partì il messaggio. Non si era resa conto che quel giorno era la vigilia di Natale finché la voce robotica della segreteria non le disse la data.

«Len, sono io. Sono in treno in questo momento perché non ti permetto di passare Natale da sola. Sto attraversando... non so, New Haven, forse? Mi sembra che l'ultima fermata fosse quella. Ti ho detto nell'altro messaggio che sarei stata da te all'una, ma mi sembra più probabile l'una e mezza. Richiamami per farmi sapere che hai sentito il messaggio.»

A Lena parve di strozzarsi con la lingua. Effie era in viaggio. Stava andando lì per tenerle compagnia a Natale, e quella era più o meno l'ultima cosa che lei desiderava.

Avrebbe dovuto sapere che non poteva farla franca. Alla fine i suoi genitori avevano lasciato perdere, dopo averla assillata perché andasse a Bethesda per festeggiare il Natale con loro, ma avrebbe dovuto immaginare che non sarebbe finita lì.

Perché non aveva ascoltato i messaggi? Se lo avesse fatto, avrebbe potuto chiamare Effie quando se ne stava ancora tranquilla a New York, non in corsa attraverso New Haven. Avrebbe potuto convincerla in qualche modo a rimanere lì o a fare qualcos'altro. Ormai Effie stava andando da lei, e cosa poteva fare Lena?

Conosceva sua sorella fin troppo bene. L'avrebbe tempestata di domande e confidenze, l'avrebbe portata fuori a cena e avrebbe insistito per scambiarsi i regali e avrebbe dormito nel suo letto con lei. Effie non voleva lasciarla sola. Avrebbe strisciato nella preziosa tranquillità di Lena come un verme solitario.

Lena affondò il viso tra le mani. Doveva chiamare Effie subito? Prima che entrasse nello stato di Rhode Island? Lena si lambiccò il cervello alla ricerca di scuse che convincessero Effie a fare dietrofront e tornare a casa. Lebbra? Pulci nel letto? Niente riscaldamento né acqua calda?

No, Effie era in viaggio. Non la si poteva più mandare via. Lena sospettava che i suoi genitori fossero i motori occulti di quella visita e i suoi finanziatori. Se non fosse stata attenta, Effie avrebbe prenotato una stanza d'albergo con massaggi e manicure per tutte e due.

C'era una sola cosa che poteva fare, ovvero essere così strenuamente, terribilmente noiosa da far sì che Effie ripartisse il giorno dopo. E quello, almeno, le riusciva naturale.

Jones decise d'impulso che avrebbero trascorso le vacanze di Natale a Fresno, in California. In qualche modo bisognava festeggiare, e i suoi genitori dovevano incontrare la sua fidanzata prima del matrimonio, perciò fecero così.

Ecco perché Carmen si ritrovò seduta a una tavola apparecchiata per la cena, nella casa di un modesto ranch alla periferia di Fresno, la sera della vigilia, tra i due anziani coniugi Jones.

In soggiorno c'era un albero finto, una torta di frutta sul piano di lavoro della cucina, ma quando si sedettero per la cena, Carmen fu sorpresa dall'assenza di cerimonia. Non ci furono preghiere né brindisi, si limitarono a mangiare. Non pensarono neppure di spegnere la tivù.

«Non riesco a sentire quello che dice» disse il padre di Jones con una certa irritazione, dopo aver mangiato la maggior parte del suo prosciutto.

A Carmen non sembrava che Jones stesse dicendo nulla di particolare, ma balzò in piedi per andare ad abbassare il volume della televisione in modo che potessero sentire tutti.

«No. Il contrario» le ordinò il padre di Jones, e Carmen si rese conto che quello che l'uomo non riusciva a sentire era la persona sullo schermo.

«Oh. Certo. Scusi.» Carmen ricordava che da bambina moriva dalla voglia di guardare la tivù durante la cena e sua madre non glielo aveva concesso nemmeno una volta, nemmeno quando era ammalata.

«Delizioso» disse Carmen alla madre di Jones, indicando il prosciutto.

«Grazie. La glassa è fatta con lo sciroppo d'acero.»

«Ah. È molto buono.»

«Posso darti la ricetta se vuoi.»

«Sì, volentieri. Non cucino molto per ora, ma mi piacerebbe imparare.» Forse non avrebbe dovuto dirlo. Scoccò un'occhiata a Jones, ma lui stava fissando la tivù.

«Le piace cucinare?» chiese Carmen, e si sentì doppiamente stupida di fronte allo sguardo vacuo del padre di Jones. Si rendeva conto di quanto doveva sembrare aliena e viziata, come se cucinare fosse un hobby che si poteva scegliere di coltivare o meno.

«È un limone?» domandò Carmen indicando fuori della finestra.

«Sì.»

«Questo è il bello di vivere in California, vero?» Carmen sapeva che stava parlando troppo in fretta. Patì il lungo silenzio che seguì e nel frattempo si sentì crescere un paio di antenne.

«Immagino di sì.»

Dopo un momento, Carmen rinunciò a parlare e lasciò che la tivù prendesse il sopravvento. Non c'era da stupirsi che Jones fosse entrato in quel settore.

Mentre allargava la pasta al forno sul suo piatto, Carmen pensò a Bridget. Aveva calcolato la distanza tra Fresno e San Francisco sulla mappa. Aveva immaginato di chiamarla, ci aveva pensato tanto, ma adesso che si trovava lì capì che non l'avrebbe fatto. Se fosse riuscita a trovare la prima frase da dire avrebbe anche potuto farlo, ma non le veniva in mente niente. Non poteva chiedere a Bridget come stava. Non poteva raccontarle in che cosa si era imbarcata. Ogni attacco disinvolto le pareva terribilmente falso, e una conversazione più profonda impossibile.

«Domani possiamo andare al cinema» le disse Jones più tardi, dopo che ebbero dato la buonanotte ai suoi genitori.

Mentre salivano in camera, Carmen notò una fotografia sulle scale che doveva essere di Jones con suo fratello maggiore. Era l'unica fotografia del defunto fratello che aveva visto in casa fino a quel momento. I due ragazzi erano seduti a un tavolo da picnic, con enormi fette di anguria sui piatti. Jones doveva avere sette anni. Carmen si fermò a guardarla, ma lui proseguì. Poi, fissando la schiena di Jones che continuava a salire, si chiese se in famiglia parlassero mai del fratello. Cercò di immaginare una conversazione del genere a tavola, con la tivù accesa.

Carmen si era spesso domandata come fosse stato il lutto per Jones. Forse adesso lo sapeva.

Quando Bridget si svegliò sulla spiaggia il sole era già sorto. Si mise a sedere e guardò le onde. Le immaginò venire verso di lei una dopo l'altra, come la sbarra di un trapezio che dondola, vicino e lontano, vicino e lontano, invitandola a entrare e ad aggrapparsi. Poteva farlo. Poteva entrarci e continuare a camminare, dondolandosi da un'onda all'altra. Tibby l'aveva fatto. Perché non anche lei?

Pensò all'infermiera, Tabitha. Quella sì che era una scelta grave. Era la madre di tutte le scelte gravi, quella che si portava via tutte le scelte gravi ma appena un po' più piccole.

Avrebbe deluso Tabitha e, stranamente, la disapprovazione dell'infermiera le importava più di quella di suo padre o Carmen o Lena o Eric.

Non ti farei una cosa del genere, pensò di nuovo. Il sole del mattino le stava scavando un buco nella testa. Ancora sole. Ma non pioveva mai da quelle parti? Per la prima volta in vita sua si augurò un temporale dirompente e fragoroso in stile East Coast.

Aprì lo zaino ed estrasse la busta che Tibby le aveva lasciato. Non avrebbe dovuto aprirla ancora per due settimane, ma erano stupidaggini. Tibby non poteva più decidere nulla. Se avesse voluto rivendicare i diritti dell'amicizia, sarebbe dovuta rimanere lì con loro. Pensò di gettarla nell'acqua senza leggerla, ma non poté risolversi a farlo.

La aprì. Dentro c'erano una lettera e un'altra busta sigillata su cui era segnata una data ancora più in là. Spiegò la lettera.

Carissima Bee,

cerco di immaginarti mentre leggi questa lettera. Da qualche parte al sole, almeno un paio di settimane prima della data che ho scritto sulla busta.

So che ti senti abbandonata, e lo capisco. Probabile che tu sia arrivata al punto di essere arrabbiata con me, e se non ci sei arrivata, ci arriverai. O vorresti arrivarci. Ti sei fidata di me, hai creduto che ti sarei rimasta accanto, e invece non è così. E Dio, darei qualsiasi cosa perché fosse possibile. Ti prego di crederci. Il pensiero di perdermi la vita dalla mia splendida amica Bee è insopportabile. A dire le verità tutto mi sembra insopportabile, in questo momento.

Credo che per te sia più difficile che per le altre, e vorrei poter attutire il colpo. Mi piacerebbe fare in modo che tu ti senta forte e amata come sei. Troverai la tua strada, per questo, e perché tu hai quello che così spesso ho sentito vacillare in me: la fede. Non per forza in Dio, ma in ciò che ha le ali. Tu sei la luce, Bee. Tu sei la speranza. Per quanto tu possa scendere in basso, l'avrai sempre. È questo che ti rende diversa da tua madre, e temo diversa da me.

Immagino il tuo spirito come un'ape gialla che vola, ondeggia, ronza, e per quanto giù tu ti senta, è sempre dentro di te. Quello spirito sei tu.

La rabbia di Bridget evaporò e la tristezza riprese il sopravvento. Era più semplice avere a che fare con la rabbia: riusciva a possederla e controllarla, mentre era la tristezza a possedere lei.

La avvertiva come un torrente tanto impetuoso da poterla trascinare nell'oceano, e non perché lo avesse scelto, ma perché non riusciva a opporre resistenza. Forse a Tibby era successo proprio questo. Forse non aveva potuto fare altrimenti.

«Perché fai quella faccia?» chiese Effie, seduta a gambe incrociate sul letto di Lena. Non erano ancora le quattro e Lena era ormai a corto di diversivi.

«E tu perché parli così forte?» Lena si chiese se le strette pareti del suo appartamento si sentissero scosse e infastidite quanto lei, dopo tante settimane di solitario silenzio.

«Non parlo forte. Parlo e basta.»

Lena non replicò. Effie andava a nozze con i litigi, quindi era meglio mantenersi piatti e noiosi anziché discutere.

Il telefono di Effie ronzò e vibrò per qualche istante, ma pareva che lei avesse fatto voto di non rispondere. Però continuava a guardarlo con la coda dell'occhio. «Come va con quel tipo?»

Lena impiegò qualche secondo di troppo per rispondere. Le parole erano come ossigeno per Effie, e se Lena le risparmiava, forse se ne sarebbe tornata a casa un po' prima. «Quale tipo?»

«Quello che assomiglia a Scooby Doo in versione cannaiolo.»

«Di cosa stai parlando?»

«Il tipo con la barbetta incolta. Che fa i panini.»

Lena preferì continuare a fingere di non capire, ma la suspense poteva anche risultare interessante se non stava attenta. «Vuoi dire Drew» replicò, allora, monocorde.

«Sì. Esatto. Drew. Che cosa gli è successo?»

«Non gli è successo niente. Lavora sempre al chiosco dei panini. E sta sempre preparando una mostra dei suoi lavori.»

Effie scosse la testa con impazienza. «Lo vedi ancora?»

Lena sospirò di noia. Tirò a sé il cesto della biancheria e cominciò a piegarla. «Ogni tanto.»

La verità era che lo aveva visto una sola volta da quando era tornata, ed era stato per dirgli che aveva bisogno di una pausa, come a dire che la loro relazione le sembrava faticosa. Era stata la classica conversazione Non-sei-tu-sono-io e lui aveva accettato senza opporsi.

«Stai con qualcuno?»

Niente scoppi di rabbia. Niente litigi. Lena scrollò le spalle.

Effie batté un paio di tasti del cellulare con le nocche e lo appoggiò di nuovo. «A dire la verità, non so cosa sperare. Detesto che tu sprechi tempo con quello sfigato, ma sarebbe confortante sapere che hai qualche contatto con un altro essere umano. Mamma e papà ne sarebbero sollevati, lo so. Perfino papà. Non sto scherzando.»

Niente scoppi di rabbia. Lena serrò i denti. Effie era l'equivalente umano della benzina sparsa per la cucina. Era difficile evitare non solo un semplice scoppio, ma una conflagrazione colossale.

«Non devi preoccuparti, Effie. Sto bene. Di contatti umani ne ho. Dovreste rilassarvi un po' tutti quanti» disse con tranquillità, in tono soporifero. «Insegno due pomeriggi, una mattina e una sera a settimana. Passo del tempo in studio. Vedo sempre altri educatori e professori.» Effie pareva annoiata, perciò Lena proseguì: «Vado a spettacoli e conferenze tutte le settimane. Ho aiutato Susan, ehm, Murphy a fare una proiezione con PowerPoint...» Lena era a corto di materiale, avrebbe voluto averne di più. Lo sguardo di Effie era scivolato sul telefono ma non l'aveva ancora raccolto. «Ho un mucchio di contatti umani.»

«Hai degli amici?»

Era tipico di Effie ferirla, sventare le sue deboli manovre, distruggere le sue soddisfazioni, per quanto zoppicanti. Lena incassò il colpo e sperò che i suoi occhi non la tradissero. «Certo.»

«Non intendo i vecchi amici, ma amici qui. Gente che vedi.»

Ecco il motivo per cui Lena rimpiangeva di non aver controllato i messaggi e trovato un modo per dirottare quella visita. Avrebbe voluto che sua sorella se ne tornasse a casa. Avrebbe voluto che non fosse mai venuta.

«Certo» disse di nuovo Lena, chinandosi a raccogliere il cesto della biancheria. Lo portò al cassettone e lo depose. Lentamente, faticosamente, calzino per calzino, si dedicò a mettere via i suoi vestiti.

Quando si fu ricomposta, si voltò verso Effie e si schiarì la voce. Le costò una gran fatica affrontare deliberatamente l'argomento del lavoro di Effie alla rivista *Ok!*, perché i racconti di sua sorella sulle celebrità di bassa lega e le ragazze assurdamente futili con cui lavorava le facevano venire la voglia di strapparsi i capelli.

E per di più Effie lo avrebbe trovato stimolante. Ma ormai, dopo due ore e mezzo, le venne in mente soltanto quello. Sospirò di nuovo e si sedette sul pavimento. «Allora, come va il lavoro?»

Siamo padroni delle parole non dette,
ma schiavi di quelle che lasciamo uscire.

Winston Churchill

Lena propose di cenare fuori. Scelse un ristorante che fosse affollato, piccolo e chiassoso, il genere di posto che non accettava prenotazioni, in cui con il procedere della serata ti ritrovavi a mangiare tra la gente in piedi che aveva fame e puntava al tuo tavolo. Sapeva che avrebbe messo a dura prova i suoi nervi, ma sapeva anche che avrebbe forse potuto risparmiarle la devastazione dei raggi laser e delle bombe incendiarie di Effie.

Dapprima Effie ordinò un martini e del salmone affumicato, poi una lombata di manzo e due bicchieri di un vino costoso. Forse era anche più povera di Lena, ma vestiva molto meglio e aveva un autentico talento nell'approfittare del cibo che le veniva offerto. Lena si chiese se i suoi genitori sapessero che genere di pasto stavano finanziando.

Bevve il suo bicchiere di vino rosso, e a metà sentì il viso accaldato e avvertì un leggero stordimento dovuto all'alcol. Le decorazioni di Natale cominciarono a sembrarle deprimenti. Quando aveva bevuto l'ultima volta? Ripensò a Kostos e al divano dei nonni. Si portò una mano alla guancia arrossata.

Le luci si affievolirono e la musica si fece più lenta. Era Ella Fitzgerald che cantava canzoni natalizie. Effie ordinò una torta al cioccolato con gelato alla vaniglia da dividere con lei.

«Sono contenta di essere qui con te, Len. In certi momenti c'è bisogno della famiglia.»

Lena si guardò intorno. Effie stava diventando seria e stucchevole proprio mentre il ristorante si svuotava. Nel momento esatto in cui Lena aveva immaginato e sperato in orde chiassose che pretendevano il loro tavolo, il luogo si era fatto intimo.

«Come con Valia, hai presente? Sei stata un grande aiuto per lei. Io la davo per scontata. Non sapevo quanto significasse per me, quanto mi avesse insegnato.» Effie chiuse gli occhi per alcuni secondi con piglio teatrale e sospirò. Se Effie attaccava a parlare di Valia, gli argomenti spinosi e Dio-sa-che-altro non dovevano essere lontani.

Lena scoccò un'occhiata disperata alla porta, augurandosi che il ristorante si riempisse. Dov'erano tutti quanti? Cosa c'era di sbagliato in quel posto? Non si poteva mai fare affidamento su Providence.

Pareva che Effie fosse sull'orlo del pianto. Allungò la mano verso Lena. «Prima Valia e poi Tibby» disse. «È difficile da credere.»

Lena raggelò. Avvertì un sommovimento nel profondo, e sperò di poterlo contenere restando del tutto immobile. Pensò al giorno in cui si era intossicata con i gamberi kung pao, ed era rimasta immobile nel letto, in preda alla nausea, con la speranza che se non si fosse mossa non le sarebbe venuto su tutto.

Valia aveva novantadue anni. Tibby ne aveva ventinove. Valia aveva figli e nipoti, un ristorante da gestire e un matrimonio duraturo e felice. A Tibby, con il suo talento, il suo spirito, il suo amore, era stato negato tutto. Valia aveva vissuto una vita piena, mentre Tibby aveva sofferto di un baratro segreto nella sua, tanto devastante da non permetterle di andare avanti. *Non ti muovere. Non ti muovere.* Stava per venirle su tutto.

«Mi dispiace tanto per Tibby. Davvero.» Era dovuto al martini e a tutto il vino che aveva bevuto. Lena sperò che il suo alcol non rispondesse per lei. «So quanto ti manca, Len. Manca anche a me.»

«Cosa. Stai. Dicendo.» Le parole di Lena sfuggirono alle mascelle serrate. Non poteva contenere l'impeto. Stava affiorando tutto.

«Mi manca. Sul serio. Io e Tibby possiamo anche aver avuto qualche screzio, ma non significa che non le volessi bene.»

Santo cielo. Ecco che arrivava. A quel punto Lena si sentì come china sopra il water. Aveva la bocca piena di saliva, lo stomaco in rivolta. Poteva soltanto tirare fuori tutto e pregare di sentirsi meglio quando avesse finito.

«Non le volevi bene» sbottò, piena di bile e malignità. «Come puoi anche solo dirlo? Lo sai che non è così.»

Effie parve ferita. Quell'espressione le veniva bene. Lena non si soffermò sull'idea che potesse anche essere vero.

«Ce l'avevi con lei per quella stupida storia di Brian.» Un'altra ondata, che Lena non poté trattenere. «Lui amava Tibby e non te, e tu non hai mai mollato. Hai sempre dato la colpa a lei. Lo so.» Alla fine ciò che ne uscì si rivelò meschino.

Effie aveva gli occhi lucidi. «Quanto mi disprezzi?»

«Per questo hai rubato i nostri pantaloni! E li hai persi!» Mentre quel bilioso ricordo affiorava e le usciva di bocca, Lena capì quale strana, infantile convinzione nascondeva. Se avessero ancora avuto i Pantaloni Viaggianti, questo non sarebbe potuto accadere. I pantaloni non avrebbero permesso che questo accadesse a Tibby né a nessuna di loro. I pantaloni le avrebbero protette.

«Non mi hai ancora perdonata! Hai detto di sì, ma non lo hai mai fatto e a quanto pare non lo farai mai.»

Lena serrò le labbra e si asciugò le lacrime dalle guance. Si rese conto che stavano gridando e piangendo tutte e due, e a quel punto era probabilmente un bene che la sala fosse quasi vuota. Ella Fitzgerald cantava la storia di Frosty the Snowman e Lena tremava sulla sedia.

«Non è vero» disse Lena, abbassando la voce.

«E comunque, non ce l'avevo con Tibby» abbaiò Effie. «Non ce l'avevo neppure con Brian. Ce l'avevo con te.»

Lena sentì il mento tremare, le spalle scuotersi.

«Ce l'avevo con te per aver scelto lei e non me. Ce l'avevo con te perché davi sempre la precedenza alle tue amiche. Io sono tua sorella! Questo non ha mai significato niente per te, vero?»

Lena guardò Effie che si alzava, con un senso di impotenza. «Sì che significa qualcosa» disse Lena.

«No, non significa niente!»

«Effie.»

«Sono venuta qui perché volevo aiutarti, Lena, ma non ci riesco. Non conto abbastanza per te, perciò non posso aiutarti.»

Lena affondò il viso nelle mani: piangeva calde lacrime. «Non è vero» cercò di dire.

Effie rovistò nella borsa e spalmò sul tavolo cinque biglietti da venti dollari. Le lacrime stavano ancora scendendo a fiotti sul suo viso, quando si issò la borsa su una spalla e uscì.

Lena guardò la schiena di sua sorella e quando Effie se ne fu andata, fissò la porta del ristorante con la speranza sempre più tenue di vederla rientrare.

Bridget tornò con passo lento a Bolinas ed entrò nella Sea Star Inn. Moriva di fame e quello fu il primo posto che incontrò. Ordinò uova, salsicce e pane tostato imburrato e ancora pane tostato.

Non si rese conto che era Natale finché non vide le decorazioni sparse per la sala e udì qualcuno alla radio che faceva gli auguri.

«Sa dirmi se ci sono stanze libere per questa notte?» chiese alla cameriera che pareva anche l'albergatrice. Quel posto era abbastanza scalcagnato da poter essere alla sua portata.

Ottenne una piccola stanza con l'uso del bagno nel corridoio per quaranta dollari a notte. Quella sera si infilò nel letto cigolante mentre il sole tramontava, e quando si svegliò in piena notte, sentì la pioggia battere contro la finestra.

Dopo due giorni passati a dormire in un letto e mangiare cibo cucinato, si ritrovò a corto di denaro. L'albergatrice, Sheila, vide Bridget nella hall con lo zaino sulle spalle.

«Te ne vai già? Peccato.»

«Mi piacerebbe restare» disse Bridget. «Ma non ho più soldi.»

Vedendo l'espressione sul viso della donna, Bridget si affrettò ad aggiungere: «Voglio dire, riesco a pagare il conto.» Estrasse il portafoglio. «Ce ne sono abbastanza qui dentro. Solo che non ne ho altri da spendere.»

Sheila annuì. Portava una bandana allacciata sui capelli come faceva ogni tanto la nonna di Bridget, Greta. «Ci sarebbero alcuni lavoretti da sbrigare qui» disse. «Posso darti una stanza e il vitto se sei disposta a lavorare.»

Per qualche ragione, la parola "lavoro" uscita dalla bocca di Sheila le sorrise come un nuovo paio di scarpini da calcio, o un milkshake alla banana.

«Mi piacerebbe lavorare» accettò Bridget.

«D'accordo, allora» annuì Sheila. «Riporta la tua roba in camera e cominciamo in cucina.»

Quella sera Bridget usò il vecchio telefono pubblico nella hall per chiamare Eric. Lo cercò al lavoro, sapendo che non sarebbe stato lì. Gli lasciò un messaggio augurandogli buon Natale e dicendogli che lo amava. Pensò di aggiungere qualcos'altro, ma non ci riuscì. Le martellava il cuore quando appese.

Il mattino dopo lo usò di nuovo per chiamare Tabitha, l'infermiera.

«Hai parlato con il tuo ragazzo?» chiese la donna.

«Non ancora. No.»

«Lo farai?»

«Non lo so.» Bridget infilò il dito nello sportellino del resto. «Quanto tempo ho?»

«Quanto tempo hai?»

«Per prendere una decisione. Per, insomma... fermarla.»

«Bridget, sei incinta di circa otto settimane e mezzo. È presto. Secondo la legge della California, puoi porre fine alla gravidanza fino a ventiquattro settimane. Ma una volta che ci hai pensato a fondo e hai preso una decisione, ti consiglio di non aspettare. Per esperienza, se vai oltre la quattordicesima settimana è molto peggio.»

«Peggio per il corpo?» chiese Bridget.

«Peggio per il cuore.»

Tornata in quella silenziosa cavità che era la sua stanza, Lena ripose la roba di Effie con cura in una scatola di cartone. Benché sparsi per l'appartamento, gli averi di sua sorella si facevano notare. Boccette di smalto fucsia e turchese, calze di nylon verde pallido, stivali dorati con il tacco alto, infradito rosa di pizzo ancora nella confezione, tre diversi prodotti per i capelli in barattoli di plastica verde fosforescente, un portacipria. Pareva che l'appartamento di Lena non fosse in grado di assimilare oggetti tanto colorati, fragranti e festosi.

Lena guardò sconsolata l'allegro assortimento nella scatola. Effie era venuta armata dell'occorrente per festeggiare Natale con manicure, pedicure, maschere facciali e trucchi. Pensava di dare una rinnovata alla biancheria intima di Lena e di cambiarle pettinatura. Aveva minacciato di scaricarle nuove canzoni sull'iPod. Era venuta perché Lena si sentisse meglio. Effie ci sapeva fare.

"Devi solo permettere alle persone di amarti nel modo che conoscono" le aveva detto Tibby una volta.

Lena chiuse le falde del cartone con il nastro adesivo e lo sistemò accanto alla soglia per spedirlo dall'ufficio postale il giorno dopo. Effie era venuta a portare allegria e intimità, e Lena non era in grado di tollerare né l'una né l'altra. In definitiva, Lena non la meritava affatto.

Non è vero che non conti; tu conti, eccome, disse tra sé Lena a sua sorella. Il grigio silenzio di Lena era ormai pienamente ritrovato, la sua infelicità preservata. Si appoggiò sul bordo del letto, sedendosi sulle mani. Non era quello che aveva desiderato? Effie se n'era andata senza nemmeno fermarsi una notte. Lena non aveva lo smalto sulle dita di mani e piedi. Il giorno di festa non era stato celebrato. I suoi capelli erano lisci come prima. Ancora una volta si ritrovava sola, triste e chiusa in se stessa. Aveva fatto quanto occorreva per spaventare Effie, forse una volta per tutte.

Lena si voltò sul letto e rimase distesa con la guancia premuta sul ruvido copriletto. E ancora una volta rifletté sulla sua inclinazione a desiderare cose che la rendevano profondamente infelice.

Lena si svegliò di soprassalto nel cuore della notte. Fissò il soffitto per un momento, con gli occhi spalancati e la visione nitida, come in pieno giorno. Si alzò, in quattro passi raggiunse la scrivania e si sedette sulla sedia. La sua casa possedeva un'ampia finestra che dava sul pozzo di aerazione. Per circa un'ora di giorno e una di notte, il sole e la luna s'insinuavano nella stanza. In quel momento la luce lunare filtrava attraverso i pannelli di rete metallica della finestra e rischiarava la lettera che era rimasta lì, intonsa, giorno dopo giorno, notte dopo notte.

Lena scoccò un'occhiata alla scatola marrone accanto alla porta, che attendeva di essere portata all'ufficio postale. Pensò a Effie. Si guardò le mani e le osservò mentre prendevano la spessa busta e la aprivano. Studiava le proprie azioni con un vago senso di incredulità, ma cos'altro le rimaneva da fare? Che cosa c'era da aspettare? Chi altro ci sarebbe stato?

Aveva creduto di poter scegliere tra rimanere ferma e muoversi, ma non era così. Finché il cuore continua a battere e il sangue a scorrere e i polmoni a riempirsi, non si ha alcuna scelta. Alla fitta di dolore che provava per Tibby si accompagnava un sentimento di invidia. Non si può star fermi se non con la morte, eppure lei ci aveva provato Dio sa quanto.

Andare avanti era abbastanza difficile, ma farlo senza Tibby pareva insostenibile. Come poteva proseguire quando Tibby non poteva farlo? Il mondo non era lo stesso senza Tibby. Lena non sapeva come viverci. Non era sicura di volerlo. Ma poteva forse scegliere?

E così vennero i pensieri più duri. Tibby aveva creduto di poter scegliere e aveva scelto per il no. Aveva rifiutato la vita. E loro. E Lena. Da qualche parte, dentro di sé, Lena era la bambina che non riusciva a credere che Tibby potesse lasciarla di proposito.

Perché? Perché lo aveva fatto? Perché non aveva

raccontato loro quello che stava succedendo? Perché aveva lasciato che si arrivasse a quel punto? Perché aveva voluto ferirle tanto profondamente?

No. Non sapeva accettarlo. Avrebbe anche potuto essere vero, eppure le sembrava che quell'idea non avesse senso. Perciò il mondo si divideva in due e lei era in mezzo, con un piede per parte, incapace di muoversi di qua o di là. Non poteva accettare l'accaduto. Ma qual era l'alternativa?

La sua tendenza era quella di eludere le notizie, perché ogni singola informazione che aveva avuto fin lì era stata brutale.

Guardò la scatola accanto alla porta. Immaginò Effie sola nei suoi eleganti vestiti da sera sull'ultimo treno della notte di Natale. Che cosa ne sarebbe stato di loro? Non poteva più rimanere ferma.

Con le mani sudate aprì la busta e ne sfilò il contenuto. C'era una lettera scritta al computer che copriva due pagine fronte e retro, e altre due buste più piccole, chiuse. Una era indirizzata a Lena e l'altra, incredibile, a Kostos.

Lenny,

per quanto sia duro pensare che la tua vita vada avanti senza di me, mi sono sforzata di farlo, ma sono troppo legata a te per non raffigurarmi lì accanto, anche ora che non posso più esserci con il corpo.

Quello che lasciamo sono le persone che si amano. Lasciamo noi stessi in loro. Non potrei essere più felice che non stando dentro di te, Len. Mi piacerebbe immaginarmi e vede-

re il tuo bellissimo viso. Se riesci a sopportarmi, è lì che vorrei vivere. In te e in Bee e in Carmen. Ma in fondo è proprio in voi che ho sempre vissuto.

È insopportabile non essere lì a pungolarti, sfidarti e infastidirti, Len, perciò perdonami se lo faccio comunque. Devi fare qualcosa per me. Vedrai che ho incluso un paio di lettere per te e Kostos.

Non voglio essere inutilmente misteriosa, ma voglio anche evitare il famoso ostruzionismo di Lena. Perciò, ti prego, accetta di dare a Kostos quella che è per lui: dalla tua mano alla sua, di persona, faccia a faccia. È chiedere molto, lo so. Ma so anche che lo farai, perché tu sei quel genere di persona.

Ho apposto una data a entrambe, e voglio che aspettiate fino ad allora per aprirle. So di essere una gran rompiballe e che, siccome me ne sono andata, senti di dover fare come dico, ma ci ho pensato parecchio.

Mi vorrai bene o mi odierai per questo, ma sappi che l'ho fatto perché ti voglio bene. Che vada bene o male, spero che mi perdonerai l'intrusione.

C'è un'altra cosa. Potresti andare da Alice ogni tanto? Non spesso, ogni due o tre mesi. Ma non per parlare di cose tristi o serie. E naturalmente mi piacerebbe che tu stessi anche un po' con Nicky e Katherine e mio papà, ma è Alice quella che potrebbe averne più bisogno.

Adesso, anziché avere una sola lettera ad assillarla, Lena ne aveva due. Due buste chiuse su cui era segnata una data di marzo. E anziché avere solo se stessa e Tibby da cui nascondersi, ora c'era anche Kostos.

Ma per quanto lo temesse, aveva un compito da svolgere per Tibby. Due compiti, se si contava anche andare a trovare Alice. Questi compiti erano qualcosa di concreto, come il sangue che le scorreva nelle vene e il cuore che batteva, e l'avrebbero spinta ad andare avanti, che lo volesse o meno.

Nessuna penna, nessun inchiostro,
nessuno spazio, nessun tempo,
nessuna calma, nessuna inclinazione.

James Joyce

Il matrimonio ha questo di particolare, che per quanto sforzo ci si metta, si può sempre fare di più. Si può chiamare ancora qualcun altro, porre qualche altra domanda, comprare qualcosa in più. Si può concentrare ogni ansia, ogni preoccupazione, ogni desiderio, ogni capriccio, ogni momento di veglia nel matrimonio: è abbastanza grande da assorbirli tutti.

E poi i matrimoni sono allegri. Organizzarli porta allegria. Le tinte sono vivaci e la gente con cui si parla, ride e sorride spesso. Tutti si intascano i vostri soldi in allegria.

Un matrimonio è anche un'opportunità di controllo. Si può presentare se stesse e la propria vita e il proprio futuro marito esattamente come si vuole, e rimarranno un milione di fotografie a documentarlo. Perché per tutta la vita possiamo immaginare che il nostro matrimonio ci rispecchi davvero, e non sia soltanto ciò che abbiamo sudato e pagato per farlo apparire.

Il controllo implica anche che si possono escludere certe cose dal matrimonio.

«Mamma, hai idea di quando la nonna sarà a Portorico?» chiese Carmen con noncuranza, quando chiamò sua madre dal set.

«Dal primo marzo a metà aprile.»

«Sai la data esatta di aprile? Il 12? Il 16?»

«Non lo so, più probabile il 16. Puoi chiamarla, se vuoi. Perché?»

«Sto cercando di fissare la data del matrimonio.»

«Non sarà prima del 16, giusto?»

«Be'...»

«Carmen.»

«Cosa?»

«Non stai cercando di sposarti senza Abuela, vero?» Sua madre sapeva essere fastidiosamente intuitiva certe volte.

«Be', se è a Portorico, non mi aspetto che...»

«Carmen, non m'importa che tua nonna sia a Timbuktu, non può non essere presente al tuo matrimonio. Dovesse venire strisciando fino alla chiesa, ci sarà.»

Carmen decise che non era il momento migliore per annunciare che non si sarebbe celebrato in chiesa. «Be', mamma» si sentiva come se avesse cinque anni, «e se fosse un matrimonio molto intimo?»

Sua madre sospirò. «Anche se il tuo matrimonio fosse così intimo da non contemplare una damigella d'onore, Abuela si aspetta di esserci. Sarò sincera, Carmen, abbandona l'idea. Parla del tuo matrimonio dal giorno in cui sei nata.»

Carmen scorse il lungo elenco di telefonate che aveva stilato. Sbuffò. «D'accordo.»

«Carmen?»

Carmen premette il pulsante di fine chiamata mentre una nuova assistente personale faceva capolino nella roulotte del trucco.

«Ti vogliono sul set.»

«Adesso?» chiese seccata, come se le riservassero ogni cura di bellezza e la pagassero solo per passare il tempo a organizzare il suo matrimonio con l'iPhone.

Di giorno Bridget strappava le erbacce dallo scialbo giardino della Sea Star Inn e sistemava un muro di pietra. Di sera lavava piatti e bicchieri al bar, dove gli odori la uccidevano. In tutte quelle ore si ritrovò a pensare a Tibby. Aveva tenuto a freno quei pensieri fino a quel momento, ma adesso li lasciò scorrere. Ricordò e si interrogò e ipotizzò.

Certi giorni partiva dai primi ricordi d'infanzia e procedeva attraverso la scuola e l'università. Gli anni dei Pantaloni Viaggianti. E poi, dopo la maturità, quando Tibby viveva a New York e serviva ai tavoli e scriveva sceneggiature. E poi, circa nove mesi dopo, quando erano sbarcate a New York anche lei e Carmen. Ricordò i due anni abbondanti in cui lei e Tibby e Carmen e, in via ufficiosa, anche Lena erano state coinquiline in Avenue C. Dopodiché Tibby era andata a vivere con Brian prima a Long Island, poi a Greenpoint e infine a Bedford-Stuyvesant, sempre in cerca di sistemazioni più economiche, mentre Tibby cercava di vendere le sue sceneggiature e di farsi produrre i film e Brian tentava di far decollare la sua azienda di software.

Poco dopo il loro ventisettesimo compleanno, Tibby era sparita per la prima volta. Senza quasi avvertire si era trasferita in Australia. Bridget ricordava di essere andata a farle una sorpresa nell'appartamento del pianterreno in Bed-Stuy, per Halloween. Indossava un costume da Indiana Jones con tanto di cappello e frusta, e reggeva una scatola di mele caramellate, ma quando aveva suonato il campanello e bussato alla porta, non aveva risposto nessuno. Alla fine Bridget si era arrampicata per sbirciare dalla finestra e aveva scoperto che l'appartamento era vuoto.

Poco tempo dopo Tibby aveva mandato una mail a lei, Carmen e Lena, spiegando del trasloco. Il motivo era un lavoro di Brian pagato molto bene. Probabilmente sarebbe durato tre o quattro mesi. *Un cambiamento radicale, eh?*, aveva scritto. *Australia!*

Tibby aveva scritto email abbastanza regolari per i primi due mesi. Col cellulare c'erano alcuni problemi, ma si teneva in contatto. Aveva mandato ecard comicamente sdolcinate a ognuna di loro per Natale. Continuavano ad aspettare che tornasse, ma siccome non succedeva, non le davano tregua. *Quando torni a casa?* Quello era l'oggetto di ogni singola mail che Bridget le mandava. *Quando? Quando? Quando?*

Tibby aveva smesso di farsi sentire circa quattro mesi dopo essere partita, proprio quando credevano che fosse sul punto di tornare. Da quel momento le sue mail erano state pochissime, e il tono era cambiato. A un tratto rimaneva sul vago riguardo alla data del suo ritorno.

Ci erano voluti un paio di mesi perché registrassero il cambiamento e si rendessero conto del fatto che l'avevano vissuto tutte e tre. In giugno, si erano finalmente riunite per discuterne, durante una cena a New York. Avevano parlato fino allo sfinimento, in stato di allerta.

"Probabilmente sta lavorando a qualcosa di grosso" aveva ipotizzato Carmen. "Sai come diventa quando s'immerge in una sceneggiatura."

"Forse visto che sono già lì, lei e Brian hanno deciso di passare l'estate nel bush o di fare immersioni vicino alla barriera corallina" aveva suggerito Bridget. "Io farei così. E da lì non c'è modo di chiamare o mandare mail."

Le email di compleanno di Tibby in settembre non dicevano granché; non erano personali né interessanti. A ripensarci, erano ossessivamente vuote.

Era lì che dovevano essere cominciati i problemi, a quanto intuiva Bridget. Loro non erano pronte per la partenza di Tibby. Non sapevano come prenderla. Non riuscivano neppure ad ammettere con loro stesse che fosse reale, che Tibby fosse lontana. Non era tanto la distanza fisica, che erano riuscite a superare prima di allora, era il fatto che per la prima volta nelle loro vite una di loro aveva tagliato i contatti di proposito e per parecchio tempo. Non riuscivano a credere che potesse essere vero.

Guardando indietro, Bridget aveva la spiccata sensazione che tutte loro fossero rimaste impantanate nel tempo da quel momento in avanti. Non lo avevano mai detto ad alta voce, ma pareva implicito che fosse sleale divertirsi insieme in assenza di Tibby, fare qualsiasi passo importante, permettere che succedesse qualcosa di significativo senza che lei potesse parteciparvi. Avevano aspettato che Tibby tornasse da loro almeno mentalmente se non con il corpo, in modo da poter riprendere in mano le proprie vite. Non avevano mai accettato la sua assenza. Non sapevano come vivere, se non tutte insieme.

Per questo Bridget, e tutte loro, erano state così eccitate e sollevate dal viaggio in Grecia, per questo pensavano che quella sconcertante, solitaria epoca della loro esistenza stesse finalmente per concludersi. *Grazie a Dio saremo di nuovo insieme.* Bridget non aveva mai pensato che fossero crollate, invece era accaduto proprio quello. Lo capiva solo adesso.

Perché Tibby lo aveva fatto? Perché se n'era andata in quel modo? Era questo che Bridget non riusciva a capire.

Certi giorni andava a ritroso nel tempo, a partire da un momento prima che arrivassero i biglietti per la Grecia. Cercava di congiungere quei giorni a quelli precedenti e a quelli ancora prima, per trovare un filo conduttore che la unisse al tempo in cui aveva sentito di capire Tibby e di vivere una vita per lo più ragionevole.

Cercava nella mente una spiegazione, un tassello mancante. Forse Brian aveva lasciato Tibby e le aveva spezzato il cuore. Forse era per questo che aveva interrotto i contatti. Ma non avrebbe confidato loro le sue pene se fosse stato così?

Le due persone a cui avrebbe voluto chiedere erano Brian e Alice, la madre di Tibby. Che cosa sapevano loro? Ma il suo desiderio di conoscere era soffocato dal timore che nessuno dei due sapesse la verità. Bridget era riuscita a chiamare Alice qualche sera prima, ma la conversazione non aveva portato a nulla. A quanto aveva intuito, Alice credeva che Tibby fosse semplicemente affogata. Per lei era una tragedia senza senso, un incidente, nient'altro. Forse Tibby non desiderava che la verità si sapesse, e Bridget non voleva essere lei a rivelarla.

Una sera prese in prestito il computer di Sheila e cercò il nome di Tibby in Australia. Dovette provare più volte e affinare la ricerca, ma alla fine trovò il suo nome e indirizzo. Le tremavano le mani mentre localizzava la sua casa su una mappa. Zoomò sempre più e quando raggiunse il centro della città, passò all'immagine satellitare. Era una cittadina. Più un paese, in realtà. Bridget poté spostarsi su ogni edificio e studiare ogni strada. Vide minuscole sagome umane nelle immagini satellitari e si chiese quanto tempo prima fossero state fatte quelle riprese, e se una di quelle figure potesse essere Tibby.

E a quel punto le venne l'idea. Sapeva quello che doveva fare. Era qualcosa che rimpiangeva di non aver fatto quando Tibby era viva, e si sentì lacerata dal rimorso.

Sarebbe stato da codardi assicurarsi che Effie non fosse a Bethesda il finesettimana che Lena aveva scelto per tornare a casa, ma lei era piuttosto codarda. Chiamò sua madre e suo padre separatamente per dir loro che sarebbe andata lì. Sua madre avrebbe potuto esser tanto subdola da riunirle a loro insaputa, ma suo padre non lo avrebbe mai fatto. Spifferava sempre quello che non doveva dire, e dimenticava di dire ciò che occorreva. Non lo faceva di proposito e lei lo sapeva. Era smemorato, tutto qui, e le frasi da tacere rimanevano in superficie nella sua mente.

«Tesoro, sono così contenta che tu sia venuta» ripeté sua madre per la terza volta, mentre Lena sedeva nella loro ampia cucina scintillante a bere il tè che le aveva preparato. Il tè conteneva più latte e miele di quanto ne avrebbe messi lei, ma aveva un buon sapore.

«Anch'io sono contenta» disse Lena. Voleva parlare con sincerità, ma senza suggerire di essere disposta a farsi torchiare.

Lena si era aspettata che Ari la assalisse alla prima opportunità, per sottoporla a una raffica di domande sconvolgenti e puntare il suo materno riflettore sulle questioni più delicate e nascoste. Ma non lo aveva fatto. Era socievolmente silenziosa. Stava sistemando la spesa nei mobiletti della cucina.

«Hai fissato un'ora con Alice?» chiese Ari dopo che l'ultimo sacchetto fu appallottolato nel bidone del riciclo.

Lena scrollò la testa. Era a quel punto del finesettimana che faceva irruzione la paura allo stato puro. «No, le ho solo detto che sarei passata nel pomeriggio.»

Sua madre annuì. «Vuoi che venga con te?»

Lena levò lo sguardo, sorpresa della proposta. Aveva dimenticato, alla sua età, che sua madre potesse fare qualcosa del genere per lei, che potesse aiutarla in qualche modo a risolvere i suoi problemi. Scorse la tensione sul suo viso, ma anche la buona volontà, e la ammirò.

Lena ci pensò un momento. «Grazie della proposta.

Sei molto gentile. Ma credo che sia meglio se ci vado da sola.»

«D'accordo» disse Ari.

«Tu ci sei stata?»

«Un paio di volte.»

Lena annuì. «Scommetto che hai portato delle cose da mangiare.»

«Tonnellate.»

Lena se lo raffigurò e le venne fame. «Spanakopita, immagino. Nicky la adora.»

«E altri piatti.»

Ari si sedette, cosa che faceva di rado. Pareva pensierosa. «È difficile sapere cosa fare.»

Lena si chiese se era ormai troppo tardi per diventare come sua madre. «Almeno ci hai provato» disse. «Almeno hai fatto un gesto.»

Dapprima si fermarono in cucina mentre Alice cercava di preparare il caffè. Lena era seduta al tavolo e la osservava cercare una cosa e poi un'altra. I filtri. Niente filtri. Guardava di sfuggita in posti improbabili, come nel frigorifero o sotto il lavandino. Il macinacaffè aveva un pezzo rotto. Le istruzioni erano in giro da qualche parte. E il latte? Non ne avevano. Per Lena era una strana inversione di ruoli.

«Non importa. Non è che ci tenessi, in realtà» disse Lena.

Alice, accoccolata per terra, stava svuotando lo scaffale più basso della dispensa. «Dovremmo avere quello solubile.»

Lena avrebbe voluto invitare la donna a rilassarsi e sedersi con lei, ma a quel punto Alice era al telefono con Loretta, la donna di servizio che avevano da millenni, per chiederle dove fosse il caffè solubile, e Lena capì che in realtà non voleva sedersi al tavolo con lei. Conosceva bene quel bisogno di muoversi in continuazione per eludere. Anche lei lo provava di continuo.

Alice non voleva incrociare il suo sguardo e rischiare che il silenzio s'insinuasse tra di loro. Non voleva uno spazio in cui avrebbero potuto parlare di Tibby e di quello che era successo e di come era successo e di quanto mancava a tutte e due. Era chiaro che ne aveva paura.

Lena guardò Alice mentre trovava le istruzioni ingiallite del macinacaffè sull'ultima mensola in alto, e in lei vide se stessa. Lena aveva sempre pensato di dissimulare con astuzia ma, messa davanti al suo stesso modo di agire, la colpì quanto il meccanismo fosse tragicamente palese.

Non voleva costringere Alice a parlare; non poteva farle questo, proprio lei. Non teneva ad affrontare alcun discorso duro o triste. Desiderava solo che Alice si sedesse. Le premeva farle capire che le importava di lei. Era così anche per le persone che si preoccupavano per Lena? Come sua madre? Come Carmen, Effie e Bee? Come Tibby?

«Come si trova Nicky nella nuova scuola?» chiese allora con noncuranza. Sapeva che era passato dalla scuola superiore pubblica in cui erano andati tutti alla Maret, dove faceva il penultimo anno.

Per la prima volta Alice la guardò. «Non male. Piuttosto bene» rispose.

«Dicono che è una scuola meravigliosa» continuò Lena. «E difficile. Più difficile di Bethesda, ne sono certa.»

«Sì.» Una scintilla di orgoglio le passò nello sguardo mentre si alzava e si avvicinava al tavolo a cui sedeva Lena. «Studia molto più di prima e prende sempre B. Una volta ha preso A in fisica. Ne era molto fiero.»

Lena scosse la testa con aria mesta. «Me la ricordo, la fisica. Non ho mai preso A.»

Alice appoggiò timidamente il fianco al tavolo. «Lì è tutta un'altra musica. Nicky è stato alzato due notti per prepararsi al compito di storia americana.»

«Wow» fece Lena.

Alice rise e scrollò la testa. «Non come voi ragazze, che passavate il pomeriggio a prendere il sole qui sul tetto prima dei compiti di storia...» E lì si bloccò. Contrasse il viso e gli occhi le si riempirono di lacrime. Si guardò una mano e prese a rigirare l'anello che aveva al dito.

Lena udì gli ingranaggi della macchina della paura che si rimettevano in moto e desiderò poterli ridurre al silenzio. Ma per una volta non erano i suoi ingranaggi a fare tutto quel baccano. Il volume della paura di Alice sormontò quello di Lena, e la rese più comprensiva, e anche un tantino più audace.

Dobbiamo farci strada a tentoni in mezzo a tutto questo, pensò.

Perry non aveva soldi da prestarle. Bridget lo sapeva perché l'aveva chiamato e glielo aveva chiesto.

"Vorrei poterti aiutare" le aveva detto. "Ma abbiamo la carta di credito in rosso e questo mese facciamo fatica a racimolare i soldi per l'affitto. Chiedimelo in luglio, quando avrò finito l'università e lavorerò: ti darò quello che ho."

Telefonò due volte a suo padre e si spazientì. Non rispondeva mai al cellulare, e non c'era modo di farsi richiamare, perciò non si diede la pena di lasciare un messaggio.

Fece buon viso a cattivo gioco, prese un autobus per San Francisco, e marciò nell'ufficio di Eric. Aveva indossato abiti puliti per l'occasione. Non era riuscita a pettinarsi – i suoi capelli tendevano pericolosamente a prendere l'aspetto di dreadlocks – ma almeno li aveva legati con cura.

Quando aveva abbracciato Sheila e l'aveva salutata dopo quasi tre settimane alla Sea Star Inn, la donna le aveva stretto le mani e rivolto uno sguardo di approvazione. «Caspita, ti sei tirata a lucido.»

Eric fu sorpreso di vederla, tanto sorpreso che il suo viso fu invaso dalla gioia e dal sollievo prima di tutto il resto. La abbracciò di slancio. «Sono così felice di vederti» la accolse. «Sono così felice che tu stia bene.»

Quando si sedettero insieme, avevano tutti e due gli occhi colmi di lacrime, ma senza recriminazione. «Ho avuto paura per te.»

«Mi dispiace» disse lei. Fu commossa dal suo amore totale, perfino dopo quello che aveva fatto, ma era sulle spine per ciò che non gli aveva ancora detto. «Mi dispiace di essermene andata così. Mi dispiace di non aver chiamato. Mi dispiace per la ragione che mi ha portata qui.»

Lui le prese la mano e studiò un dito per volta. Aveva uno sguardo consapevole ma non accusatorio. Era dispiaciuto per lei. Conosceva la sua storia. Sapeva cosa le era successo. «Perché sei qui?»

«Non rimango. Sono venuta perché avrei bisogno di soldi in prestito.»

Eric annuì. Bridget si aspettava che le chiedesse perché o per cosa, ma lui tacque. Si augurò quasi che domandasse e indagasse o rimproverasse, perché allora sì che forse avrebbe potuto provare rabbia nei suoi confronti, anziché quel terribile senso di smarrimento.

«Quanto?»

Non ci aveva nemmeno pensato fino a quel momento. «Credo...» fece un rapido calcolo. Quanto poteva costare un biglietto per l'Australia? Poteva comprare solo l'andata e vedere dopo come cavarsela. «Mille? Ottocento possono bastare.»

«D'accordo.» Il viso di Eric era più che bello: faceva parte di lei. Lui aveva due aloni di sudore sotto le ascelle e una macchia d'inchiostro sulle dita.

«Verresti con me in banca?»

«Certo.»

Eric le passò il braccio intorno alle spalle mentre camminavano, e proseguirono insieme con passo tranquillo. Le pareva triste e bello essere con lui.

Lei aspettò nell'atrio della banca. Eric si avvicinò a uno sportello e parlò con l'impiegato. Quando tornò da lei, le diede una busta.

Bridget chinò lo sguardo perché lui non le leggesse in viso l'emozione che provava. «Grazie» disse. «Non me lo merito.»

«Vai via subito?»

Fissò i pantaloni leggermente sgualciti di Eric, le sue solite scarpe da ufficio. Ebbe la tentazione di rimanere. Potevano andare a piedi a Chinatown e mangiare dim sum insieme. Potevano infilarsi in bagno e fare l'amore.

Con una fitta di dolore Bridget pensò a Tabitha, e si portò una mano all'addome. Poteva dirglielo. Poteva dirgli tutto. Poteva davvero? Cercò di immaginare un qualche preambolo, e vide il campo visivo restringersi, come se stesse per svenire. Avvertì una dolorosa agitazione nelle giunture e un pizzicore che assomigliava a un attacco di formiche rosse sotto i piedi.

Non poteva. «Sì, me ne vado subito» disse. Gli si avvicinò e lo baciò sulle labbra. La passione di quel gesto era evidente, perfino dopo tutto ciò che era accaduto. Se fosse rimasta vicino a lui per troppo tempo, non sarebbe più stata in grado di andare via e sapeva di non poter rimanere.

Si avviò lungo Pine Street, in direzione di Powell. Sentiva un dolore al petto. Non avrebbe voluto guardarsi indietro, ma non poté impedirselo. Si voltò e lui era lì, che la guardava andare via. Non la salutò né sorrise. Pareva triste. Quando Bridget si voltò una seconda volta, era sparito.

Non aprì la busta della banca finché non arrivò alla stazione degli autobus e dovette pagare il biglietto. Eric non le aveva dato i mille dollari che gli aveva chiesto: gliene aveva dati diecimila.

I genitori di Lena non la assillarono con domande o consigli come aveva temuto. La portarono fuori a cena da Lebanese Taverna, ordinarono sette piatti di cibo, una bottiglia di vino e parlarono dello stato preoccupante dell'economia greca.

«Non sarà facile vendere la casa con il mercato attuale» disse suo padre.

Lena concesse alla sua mente di fare una passeggiata sulla collina, fino alla casa dei nonni. Doveva vedere quanto faceva male, prima di entrare.

Poi si schiarì la voce. «I posti turistici non avranno problemi. Se c'è un luogo che se la caverà, quello è Santorini.»

Ari annuì. «È quello che dico anch'io.»

«Devo andarci» riprese suo padre con aria rassegnata. Pareva esausto per il solo fatto di aver pronunciato quella frase. «Non possiamo lasciare che la casa si deteriori per un altro anno.»

Lena pensò a Kostos seduto sul pavimento, circondato da attrezzi e ferramenta, che staccava i cardini della porta sul retro. Quella piacevole immagine faceva da contraltare alla sua sofferenza.

«Ha già disdetto il volo due volte» le raccontò Ari.

«Avevo un caso in tribunale.»

Lena annuì, comprensiva, ma sapeva bene che non era la causa in tribunale a dargli quell'aspetto esausto. Provò a immaginare cosa potesse significare per lui confrontarsi con il mondo dei suoi genitori, i loro abiti, i loro odori, e affrontare il senso di colpa per averli abbandonati tanto tempo prima, e aver continuato a promettere di tornare da loro per un lungo soggiorno, perfino un anno sabbatico forse, quando la situazione in studio fosse stata più tranquilla. Suo padre era disposto a parlare solo delle cause in tribunale. Era troppo tardi per non diventare come lui?

Lena rivide le due lettere chiuse, infilate tra le pagine del blocco di schizzi. Con il cuore che accelerava pensò al suo progetto.

«Se vuoi posso andarci io» si offrì.

Suo padre si voltò verso di lei come se fosse scomparsa e risorta sulla sedia con un nuovo viso. «Cosa intendi dire?»

«Posso andarci io e occuparmi di vendere la casa.»

«Da sola?» Lo disse come se lei avesse avuto dodici anni.

«Naturalmente.»

L'entusiasmo e il sollievo si facevano strada sul volto teso di lui. «Credi che ce la faresti?»

«Sì. Conosco la casa. Conosco l'isola a sufficienza. Non credo che ci voglia per forza una persona del posto o un avvocato per capire come vendere una casa.»

«Bisogna sapere il greco» fece notare sua madre.

Suo padre alzò la mano. «Non è così necessario. Ormai tutti parlano inglese laggiù.»

«Per non farsi imbrogliare o manipolare, sarebbe utile saper leggere tutti i documenti» obiettò sua madre.

Suo padre aveva colto l'opportunità al volo e non

era disposto a lasciarsela sfuggire. Lena non ebbe neppure modo di dire che ormai parlava piuttosto bene il greco. Di colpo lui fu così felice all'idea di non doverlo fare che probabilmente avrebbe potuto spedirci perfino Bubbles, il gatto dei vicini.

«Lena può mandarci i documenti per fax o posta elettronica. Io posso controllare tutto da qui. E comunque non mi aspetto di ricavarne chissà quanti soldi.»

Con ogni probabilità avrebbe autorizzato Bubbles a vendere la casa per qualsiasi somma sopra i cinque euro, se l'avessero presa con i mobili dentro.

L'entusiasmo di sua madre era di gran lunga più contenuto. «Lena, sei certa che vuoi tornarci subito?» chiese con sincera preoccupazione.

Suo padre aprì la bocca per replicare, ma Ari lo mise a tacere con uno sguardo.

«Lo so» si affrettò a dire Lena. «Ci ho pensato.»

Ari posò una mano su quella di Lena. «Tesoro, è una proposta generosa. Davvero. Ma perché non ti prendi un po' di tempo per pensarci e capire se è un bene?»

Scoccò un'altra occhiata severa a suo marito, che pareva sul punto di esplodere.

Lena annuì.

«Perché per vendere la casa potrebbe volerci un po' di tempo, sai» aggiunse sua madre.

«Non tanto» sbottò suo padre.

«È un lavoro impegnativo.»

«Non per forza.»

«Ed è costoso andarci, naturalmente.»

«Ci penso io al biglietto aereo» disse suo padre.

A Lena venne da ridere. «Per la verità ci penso già da un po'. Non mi è venuto in mente adesso.» Si appoggiò allo schienale della sedia, stranamente rilassata. «È un posto con molti ricordi dolorosi, questo è vero. Ma sento che ho bisogno di fare qualcosa di diverso da quello che ho fatto finora. Non mi fa bene stare a Providence in questo momento.» Si sorprese della sua schiettezza e sperò di potersi fermare quando lo desiderava.

Anche i suoi genitori parvero sorpresi. Anziché attaccare con le domande, attesero che lei proseguisse, e così fece. «Non posso continuare a schivare il problema. Devo fare qualcosa, e questa idea mi sembra buona.»

Ari annuì. Pareva che avesse in serbo cinquanta domande e cento commenti, ma non disse nulla, e Lena le fu grata per essersi trattenuta.

Lena si vide nei panni di Alice, che ribaltava la cucina per non affrontare la situazione, mentre sua madre si augurava che si sedesse e cominciasse a rilassarsi.

Suo padre batté le mani. «Mi sembra una grande idea.»

Avevo visto la nascita e la morte,
Ma le credevo diverse.

T.S. Eliot

Nell'elenco delle cose che Carmen stava facendo c'erano centodiciannove punti, in quello delle cose che non stava facendo soltanto uno. Ed era al secondo elenco che pensava di più.

Aveva infilato nel cassetto della biancheria il pacchetto che Tibby le aveva lasciato, senza aprirlo. Sulle prime era stato per poterlo vedere, poi aveva cercato di coprirlo, ma la biancheria era troppo sottile per dissimulare qualsiasi cosa.

Certe volte prendeva la busta, la soppesava, la scuoteva, cercava di indovinarne il contenuto. Altre volte studiava la calligrafia di Tibby e si chiedeva se fosse stata di fretta quando aveva scritto il destinatario. Ogni tanto la portava fuori di casa con sé. Il solo gesto che non faceva era aprirla.

Fino alla sera in cui tornò a casa dopo aver bevuto qualcosa con la sua agente pubblicitaria, nella fattispecie un gin tonic e due bicchieri di vino a stomaco vuoto.

Aveva mangiato così poco negli ultimi tre giorni che si sentiva feroce e impermeabile. Non aveva detto né pensato nulla di sostanziale per più di una settimana, perciò si sentiva anche insignificante. E visto che Jones non era in casa aveva la sensazione di essere in qualche modo adulta. Le pareva che niente potesse ferirla. Se non altro per qualche minuto, visto quant'era ubriaca.

Sfilò la busta dal cassetto della biancheria e la aprì. «*Hit me with your best shot*» canticchiò, così vuota che le venivano in mente solo le canzoni di Pat Benatar. Gettò il contenuto sul letto.

Con sua grande sorpresa, ne uscì un iPhone. Gli diede una rapida occhiata. Era l'ultimo modello, più veloce, con la memoria più vasta e un'ottima macchina fotografica con videocamera. Era proprio quello che aveva desiderato, ma che non aveva comprato perché per il momento non le serviva passare a un telefono più potente, e costava seicento dollari. Si era preparata al colpo di grazia e invece le era toccato un iPhone.

Lo accompagnava un breve messaggio.

Carma,

Brian lo ha preso per me e a me non serve, ma ho pensato che a te potrebbe essere utile.

Con affetto,
Tibby

Tutto lì? Sarebbe stato troppo semplice. C'era un altro foglio piegato nella busta. Lo aprì.

Carmen,

la faccio breve, mia carissima Carma Carmeena, visto che non posso strizzare i miei sentimenti per te in questa misera pagina, che non posso neppure provarci, ti chiedo una sola cosa: andresti all'indirizzo scritto sotto il 2 aprile o poco do-

po? Naturalmente non sei costretta a farlo se non vuoi. So che hai tanto da fare. Ma dista meno di un'ora e mezza da New York. Vacci se puoi, perché voglio che tu conosca qualcuno.

Ti abbraccio,
Tibby

Carmen guardò nella busta in cerca di altro, ma era vuota. Non c'era niente in cui crogiolarsi, niente su cui piangere. Era così carica e ubriaca e affamata e pronta alle lacrime che appoggiò la testa sul letto e pianse comunque.

Bridget aveva usato uno dei chioschi informatici dell'aeroporto di San Francisco per comprare il biglietto più economico per Sydney.

Prese l'aereo il giorno dopo, di prima mattina. Guardò sotto di sé l'ultimo lembo di costa che scompariva in dodicimila chilometri d'acqua. Guardando fuori del finestrino ogni paio d'ore, veniva da chiedersi se la terra non fosse fatta d'altro che di acqua. Non sapeva dove stesse andando e cosa avrebbe trovato. Non sapeva neppure bene quello che stava cercando. Il viaggio era lungo per andarci a vuoto. Ma muoversi a centinaia di chilometri all'ora e a migliaia di piedi dalla Terra la faceva sentire bene.

Ripensò per l'ennesima volta al periodo di incertezza che era cominciato intorno ai venticinque anni, quando avevano dovuto rinunciare all'appartamento di Avenue C in cui era stata felice. Quello era un posto che non avrebbe voluto lasciare.

Tibby era andata a vivere con Brian, Carmen aveva trovato un agente importante e aveva avuto le sue prime vere parti. Lena aveva ottenuto un posto d'insegnante migliore a Providence cinque giorni a settimana. Eric aveva conseguito la laurea in legge alla New York University e aveva trovato un lavoro che lo impegnava dodici ore al giorno. E lei, invece? Passava da una situazione temporanea all'altra: aveva portato a spasso cani, lavorato per una ditta di arredo urbano quando il tempo era bello, imparato a ballare con i roller da un uomo palesemente svitato a Central Park: niente di remunerativo o ambizioso, qualsiasi cosa la tenesse ai margini.

Lasciare quella casa era stata chiaramente un'opportunità per crescere, ma lei aveva vagliato tutte le possibilità? Aveva cercato un lavoro e una situazione di vita che fossero giusti per lei? No. Era riuscita a passare dal divano al pavimento, da un appartamento all'altro, da un impulso a quello dopo per un anno e mezzo, prima di saltare su un aereo e trasferirsi dall'altra parte del Paese. *Nel dubbio, continua a muoverti.*

Guardò l'oceano sotto di sé. Aveva creduto che attraversare un continente fosse qualcosa di grande. Ma attraversare il mondo, a pensarci...

Prese un treno dall'aeroporto alla stazione centrale di Sydney, poi il CityRail verso sud, che in due ore la condusse a Bowral, nel New South Wales. Le parve una città gradevole, con bar, negozi, un paio di gallerie d'arte, meno estranea di quanto si fosse aspettata, considerato che aveva attraversato il pianeta per arrivarci. Forse perché l'aveva studiata a lungo sullo schermo del computer dell'ufficio di Sheila alla Sea Star Inn.

L'indirizzo corrispondeva a una casetta di legno non molto diversa da quella di Perry e Violet, ma nella versione lato-opposto-della-Terra. Anziché grigio-viola come quella di Perry, questa era giallo burro. Anziché stretta tra case simili, aveva il suo piccolo prato intorno. Il minuscolo giardino sul retro di Perry era limitato da una fila di vecchi eucalipti dalle foglie scure; qui, al di là del prato si estendeva un bosco giovane, coperto in cima da una nuvola di verde così vivida che pareva pulsare. La luce rosa del giorno morente cadeva in un altro modo qui, le ombre si allargavano diversamente ai suoi piedi.

Tibby aveva abitato qui? In vacanza? Per un breve periodo? A lungo? Era questo il luogo in cui era vissuta recentemente o se ne era andata da tempo?

Era un mondo opposto, a testa in giù. Lo sciacquone dei gabinetti si tirava dalla parte opposta, le aveva detto un uomo sul treno, e si era raccomandato di vedere i famosi tulipani primaverili di Bowral... a settembre. L'autunno era la primavera, l'inverno era l'estate, il grigio era giallo, la notte era il mattino. Forse la morte era la vita. Forse Tibby era lì.

Bridget scivolò lungo il vialetto di cemento. Era stanca e disorientata. Non c'era nulla che potesse stupirla, nulla che non avrebbe lasciato accadere.

Notò un'auto parcheggiata dietro la casa. Le bastarono pochi passi per raggiungere il portico ombroso. La zanzariera era chiusa, ma la porta era aperta. Bussò sull'infisso di legno. Udì una voce in fondo alla casa. Aprì la zanzariera di mezzo metro.

«Permesso?» gridò. Sentì di nuovo che una vecchia versione del mondo era finita, mentre se ne apriva una nuova.

Lo vide avvicinarsi nel corridoio, una sagoma scura contro il sole che tramontava oltre la finestra alle sue spalle. Il suo passo era familiare e strano al tempo stesso. Finché il suo viso non fu a un paio di metri non seppe con sicurezza che era lui.

«Bee!» esclamò lui.

Uscì nella veranda, a piedi nudi e confuso. Lei lo abbracciò, e lo sentì più magro e fragile di quanto si fosse aspettata.

«Tibby l'aveva detto che ci avresti trovati» disse Brian quando si separarono. «Ma non credevo che saresti venuta fin qui.»

Prima che Bridget potesse porre una domanda qualsiasi, dal fondo della casa emerse un'altra sagoma, molto piccola. Bridget la fissò, ipnotizzata, mentre si faceva più definita.

La figura minuta tese il braccio per aprire la zanzariera e la lasciò sbattere dietro di sé. Allora l'ombra si tramutò in una bambina, che si avvicinò a Brian e gli passò un braccio intorno al ginocchio.

Bridget la osservò, stupefatta: i suoi grandi occhi nocciola, il faccino appuntito, la bocca seria. Era una persona che conosceva. La morte era la vita e il presente era il passato. Era tornata alla prima infanzia per ritrovare la sua amica.

Brian prese la bimba per mano e la sospinse avanti. «Bee, lei è Bailey. È nostra figlia, mia e di Tibby.»

Lena era tornata a Providence, nel suo monolocale buio, a trascorrere giorni lunghi, silenziosi e per lo più vuoti, ma c'era un'importante novità: aveva un progetto.

Se si ha un progetto è più semplice immaginare di essere qualcun altro. Ci si può fingere Nancy Drew, per esempio, o Maria di *Tutti insieme appassionatamente* o la governante spiritosa e piena di buon senso di *The Brady Bunch*.

Nel personaggio di Nancy Drew, Lena cercò il numero di telefono della cosiddetta casa delle vacanze di Kostos a Santorini e chiamò. Non seppe aderire al personaggio tanto da lasciare un messaggio sulla segreteria telefonica, ma chiamò tre volte nel corso della settimana, e alla terza rispose una donna che la salutò in greco. Lena chiese nel suo greco vacillante se Kostos era in casa.

«No, non c'è. Non tornerà prima di metà febbraio.» La voce era ruvida e profonda, da signora anziana e probabilmente corpulenta.

«Sono Lena Kaligaris, una vecchia amica.»

«Ha l'accento americano.»

«Sì. Sono americana. Ma la mia famiglia è greca.»

«Io sono Aleta. Mi occupo della casa. Le conviene chiamarlo a Londra.»

«D'accordo.» Nancy Drew avrebbe chiesto il numero?

«Lena, giusto? Se lo sento, devo dirgli che ha chiamato?»

«No, no, non c'è bisogno» rispose lei con piglio spiccio e timoroso, in tutto e per tutto da Lena e nient'affatto da Nancy Drew.

Quando riappese, aveva il cuore che martellava. A quanto pareva nemmeno il suo cuore aveva ancora sposato il personaggio.

E adesso? Non poteva aspettare fino a quel momento per andare in Grecia, né varcare l'Atlantico senza consegnare la lettera di Tibby. Accese il computer e controllò i siti dei voli a basso costo. C'era più o meno la stessa quantità di voli per Santorini con scalo a Londra o altre rotte. Era meno costoso che non un volo diretto, e avrebbe spezzato il viaggio.

Prese la lettera di condoglianze che Kostos le aveva mandato per Valia dal fondo del cassetto della biancheria. L'indirizzo del mittente era quello di Londra. Ne ebbe conferma su internet, ma il numero di telefono non compariva.

Sarebbe stato meglio chiamare prima di fare qualsiasi passo e comprare il biglietto aereo. Quando immaginò di sollevare la cornetta, si sentì alquanto sollevata dal fatto che né lei né nessuno dei suoi nuovi alter ego avessero il numero di telefono.

Aveva l'indirizzo. Si sarebbe procurata il numero in qualche modo, a costo di richiamare Aleta. Siccome nei panni di Maria di *The Sound of Music* era coraggiosa e pronta a rischiare, comprò il biglietto.

Bridget guardò con meraviglia Brian che finiva di dare la cena a Bailey. Lo osservò mentre la ripuliva.

Bailey sedette sull'orlo del lavandino, in cucina,

con i piedi nella vasca e le mani sotto il rubinetto aperto. Strillò quando sentì l'acqua troppo calda e rise quando le parve troppo fredda. Una volta che l'acqua fu alla temperatura giusta, Brian sistemò il tappo sullo scarico.

Poi Bailey si ritrovò in piedi sopra il piano di lavoro; Brian le sfilò il vestito dalla testa e le tolse il pannolino. Era abbastanza piccola da entrare nel lavello. Brian chiuse il rubinetto e lo spinse di lato in modo che la bambina non vi sbattesse la testa.

Ogni tanto Bailey rivolgeva a Bridget i suoi occhi curiosi, e in qualche modo sospettosi. Bridget la guardava di rimando senza dire né fare nulla.

Brian le disse che poteva mettere lo zaino nella stanza degli ospiti. Le mostrò l'armadio dove si trovavano lenzuola e asciugamani puliti. Quando le chiese di unirsi a loro mentre metteva Bailey in pigiama e le raccontava la storia della buonanotte, lei li seguì su per le scale in silenzio. Si sedette sul pavimento della stanza di Bailey, con la mente risucchiata in un vortice di confusione, mentre ascoltava due volte *Buonanotte luna*.

Bridget non cercò di parlare con Bailey né di toccarla. Quando Brian diede il bacio della buonanotte alla bambina, rimase timidamente sulla soglia. Non riusciva a dire nulla. Il problema non era la diffidenza di Bailey, tipica dei bambini piccoli, quanto la propria.

Bridget andò in cucina e riordinò i resti della cena di Bailey con gesti meccanici. Non trovava la voce. Non riusciva a scrollarsi di dosso la sensazione di aver varcato un portale temporale e ritrovato Tibby durante la loro infanzia comune. Non poteva impedirsi di sentire che questa piccola Tibby era sua pari.

Bridget era dall'altra parte del mondo, e non riusciva a ricordare in che momento della propria vita si trovasse. Le pareva di poter chiudere gli occhi e aprendoli ritrovarsi in qualsiasi punto di essa.

Vagò fino alla veranda davanti alla casa e sedette sui gradini. Scrutò l'oscurità. Anche lì c'erano le lucciole. Per quanto si viaggiasse nel tempo e nello spazio, le si trovava sempre.

Brian uscì e si unì a lei. Bridget ripensò al momento in cui era entrato nella storia, come uno strambo personaggio del "Suckumentary" di Tibby, l'estate dei loro sedici anni. *Non sei ancora entrato in scena,* avrebbe voluto dirgli, siamo ancora piccole.

Rimasero seduti in silenzio mentre Bridget si sforzava di ricordare lo svolgimento della storia, per poter rimettere tutti i tasselli nell'ordine giusto.

«Quanti anni ha?» chiese infine.

«Venti mesi.» Brian aveva il viso teso e sfinito. Un reticolo di vene blu-viola affiorava sotto gli occhi e alle tempie.

«Sei suo padre. Non riesco a credere che tu sia diventato padre.»

«Non mi ricordo di quando non lo ero.»

«Tibby è sua madre.» Bridget scoccò un'occhiata a Brian che distolse lo sguardo. «Era sua madre.»

Brian continuò a guardare altrove. La sua ritrosia era percepibile fin nella postura.

«È impressionante quanto assomiglia a Tibby.»

Brian annuì, ma continuò a non guardarla. Non voleva parlarne, era evidente. E dal modo in cui inclinava la testa, si capiva quanto.

Per la prima volta dopo la Grecia, Bridget non cacciò Carmen e Lena dalla sua mente. Loro non ne sapevano nulla, e invece dovevano saperlo.

«Ti scoccia se... Posso dirlo a Carmen e Lena?»

«Di Bailey?» Lui pareva sulle spine. «Tibby non vi ha detto niente?»

«No, ha...»

«Allora preferisco aspettare finché non ritorniamo negli Stati Uniti, il mese prossimo. Tibby avrebbe voluto presentarvela di persona.»

«Davvero?» Bridget deglutì a fatica. Come si poteva dare un senso a ciò che voleva Tibby?

«È per questo che torniamo» disse.

«Oh.» Si era aperta una breccia, ma lei era troppo turbata per sapere come comportarsi.

«Il mese prossimo. Il camion viene il 21 marzo.»

«Dove andrete?»

«Abbiamo comprato una casa in Pennsylvania. Una fattoria. L'ha scelta Tibby.»

Lei si aspettava che proseguisse, ma lui non disse altro.

«Come ci hai trovati qui?» chiese Brian dopo un momento.

«Ho cercato l'indirizzo su internet.» Si vergognava di doverlo ammettere, ma non sapeva quello che avrebbe trovato. Aveva immaginato che quell'indirizzo fosse solo il primo passo di una lunga, tortuosa ricerca degli anni perduti di Tibby. Non si era aspettata di fare centro al primo colpo.

«Credevo che avreste aspettato e sareste venute nella nostra nuova casa» disse Brian.

«Perché?»

«Perché Tibby aveva detto che vi stava mandando un invito ad andare lì.»

La parola "invito" le risuonò all'orecchio. «Probabile che lo abbia fatto. Io non ho ancora aperto la lettera.» Mentre lo diceva, Bridget si rese conto che era un gesto impulsivo tipico di lei, e che aveva sbagliato per l'ennesima volta. «Mi dispiace di essermi presentata così» disse.

Brian scrollò la testa. «Non è un problema. Ero solo stupito.»

Staccò un filo della stringa che si stava sfibrando, e lei osservò il suo profilo. Si domandò quali oscuri eventi fossero accaduti a lui e Tibby. Il loro rapporto era diventato motivo di sofferenza? La bambina era stata un peso indesiderato?

Brian era l'unica fonte di informazione che aveva, ma guardando il suo corpo rigido e il viso voltato dall'altra parte, non sapeva dire se lui si rendesse conto della cosa più terribile né come chiederlo. «Vorrei solo capire cos'è successo» attaccò senza giri di parole. «Puoi parlarmi della sua vita qui? Perché vorrei sapere...»

Brian si alzò. Guardò prima lei, poi lontano. «Bridget. Non credo di poterne discutere in questo momento.»

«Ma puoi solo...» Anche Bridget si alzò. «Avete litigato? Le è dispiaciuto dover venire qui?» Mentre lo diceva, sapeva che erano le domande sbagliate.

Guardò, impotente, Brian che entrava in casa e lasciava sbattere la zanzariera dietro di sé. Si sentiva ferita e ingombrante; non poteva certo seguirlo. Che cosa doveva fare?

Forse Brian la accusava o credeva che lei lo accusasse. Forse non aveva voglia di mettere a confronto i loro fallimenti.

Magari non sapeva neppure quello che era successo davvero e, come Alice, credeva che fosse solo un terribile incidente. Oppure sapeva la verità ed era confuso e infelice quanto lei. Forse la morte di Tibby aveva mandato in frantumi la sua idea del mondo quanto quella di lei.

Attese finché la casa non fu silenziosa prima di entrare senza far rumore nella camera degli ospiti e prendere le sue cose. Era già a metà del vialetto quando lui la raggiunse.

«Bridget, non te ne andare» la fermò.

Lei vide che aveva pianto e le dispiacque. Aveva viaggiato fin lì aspettandosi che lui potesse intervenire nel suo dramma personale, che le consegnasse il pezzetto mancante, quello in grado di rendere tollerabile la sua vita. Ma lui aveva la propria tragedia da sopportare e una figlia, per di più. Doveva forse rivivere il suo tormento per lei?

«È meglio che vada» disse lei.

«No. Tibby non mi perdonerebbe mai di averti mandata via.» Il suo viso accennava ad aprirsi.

«So che vuoi rimanere da solo.» Era profondamente dispiaciuta per lui. Negli ultimi tre mesi lei aveva avuto la possibilità di crollare, ma lui no. Pareva che fosse a un passo dal farlo, come uno scheletro con le giunture scivolose. Lei non poteva costringerlo a rispondere. Era stato uno sbaglio pensare di poter trovare ciò che cercava in quel posto.

«Ascolta.» Almeno adesso stava parlando a lei, e non al lato della veranda. «Ho un lavoro da concludere. Dovevo consegnarlo un paio di mesi fa, ma – be' – comunque, si tratta di un grosso lavoro di software: devo riprendermi e finirlo prima del trasloco. Non è che non voglio parlare di Tibby, ma non me lo aspettavo. Adesso non ci riesco.»

Qualcosa in Brian la colpì: la sincerità espressa dalle sopracciglia, le palpebre che non si chiudevano quasi mai. Bridget non poté fare a meno di compatirlo e di vergognarsi del proprio egoismo. Stranamente si sentiva anche un tantino intimorita da lui, per l'infelicità che aveva lasciato crescere sotto il suo tetto.

Guardò il cielo. Per ricostruire i passi che avevano portato Tibby negli abissi del mondo, non avrebbe potuto contare sul suo aiuto.

Finché non si infilò nel letto della camera degli ospiti, quella sera, Bridget dimenticò ciò che stava accadendo nel suo utero. E quando le venne in mente, non fu presa dal panico. Ci pensò come a qualcosa di astratto. E perfino come astrazione, non la sentiva affatto sua.

Ripensò al modo sicuro con cui Brian faceva il bagno a Bailey e le leggeva le storie e sapeva quando cambiarle il pannolino e che cosa doveva mangiare e come doveva essere vestita per andare a letto. Non riusciva a immaginare di sapere o fare una qualsiasi di queste cose. Le parevano estranee quanto alzarsi davanti a un'aula di università affollata di studenti e tenere una lezione di chimica. Non avrebbe avuto nulla da dire in proposito.

Si chiese se sua madre si fosse sentita in quel modo. Ricordava la sua espressione quando doveva allacciarle i pattini o toglierle una cicca dai capelli. Erano gesti troppo faticosi, troppo estranei, era troppo. Si chiese se Tibby si fosse sentita in quel modo.

Leva lo sguardo... e le vedrai.
Le stelle maestre,
oltre la venerazione
e il trito cicaleccio.

Dorothy Dunnet

A Lena pareva strano pensare di vestirsi e truccarsi in modo attraente senza chiamare Effie né Carmen in aiuto, ma cercò di farlo comunque. Ammucchiò i vestiti sul letto e si provò ogni singolo abito decente su cui posò lo sguardo.

Tra lo chemisier blu marina e la gonna a motivi bianchi e neri con la camicetta bianca, rimase in biancheria. Si volse allo specchio ed esaminò la propria immagine con cura e onestà, come non faceva da parecchio tempo. Erano molti anni che vestiva in modo dimesso, che si applicava a risultare silenziosa e seria anziché carina.

"Dio santo, il modo in cui ti vesti ti mortifica" le diceva Effie.

Ma era ancora vero? Era ancora carina? Aveva senso sprecare energie a respingere ciò che neppure aveva?

Si avvicinò allo specchio, tanto che i suoi occhi divennero un solo occhio allungato da ciclope, poi si ritrasse. In tutta onestà, non avrebbe saputo dirlo. Aveva ancora i capelli folti e lucidi, ma lunghi e informi perché non li tagliava da un paio d'anni. I suoi occhi erano di quello strano color sedano chiaro. Se possibile, erano diventati ancora più pallidi con l'età. Era difficile stabilire con sicurezza se fossero belli.

Era più magra di un tempo. Era magra secondo i propri standard e quelli della gente normale, ma non certo secondo gli standard di Kate Moss. E nemmeno secondo quelli della nuova Carmen Lowell. Socchiuse gli occhi e si sentì insicura. Voleva che Kostos la trovasse carina. Era quello l'unico uso che poteva fare della bellezza.

Nell'arco di qualche mese avrebbe compiuto trent'anni. Forse quando avesse avuto quaranta o cinquant'anni, si sarebbe guardata indietro e avrebbe pensato: *Perché non me la sono goduta quando potevo? Perché ho trascorso gli anni in cui ero carina a indossare abiti scuri e a guardare il marciapiede? Perché non mi sono vestita di rosso o fucsia e non mi sono sottoposta al trucco che Effie cercava di impormi?*

Lena si trascinò fino all'armadio per trovare qualcosa di rosso. Aveva qualcosa di quel colore, ma non sapeva se si sarebbe convinta a indossarlo.

Era un vestito di seta – o forse di rayon – semplice ma attillato e un po' corto. Tibby e Carmen gliel'avevano regalato per l'inaugurazione della sua prima mostra, una collettiva da Larker, ma all'ultimo momento Lena si era fatta prendere dal panico e ne aveva indossato uno marrone.

Effie avrebbe potuto prestare su due piedi una decina di abiti a Lena, e glieli avrebbe dati con generosità. A Lena sarebbero stati grandi, ma Effie glieli avrebbe stretti con una cintura o fermati con gli spilli nel suo modo magico, e l'avrebbero trasformata. Lena sarebbe parsa dieci volte più carina, ma anche a disagio.

Al pensiero di fare la pace con Effie, le pareva di imbarcarsi in un Ironman triathlon, uno sfinimento assurdo, ma almeno conosceva tutti i passi che avrebbe dovuto fare per arrivarci in qualche modo. Cercare di riavvicinarsi a Carmen, invece, era come voler progettare una macchina del tempo usando gli utensili che aveva in cucina. Non sapeva assolutamente come procedere e in fondo non credeva neppure che si potesse fare una cosa del genere.

Certe notti, a letto, immaginava di seguire Carmen da mattina a sera. Altre notti, Bee. Le vedeva compiere le azioni di routine. Si figurava Bee mentre pedalava su per una collina, comprava falafel da un furgone parcheggiato all'angolo di Dolores Park o mangiava un burrito di Pancho Villa grosso come un neonato. Immaginava Carmen nella roulotte parcheggiata su Bowery o su 7th Avenue o in qualche posto del genere, sulla poltrona del trucco con una tazza di caffè in una mano, la sceneggiatura nell'altra, e l'iPhone in grembo. Vide Carmen farsi strada in ristoranti affollati accanto a Jones e ai suoi occhiali pretenziosi.

Ma quando cercò di leggere nella loro mente, di pensare i loro pensieri, non ci riuscì. Quando cercò di immaginare come stavano reagendo, che cosa potevano sapere che lei ignorava, che posto avevano trovato nella loro vita per quegli eventi brutali, quali ricordi portavano con sé, non ci riuscì. Quell'esercizio era stato facile per la gran parte della sua vita, ma adesso non più. Le parevano quasi persone estranee, che era in grado di vedere soltanto dal di fuori.

Di Bridget si preoccupava perfino dal di fuori. Bridget aveva faglie profonde. Rispetto alle altre, era la meno capace di diagnosticare o trattare la propria condizione.

Col tempo la parte istintivamente materna di Lena non poté più abbandonare Bee. Ogni due o tre giorni, Lena le lasciava un messaggio o le scriveva una mail, sicura, mentre lo faceva, che sarebbe sprofondata nell'abisso digitale. Ma non sapeva che altro fare.

Aveva perfino chiamato il padre di Bee e gli aveva lasciato un messaggio. Non aveva detto nulla di importante e non si era sorpresa poi tanto che lui non la richiamasse. Eppure. Era pesante avere genitori che cercavano di rimediare ai tuoi problemi con troppo zelo, ma come doveva essere averne uno che non li notava nemmeno?

Quando squillò il telefono sulla scrivania, sepolto tra le varie cose che avrebbe messo in valigia, Lena ne fu così sorpresa che rispose. Ormai era rimasta un'unica persona che chiamava regolarmente, sua madre, che aveva preso l'abitudine di lasciarle i messaggi sul cellulare perché la segreteria non era piena, contrariamente a quella del telefono di casa.

«Lena?»

«Sì.»

«Come mai non puoi per le prossime due settimane?» La voce era squillante e parlava greco.

«Eudoxia. Ciao.»

«Vai da qualche parte?»

«Sì.»

«Perché non me l'hai detto? Dove?» Di solito confermavano e all'occasione disdicevano l'appuntamento del mercoledì via email. Non parlavano al telefono da anni.

Lena trasse un respiro. Cercò di rievocare Ann B. Davis, la cameriera ragionevole di *The Brady Bunch*. In greco. «A Santorini.»

«Ci torni? Perché?»

Ricordò con un certo rimpianto il conforto dell'Eudoxia di un tempo in quanto voce greca incorporea al telefono, e poi corpulenta e gentile estranea mangiapasticcini. Ma Eudoxia non era più un'estranea da un pezzo. Per Lena era frustrante sentire che le persone che ti amano s'interessano a te e certe volte si preoccupano per te e badano a ciò che fai di te stessa. Lena avrebbe voluto poter accendere e spegnere l'amore, attivarlo quando si sentiva bene con se stessa e degna di meritarlo e abbastanza generosa da restituirlo, e disattivarlo quando aveva bisogno di nascondersi e autodistruggersi e non aveva nulla da dare.

«Vado a cercare di vendere finalmente la casa dei miei nonni.»

«Oh.» Quell'"oh" era ambiguo. Eudoxia non si sarebbe fermata lì.

«Credo che mio padre sia stato piuttosto contento che mi sia offerta di farlo io.»

«Ne sono certa. Quando parti?»

«Domani.»

«Santo cielo. E torni?»

«Ho comprato un biglietto aperto per il ritorno. Non so quanto ci vorrà.»

«Sei sicura di volerci tornare? Dopo tutto quello che è successo?»

Lena non pensò a quali parole usare, prima di rispondere in greco: «Mi fa male. Tutto mi fa male, dopo quello che è successo. Mi fa male stare qui o lì. Mi fa male pensarci e non pensarci. Mi fa male camminare e non riesco a rimanere ferma. Ho bisogno di fare qualcosa.»

«Oh, cara» tubò Eudoxia, comprensiva.

Lena sentì gli occhi riempirsi di lacrime. Pensò alla madre di Tibby. «È difficile per tutti» disse.

«Vuoi che venga con te?»

Lena ne fu sbalordita, ma per come Eudoxia lo propose capì che lo pensava davvero. Nella mente di Lena si formò l'immagine di loro due che arrancavano negli aeroporti e si arrampicavano sulle stradine di Oia. «Doxie, è una proposta molto gentile.»

«Ho qualche risparmio, sai. Potrei tenerti compagnia. Potrei aiutarti a vendere la casa. Me ne intendo un po' di mercato immobiliare. Anatole dice che potrei vendere la Bibbia a un papa.»

Lena immaginò di essere a Londra con Eudoxia, e di consegnare con lei la lettera di Tibby a Kostos. Le venne quasi da sorridere al pensiero. Se solo Eudoxia avesse incontrato Kostos, Lena ne avrebbe sentito parlare per l'eternità.

«L'aereo parte presto domattina» disse Lena.

«Posso fare le valigie in fretta. Viaggio sempre con poco bagaglio. Questo non lo sai.»

Le lacrime cominciarono a scendere sulle guance di

Lena. «Sono commossa dalla tua proposta. Davvero. Ma non posso portarti via da Anatole per così tanto tempo. Come farebbe? Potrebbe morire di fame o di solitudine. E comunque, io starò bene. Non mi dispiace affatto andarci da sola.»

Eudoxia sospirò, e tacque per alcuni istanti. «Va bene, allora. Ma se cambi idea puoi dirmelo stasera a qualsiasi ora. Sarò in casa.»

«Grazie, Doxie.»

«Sarà un bell'esercizio, per il greco.»

Lena appese, si sdraiò sul letto e versò uno sconcertante fiume di lacrime. Probabilmente era un bene che non si potesse premere l'interruttore dell'amore, perché a volte era quello di cui si aveva bisogno, anche se non lo si sapeva.

«Mi è venuta un'idea» disse Brian a Bridget il secondo strano mattino a Bowral.

Lei alzò lo sguardo dal computer della cucina con cui stava cercando un volo per tornare negli Stati Uniti, confrontandosi mestamente con il fatto che era andata lì con un biglietto di sola andata, non aveva denaro da parte né il minimo piano per l'avvenire.

«Be', più che altro si tratta di un favore» continuò Brian.

«D'accordo» disse Bridget, che era di umore penitente. Si sentiva disposta a fargli un favore.

«Sai quel progetto di software di cui ti ho parlato?»

«Sì.»

«Be', mi chiedevo se potessi darmi una mano.»

Bridget si volse verso di lui. «Non ne so niente di software» attaccò, «ma...»

«No.» Brian abbozzò un sorriso. «Mi chiedevo se puoi badare a Bailey per qualche giorno. Così avrei modo di lavorare.»

«Oh.» Si sentiva a disagio, e non era abituata a quella sensazione. «Certo. D'accordo.» Per nessun motivo gli avrebbe detto di no. «Non ne so niente neppure di bambini. Temo che combinerei qualche disastro.»

«Bee, non è che ci sia una scienza o altro. Immagina che sia come te, ma porta il pannolino e ha bisogno di dormire e di mangiare un po' più spesso.»

Bridget annuì, esitante, chiedendosi se le stesse dando una semplice informazione o se ci fosse un che di offensivo in quella frase.

«Ma se non vuoi, lo capisco.»

«No, lo farò. Ci proverò.» Sentì se stessa accettare prima ancora di essersene convinta.

«Grazie. Per me è un grande aiuto» disse lui. Pareva che lo pensasse davvero.

«Mi fa piacere» ribatté lei. Era raro che non fosse sincera. Si chiese se anche lei avesse l'aspetto consumato di Brian.

Carmen si trovava nella boutique di Vera Wang per cercare di comprare l'abito da sposa più costoso di New York, quando udì lo squillo personalizzato della sua agente, Lynn, che chiamava.

«Ciao Lynn.»

«Cara! Ho una notizia incredibile. Grantley Arden

sta facendo il casting per la sua opera sull'uragano Katrina e vuole incontrarti. Hanno già messo in piedi l'ufficio di produzione a New Orleans. Vuole che tu ci vada per parlare con lui e un paio di altri produttori. Hanno già scritturato Matt Damon.»

«Stai scherzando?»

«No.»

«Quando?»

«Vogliono incontrarti il 28 del prossimo mese. Così hai un po' di tempo. Ma secondo me dovresti andarci qualche giorno prima per ambientarti. Ci sei mai stata?»

«No.»

«Be', devi andarci. Ascolta l'accento, vai in giro, mangia qualcosa, assorbi tutto quello che puoi. È un film sulla città. Devi assorbirla. Grant ha continuato a ripetermelo. Ti manderò la sceneggiatura per mail appena mi arriva.»

«Lavoro fino al 24 marzo.»

«Allora parti appena hai finito. E conta di rimanerci una settimana in più, se per caso hanno bisogno di farti qualche ripresa o presentarti la gente negli studi. Non voglio che torni senza un'offerta.»

Quando Carmen appese, aveva il cuore in gola. La commessa spinse verso di lei una rastrelliera di vestiti, ma lei non riuscì a guardarli. Come poteva pensare agli abiti da sposa in un momento come quello?

Perciò ringraziò, si scusò e uscì. Passeggiò per Madison Avenue chiamando ogni suo collaboratore, poi telefonò a Jones.

«Sono senza parole» disse lui. «Sai niente della parte?»

«No. Non ancora.»

«Carmen, questa è una cosa grossa. Potrebbe essere di gran lunga la parte più importante che tu abbia avuto finora.» Lei dovette scostare il telefono dall'orecchio perché Jones stava gridando.

«Lo so.» Appese e chiamò sua madre.

«È come un'audizione?» chiese sua madre.

«Vogliono incontrarmi» disse Carmen spazientita. «Al mio livello non ci si aspetta che io passi un'audizione» si sentì aggiungere con tono vagamente sprezzante, e si rese conto che assomigliava a Jones.

«Oh. Certo.»

Carmen capì che sua madre non la seguiva. Per quanto cercasse sempre di farla sentire inferiore, quando ci riusciva non si sentiva mai soddisfatta, quindi si addolcì. «Però in sostanza è come un'audizione.»

«Vedranno altre persone per quella parte?» riprese sua madre, domanda che Carmen interpretò come: "Non hai ancora niente di cui vantarti, giusto?"

Quando attaccò, pensò di chiamare suo padre, ma decise che era meglio di no. Diversamente da sua madre, suo papà avrebbe dato per scontato che avesse già ottenuto la parte e firmato il contratto. Con ogni probabilità sarebbe andato in giro a dire che aveva strappato il ruolo della protagonista. È così che accade, quando sei solo un'idea.

Carmen si sentì vuota e insoddisfatta mentre camminava in centro. Le pareva di essere appena uscita da un ristorante a tre stelle a stomaco vuoto. Le sue dita fremevano, impazienti di fare qualche altra telefonata. Ma non poteva chiamare Bee. Non poteva chiamare Lena, e il Cielo sapeva che non poteva chiamare Tibby. Ci era voluto poco perché il vino dolce diventasse aceto.

Era riaffiorata una vecchia sensazione, secondo cui un fatto non era successo finché non lo raccontava alle Settembrine. Pensò al suo presunto matrimonio, agli sforzi robotici per portarlo avanti. La vita che procedeva senza le sue amiche non era affatto vita.

Lena si vestì di marrone e infilò l'abito rosso nel bagaglio a mano. Si dedicò a farsi coraggio durante le sette ore di volo, perciò quando atterrò all'aeroporto di Heathrow, marciò diritto nel bagno delle signore. Si sfilò il maglione, la maglietta e i pantaloni. La cabina era stretta, ovviamente, perciò continuava a picchiare con il gomito contro la parete di metallo.

«Sì?» chiese una voce dalla cabina accanto.

«Niente. Mi scusi» disse Lena, seminuda e scombussolata.

Il vestito rosso era tirato su da una parte e storto, quando uscì dalla cabina. Vide allo specchio che i capelli erano sollevati dietro. Aveva cerchi scuri sotto gli occhi. Le calze nere non stavano affatto bene. Pensò, sconfortata, al nomignolo che aveva alle superiori, Afrodite. *Che diavolo ti è successo?*, si chiese.

Tornò nella cabina e diede colpi a destra e a sinistra finché non si fu sfilata le calze e si fu rimessa le ballerine. Si guardò le gambe nude. Erano pallide, ma almeno si era depilata il giorno prima. Quanto freddo faceva a Londra in febbraio? Chinò di nuovo lo sguardo. Aveva la pelle d'oca, costellata di chiazze. *Sono uno strazio,* pensò.

Si pettinò. Si passò mascara e rossetto. Cercò di applicare un po' di ombretto, ma alla fine pareva reduce da una scazzottata. Lo lavò via e ci riprovò. Al terzo tentativo rinunciò all'ombretto. Si mise cerchi d'oro alle orecchie.

Dopo che diverse decine di persone furono entrate e uscite, che bebè piangenti furono cambiati e un water ebbe traboccato, Lena guardò sconsolata il risultato finale. Pescò nella borsa la busta con il prezioso indirizzo.

Prima dovrei chiamare, pensò. Ma non aveva il numero e, stando all'operatore, non compariva nell'elenco. Si sentì stupidamente contenta di poter parlare con una voce viva all'altro capo della linea telefonica di Londra.

Era strano pensare di presentarsi a casa sua. Ma tutta la situazione era strana, in fin dei conti. Era strano che Tibby avesse scritto una lettera a Kostos. Era strano che Lena facesse migliaia di chilometri per consegnarla di persona, quando non sapeva nemmeno che cosa ci fosse dentro. Ma era suo compito farlo e lo stava facendo, che Dio l'aiutasse, con un vestito rosso.

Rivide il viso di Tibby nella foto della maturità che la perseguitava ogni singolo giorno dal salvaschermo del computer. *Vorrei averti amato meglio di così,* pensò, *ma questo è quello che ho.*

Non farti prendere dalla paura,
o nessuno saprà che tu ci sei.
Tu ci sei.

Cat Stevens

Faceva freddo a Londra in febbraio. Non c'era da stupirsi. Lena sedette in fondo al treno stretta nella giacca di lana consunta. Corse dalla stazione ferroviaria alla metropolitana, rimpiangendo di aver rinunciato alle calze.

Aveva studiato la strada con cura, diversi giorni prima, e l'aveva ricontrollata più volte. Il treno dall'aeroporto arrivava fino alla metropolitana, doveva fare pochi passi per prenderla.

Kostos abitava in un luogo chiamato Eaton Square, che dava su King's Road. Quando aveva vissuto a Londra, molto tempo prima, dopo l'estate in cui si erano conosciuti, abitava nel quartiere di Brixton, sopra un pub e quasi di fronte a un posto di nome Speedy Noodle. Ricordava con precisione come si era sentita quando aveva visto la lettera nella cassetta della posta, con l'indirizzo scritto nella calligrafia bella-per-un-ragazzo di Kostos. E ricordava esattamente la sensazione provata mentre scriveva quell'indirizzo con cura, una busta dopo l'altra.

Brixton Hill, Lambeth. Era l'attacco di una poesia per lei. Racchiudeva un'emozione. Eaton Square di meno perché le era nuovo: il tempo e il ricordo regalavano poesia. Aveva un suono un tantino più freddo, pensò, meno evocativo. Ma aveva il suo potere. Quante volte aveva fissato quell'indirizzo, cercando di immaginarlo e di raffigurarsi Kostos che viveva lì, e l'atmosfera e l'arredamento della casa?

Passò alcuni momenti a orientarsi, quando emerse dalla fermata della metropolitana di Sloane Square. Prese la direzione sbagliata un paio di volte prima di trovare una via dal nome familiare.

Trovò la strada e la percorse, seguendo i numeri civici che crescevano.

Quattordici, sedici, diciotto. Si fermò e controllò la mappa che aveva stampato. La casa era cinque numeri più in là, in un'infilata di abitazioni mozzafiato. Bisognava dedurne che vivesse in una di quelle?

Rallentò il passo. A ogni minuto che trascorreva, le pareva che in Eaton Square facesse più freddo. Sentiva le gambe non solo gelide, ma anche intorpidite. Controllò di nuovo la carta e l'indirizzo che lui aveva scritto sulla busta.

Superò una casa, poi un'altra, esitante, chiedendosi se quelle costruzioni fossero suddivise in appartamenti. Erano tremendamente grandi per appartenere a un solo proprietario, no? A ogni modo, sperava che il nome di Kostos fosse indicato sul citofono o sulla cassetta della posta o da qualche parte.

Proseguì con passo molto lento, come se dovesse combattere contro un vento impetuoso, finché non raggiunse il numero 28. Guardò l'abitazione. Era fatta di una sorta di calcare bianchissimo, con tanto di portico e alberi ornamentali ai lati di un'imponente porta nera lucida.

Cercò il pannello dei citofoni, ma trovò un unico pulsante, inserito in una placca di ottone scintillante. Non c'erano diverse cassette della posta, bensì una sola, anch'essa di ottone. Erano i suoi, quella porta d'ingresso, gli alberelli perfetti, le finestre del piano di sopra? Davvero lei poteva salire i tre gradini che la separavano dalla porta e premere il campanello?

A Oia l'imbarazzo che provava nei suoi confronti si era dileguato, ma adesso era tornato in forze. Lui era un uomo ricco e di successo. Viveva in un palazzo nel centro di Londra. Pranzava con il Ministro del Tesoro. Che cosa aveva sperato Tibby, mandandogli quella lettera? Che cosa sperava lei, nel consegnarla?

A pensarci, che cosa ci faceva lì? Non aveva nulla a che fare con quel posto. Si sentì come se fosse stata inserita in quella scena grazie a un fotomontaggio. Tutta l'impresa le parve terribilmente infantile, qualcosa di simile al passarsi gli appunti quando si è alle medie.

Guardò di nuovo la casa. Erano le sei e quarantacinque, secondo l'ora di Londra. Le luci erano accese. Probabilmente era a casa.

Scoccò un'altra occhiata alla cassetta della posta. Poteva lasciarla lì dentro? Quanto perentorio era quel "di persona" richiesto da Tibby?

Salì il primo gradino. Infilò la mano nella borsa e ne estrasse la lettera. Fece un altro gradino. Guardò la cassetta della posta. Salì un altro gradino, e la aprì con cautela. Trattenendo il respiro, infilò la lettera e si voltò. Scese i tre scalini e si bloccò.

No, non poteva farlo. E se si fosse sbagliata? Se per caso Kostos avesse cambiato casa? E soprattutto, aveva fatto tutta quella strada per consegnargli quella maledetta lettera di persona e gliel'avrebbe consegnata di persona.

Era chiaro che Tibby stava cercando di indurla a non essere codarda, e lei non avrebbe tradito la volontà di Tibby, non dopo tutto quello che era successo. Cos'aveva da perdere ormai?

Lena fece dietrofront e risalì i gradini. Sfilò la busta dalla cassetta della posta e premette il campanello prima di ripensarci.

Il cuore le batteva all'impazzata. Rivide Kostos soltanto tre mesi prima, steso sul divano di fronte a lei, con le braccia intorno alle sue caviglie.

Poteva farcela. Non aveva importanza che la sua casa fosse una reggia e che trattasse affari multimiliardari. Kostos era legato a lei. L'aveva amata un tempo, tanto da pensare di volerla sposare e da comprarle un anello. Certo, poi l'aveva gettato nella Caldera e aveva maledetto il suo nome, ma Lena era stata importante per lui.

Trattenne l'immagine del suo viso assonnato sul divano dei nonni, mentre aspettava che la porta si aprisse.

E la porta si aprì, ma anziché Kostos comparve una donna dai capelli scuri, con i tacchi e un abito da cocktail. Portava un rossetto rosa scuro sul bel viso, pronto per una serata fuori. Forse lui non viveva più lì.

Lena si sforzò di trovare la voce. «È qui che abita Kostos Dounas?» chiese. Stava tremando nella giacca.

«Sì. Posso esserle utile?»

Il viso della donna le parve sospettoso e per nulla accogliente. Lena guardò la busta che teneva in mano. «Ho qualcosa per lui» disse con un filo di voce.

La donna allungò il braccio. «Posso prenderla io.»

Lena guardò la candida mano fresca di manicure, che all'anulare portava uno zaffiro, poi di nuovo la lettera, indirizzata a Kostos con la calligrafia di Tibby. Era molto peggio della cassetta della posta, e di sicuro non era ciò che Tibby avrebbe voluto.

«C'è, per caso?» domandò timidamente.

La donna la squadrò, e Lena si sentì infreddolita e a disagio oltre ogni misura. «Lei è una sua amica?»

«Sì. Una vecchia amica» rispose Lena con coraggio.

La donna parve riflettere. Osservò la vecchia giacca di Lena e le sue gambe nude. Fece un passo indietro e si volse verso le scale. «Tesoro, c'è qualcuno per te» gridò allegra, come se per lei Lena non fosse altro che uno scherzo improbabile in abiti strambi.

Lena impietrì. Perché non ci aveva pensato? Era ovvio che Kostos fosse il suo "tesoro". Ovvio. Non era più uno studente, che abitava con altri quattro coinquilini in un appartamento di fronte a Speedy Noodle e scriveva a Lena lettere appassionate. Era un uomo potente, con un'enorme casa scintillante in un quartiere lussuoso, ed era il tesoro di una donna con uno zaffiro al dito e l'aria perfida.

Lena incrociò le braccia, stringendole a sé con fare

protettivo, e si concesse infine una domanda banale e sconvolgente: quella donna era sua moglie?

Kostos non le aveva detto che era sposato quando si erano visti a Santorini, ma ce n'era forse bisogno? Era gentile, le voleva bene per devozione verso i suoi defunti nonni, e comunque lei non gli aveva posto nemmeno una domanda sulla sua vita. Quindi non le aveva nascosto nulla. L'idea che potesse essere ancora un potenziale amore non doveva essergli passata per la testa.

Gli occhi di Lena cercarono le scale alle spalle della donna, perché vide qualcuno muoversi da quella parte. In uno stato stranamente sereno di autopunizione, guardò Kostos scendere le scale sontuose. Anche lui era vestito per uscire, ma non aveva la camicia abbottonata fino in cima e la cravatta era ancora slacciata. Aveva i capelli bagnati, dalla doccia probabilmente.

Lena catturò tutta la scena con uno sguardo: la donna bellissima e perfida sulla soglia, il glorioso Kostos che scendeva le scale, l'interno sfavillante della loro splendida casa, il mazzo di gigli rosa sul tavolo all'ingresso. La racchiuse in un'unica cornice, e il quadro d'insieme fu devastante.

Lena si sentì una bambina. Peggio di una bambina, e assai meno importante. Si sentì un topo. Anzi, più piccola di un topo e assai meno viva. La sua vita pareva così misera e accartocciata, che si poteva lanciarla con una cerbottana come una pallina di carta masticata.

Kostos si fermò ai piedi della scala mentre si rendeva conto pian piano di chi ci fosse lì. Senza dubbio era stupito. Lena non avrebbe saputo dire cos'altro provasse, perché non riuscì più a reggere quella visione. Distolse lo sguardo.

Allungò la lettera di Tibby con mano tremante, e la donna la prese. «Mi dispiace di avervi disturbati» disse con foga. Si voltò, scese i tre gradini e si allontanò dalla casa tanto in fretta quanto lo permettevano le gambe intorpidite.

Non appena Brian ebbe richiuso la porta dello studio in fondo alla casa, Bridget intraprese un viaggio indietro nel tempo.

Quel viaggio cominciò con Bridget e Bailey che si scrutavano sopra le loro tazze di cereali.

«Bee» le disse Bailey. «Beebee. Beeeee. Bee.»

«Esatto» confermò Bridget con una nota di orgoglio nella voce. «Sono io.» Non ci aveva mai pensato: il suo nome si adattava perfettamente alla bocca di un bambino piccolo.

Bailey rovesciò la ciotola, e il latte con i cereali si sparse sul tavolo. Allora scoppiò a ridere.

Bridget pensò a quello che le aveva detto Brian. Ecco un'altra cosa che la distingueva da Bailey: Bridget non lo avrebbe fatto.

Ripulì il disastro e sentì di avere davanti a sé una giornata lunga mille anni. Cercò di ricordare che cosa le piaceva fare da piccola.

«Usciamo» disse. Sollevò Bailey per sfilarla dal seggiolone e la appoggiò per terra. La prese per mano e la guidò nel giardino dietro casa.

Sembrava che l'erba brillasse. Il boschetto ronzava. Il

mondo pareva giovane e appena sveglio, lì fuori, un posto in cui non poteva essere accaduto niente di serio.

«Oddio. Avete un ruscello!» esclamò Bridget.

«Scello» ripeté Bailey.

La guidò sotto la volta di foglie fino alla sponda. Era un ruscello perfetto, proprio come quello che scorreva attraverso il boschetto in fondo alla strada di Tibby. Il tempo passava così veloce laggiù che non avrebbe nemmeno potuto mettersi a calcolare la quantità di ore che vi avevano trascorso.

«Guarda, puoi attraversarlo. Puoi camminare sui sassi.» Aiutò Bailey a passare da un sasso all'altro, mentre la bambina sdrucciolava e slittava.

A Bridget piaceva la concentrazione di Bailey, anche se il suo senso dell'equilibrio era ancora incerto. Sperò di non lussarle la spalla a furia di tirarle il braccio. Bailey aveva occhi spalancati e incerti, mentre guardava l'acqua intorno ai suoi piedi; Bridget si chiese se avesse paura.

«Ancora, ancora» ripeté Bailey appena giunsero sull'altra sponda.

«D'accordo» fece Bridget. Riattraversarono, sdrucciolando e slittando. Bridget non riusciva a capire dall'espressione di Bailey se le piaceva o se lo detestava.

«Ancora» chiese Bailey, e così fecero.

Andarono avanti e indietro con la massima serietà, finché Bailey non fece un passo falso e finì nell'acqua bassa. Guardò Bridget per capire quale dovesse essere la sua reazione, e Bridget sorrise e disse: «Ah! Freddo!»

Il faccino serio di Bailey assunse un'espressione di pura allegria. «Ah» rise. «Ah ah!»

Bridget sentì che il suo viso rispecchiava quello di Bailey. «Ah ah!»

Quando ebbero preso confidenza con l'acqua, andarono in cerca di cose da raccogliere. La prima fu un insetto lungo e stretto, che Bridget sollevò dalla superficie dell'acqua. Lo tenne sul palmo mentre quello si contorceva, e Bailey lo toccò, affascinata. A Bridget non venne in mente un nome specifico. «Insetto» disse.

«Setto» ripeté Bailey, insistendo sulle "t" e guardando Bridget come se fosse un genio. Era bello avere accanto qualcuno che si lasciava impressionare per così poco.

Bridget lo riportò al suo posto con dolcezza. Per quanto si sentisse una bambina, si rese conto che da bambina l'avrebbe schiacciato nella mano come niente o sbattuto contro un sasso. Al tempo, non le era mai venuto in mente che l'insetto fosse parte di un orizzonte più ampio.

Si accovacciarono sulle pietre, tenendosi per una mano e setacciando l'acqua con l'altra in cerca di aragoste. Bridget ne prese una e la alzò con piglio trionfale, mentre le zampette si dimenavano.

«Grande setto» intonò Bailey con cautela. Il movimento era così forsennato che aveva un po' paura di toccarlo.

«Non morde.» Bridget spinse un dito della bambina sull'aragosta, per farle sentire quant'era scivolosa.

«Morde» disse Bailey. Ebbe uno sguardo vagamente crudele e batté le mascelle una contro l'altra.

«No, lei non ci morde. E noi non mordiamo lei.»

Bailey lo trovò divertente. O così parve. Spalancò la bocca in un sorriso largo e in qualche modo falso. Bridget vide che aveva solo otto denti stretti davanti, e ampi spazi al posto dei molari.

«Ecco. Puoi rimetterla in acqua» disse Bridget. La posò con cautela sul palmo di Bailey. «Piano» si raccomandò Bridget, mentre le dita di Bailey si chiudevano con uno scricchiolio.

«Bene. Dille ciao.»

Bailey gettò nell'acqua l'aragosta sfigurata, mezza morta. «Ciao. Ciao, ciao» strillò, allegra.

Perché volevi questo da me? Perché me lo hai fatto fare?

Lena camminò a lungo, un isolato dopo l'altro. Al diavolo la cartina di Londra segnata con cura. Non sapeva dove stata andando e quasi non levava lo sguardo da terra.

Forse era perché Lena potesse finalmente vedere ciò che doveva risultare palese a tutti gli altri: Kostos era andato avanti. Non era più alla sua portata.

Tibby non l'avrebbe vista proprio in questi termini, perché aveva sempre sovrastimato Lena, ma avrebbe voluto che capisse che era tempo di andare avanti anche per lei.

Lena passò senza accorgersene da un quartiere all'altro.

Infine il freddo e la stanchezza ebbero la meglio. Non aveva voglia di sedersi in un ristorante né di bere qualcosa in un bar da sola. S'infilò in un supermercato che era ancora aperto.

Camminò alla cieca tra le corsie e alla fine si fermò davanti alla vetrina. Era buio fuori mentre il negozio era illuminato a giorno, perciò Lena scorse soltanto il suo misero riflesso. Avrebbe voluto distrarsi osservando la vita sul marciapiede, invece vide il suo vestito rosso e si sentì a disagio.

Si era illusa. Non voleva ammetterlo, ma era stato proprio così. Aveva immaginato di indossare l'abito rosso e apparire a Kostos sotto una luce diversa. Vedendola a Londra, lui si sarebbe reso conto che la amava di nuovo, che non aveva mai smesso di amarla, forse. Avrebbe preso non solo la lettera ma anche lei. L'avrebbe stretta tra le braccia e avrebbe soffocato ogni sua paura e apprensione. Lena desiderava cedergli il passo, lasciare che prendesse il timone, perché lei non sapeva più come muoversi.

Aveva cercato di apparire affascinante e seducente, ma nel contesto della casa di Kostos e davanti a sua moglie (o compagna o fidanzata), i suoi sforzi erano parsi patetici. Vestito rosso o marrone, sembrava ciò che era: una timida nullità. In genere sapeva tenere a bada le speranze, ma perfino quel piccolo pregio le era venuto a mancare.

Era stato il tempo passato insieme a Santorini che l'aveva portata fin lì. Si era sentita così vicina a lui, più di quanto non ne fosse consapevole. Aveva detto di non volere più nulla da lui, ma non era la verità.

Per quanto fosse arrabbiata con se stessa, si rese conto che aveva un po' di rabbia in serbo anche per Kostos.

«Posso aiutarla?» le chiese una giovane donna alla cassa.

Lena voltò la testa per guardarla e di colpo si ricordò dov'era.

«No. Grazie. Mi scusi» disse a testa bassa. Uscì nell'aria fredda e si avviò.

Aveva pensato che forse, se avesse camminato abbastanza, alla fine sarebbe giunta fino a Brixton, ma ormai aveva la triste sensazione che non ci si potesse arrivare da lì.

Ricordò la passeggiata al chiaro di luna su per la collina di Oia, quasi dieci anni prima, per incontrarlo nel loro uliveto.

"Prima o poi" le aveva detto in greco. Al tempo non parlava greco e le ci era voluto uno sforzo notevole per capire.

Al momento quelle parole le erano parse un dono speciale, qualcosa da conservare per ricordo, un'eredità. Le aveva messe via e custodite con cura, in attesa del momento in cui si sarebbero avverate.

In perenne attesa. Ecco il problema. Quelle parole le avevano dato la scusa per aspettare e fare poco altro. Più che un regalo, si erano rivelate un virus mortale con un lungo periodo di latenza.

Nel suo cuore era convinta che lui ci avesse creduto davvero, ma ormai era ovvio che si sbagliava. Ricordava altri frammenti di quella lontana conversazione. Le aveva chiesto se amava qualcun altro e lei aveva risposto: "Non so se potrei." E lui, di rimando, le aveva detto: "Io so che non potrei."

Lena fingeva di avere più o meno dimenticato l'intero episodio, ma in realtà lo ricordava perfettamente. Era ancora un'adolescente al tempo, lui non era tanto più grande, e questo dava a tutti e due una scappatoia, no?

No. Non nella cassetta di sicurezza del suo cuore. *So che non potrei.* Si era aggrappata a quella affermazione come se fosse una deposizione sotto giuramento.

E invece erano tutte stupidaggini. Pensò alla donna bella e sprezzante in abito nero. *Oh, sì che puoi,* si disse Lena.

Le persone dicono in continuazione cose che non pensano. Pare che tutti lo sappiano e ne tengano conto. Ma non Lena. Perché credeva a ciò che la gente diceva? Perché aderiva alle parole in maniera tanto letterale? Perché pensava di conoscere le persone quando era evidente il contrario? Perché immaginava che il mondo restasse sempre uguale a se stesso, quando invece mutava?

Forse perché lei non cambiava. Credeva a ciò che diceva la gente e rimaneva sempre la stessa.

Anch'io un tempo fui adorato.

William Shakespeare

Ovviamente cominciò a piovere. Alle dieci di sera, fradicia e gelata in un posto chiamato Houndsditch, Lena si fermò. Si riparò sotto la pensilina di un autobus e fece qualche considerazione. Il volo per la Grecia non sarebbe partito prima delle dieci e dieci del mattino dopo.

Aveva pianificato inconsciamente un mucchio di cose, ma non dove trascorrere la notte. Perché? Forse era a quel punto che la programmazione inconscia aveva preso il sopravvento. Da qualche parte, seppellita in fondo al cervello, c'era l'idea che nel momento in cui avesse visto Kostos, tutto si sarebbe sistemato. Era la fine della storia, quella del vissero-per-sempre-felici-e-contenti, che si svolgeva dopo la chiusura del sipario di velluto rosso e non veniva mai raccontata nei dettagli.

Visto che, lì a Houndsditch, stava analizzando la situazione, decise di affrontare anche quel punto. Cos'aveva pensato in realtà? Che l'avrebbe presa tra le braccia non appena l'avesse vista? Sul serio? Che l'avrebbe portata in braccio fino al letto e che avrebbero fatto l'amore tutta la notte?

Arrossì al pensiero, più per la vergogna che per il desiderio. Forse non aveva pensato proprio così. Nemmeno le fantasie inconsce erano tanto audaci.

Un gruppo di uomini in giacca e cravatta le rivolse sguardi insistenti, passandole accanto. Uno di loro disse qualcosa che lei non riuscì a sentire e gli altri risero. Con il vestito rosso, le gambe nude e ciò che rimaneva del trucco colato sul viso, era alquanto probabile che assomigliasse a una prostituta.

Non voleva cercare un albergo a quell'ora e comunque non aveva contanti a sufficienza. Per principio portava con sé una carta di debito anziché di credito, e il suo conto corrente era piuttosto dissestato. Non aveva pensato di averne bisogno. Suo padre aveva pagato in anticipo la gran parte del viaggio, compreso il biglietto aereo e il servizio speciale del cellulare in modo che funzionasse laggiù. Si era portata qualche centinaio di dollari in traveler's check, ma non voleva spenderli tutti durante la prima notte.

Che cosa poteva fare? Sfilò l'orario dei treni dalla borsa e lo aprì. C'erano due treni che partivano da Houndsditch quella sera; avrebbe dovuto affrettarsi se avesse voluto prendere l'ultimo.

Sulla carta della metropolitana compariva la stazione di Aldgate, che era poco distante. Doveva spingersi fuori della pensilina asciutta e tuffarsi nella parte post-delusione di quell'avventura.

Bridget ebbe fame prima di Bailey, cosa che le fece mettere in discussione le parole di Brian ancora una volta. Non sapeva bene quello che dovevano mangiare. «Che cosa ti piacerebbe per pranzo?» chiese a Bailey.

Bailey la fissò, impassibile.

«Ti piace lo yogurt?»

«Sì.»

«Ti piacciono le mele?»

«Sì.»

«Ti piacciono i cracker?»

«Sì.»

«Ti piacciono gli spinaci?»

«Sì.»

«Ti piacciono i funghi velenosi?»

«Sì.»

«Va bene. Non importa.» Bridget prese i cracker e tagliò una mela. Trovò del formaggio in frigorifero e affettò anche quello.

Bailey si riempì la bocca prima che Bridget potesse rendersi conto che ciò che aveva messo in bocca era abbondantemente condito di terra. Sollevò Bailey dal seggiolone e la portò al lavandino tenendola sotto il braccio come un pallone da football. Passò una mano sotto il rubinetto per controllare la temperatura. «Mi sa che è il caso di lavarci le mani» disse, sfregando le dita di Bailey sotto l'acqua.

Quando la rimise sul seggiolone, si accorse che le sue guance erano ancora gonfie di cibo. «Riesci a masticare?» chiese. Ricordò il vuoto al posto dei molari.

Allora scavò nella bocca piena di Bailey, ne gettò il contenuto, tagliò in pezzetti più piccoli tutto ciò che vi era nei piatti e ricominciarono.

Mangiarono tutte e due con grande appetito. *Siamo più o meno uguali, ma io ho parecchi denti in più,* pensò Bridget.

Si divisero un vasetto di yogurt alla fragola. Bridget si procurò un cucchiaio per ognuna e mangiò la sua parte mentre Bailey ne lanciò la maggior parte sul tavolo e sul pavimento. Bridget pensò alle sue scelte. *Forse posso provarci.*

Dopo pranzo Bailey voleva assolutamente tornare al ruscello. Questa volta fu lei ad afferrare la mano di Bridget e a condurla da quella parte. Quando fecero *cic ciac* nel fango sulla sponda, ci infilarono dentro le dita dei piedi. Bridget premette più in fondo i suoi e Bailey la imitò. Allora Bridget ebbe una brillante idea: sedettero tutte e due nel fango. Perché no? Erano già sporche e l'aria era calda.

Era perfetto, perché a lei e Tibby un tempo piaceva fare le torte di fango. Bridget ne prese una manciata. Unì le mani e modellò. «È una torta. *Miam*» disse, portandosela alla bocca.

Bailey raccolse l'idea al volo. Prese il suo pugno di fango e se lo portò subito alla bocca. Quando guardò Bridget aveva già un baffo di fango sotto il naso.

Bridget scoppiò a ridere. «No, non devi mangiarlo davvero. Devi solo fare finta.»

A Bailey piacque anche quell'idea. Finsero di mangiare qualche chilo di fango, poi Bridget modellò una tartaruga e una stella marina. Dopo aver capito che non si doveva far finta di mangiarle, quanto piuttosto giocarci, Bailey ne fece delle sue versioni non troppo riuscite.

Sentendo il fango che le strisciava dentro i pantaloni e il sole che le batteva sulla testa, Bridget chiuse gli occhi e pensò di essere di nuovo piccola, seduta con la sua amica Tibby accanto al ruscello. E ciò che vide quando riaprì gli occhi non scalzò quell'immagine. La personcina che le stava accanto aveva la stessa intensità, la stessa facilità a lasciarsi convincere, lo stesso viso da folletto e gli stessi capelli per aria che non parevano intenzionati a crescere oltre una certa lunghezza.

Bridget aveva varcato un portale temporale per ritrovarsi in un tempo più semplice, ed era di nuovo con Tibby a fare le cose che piacevano a entrambe. La sua mente vibrò sempre più piano fino a tacere; non avrebbe potuto chiedere di meglio in quel momento.

Lena giunse al gate esattamente undici ore prima che partisse il suo volo. Negli annali familiari di viaggio, nessuno era mai arrivato più in anticipo di suo padre, ma lei l'aveva battuto. Si lavò i denti e si struccò lungo una fila di quindici lavandini (li contò), nei bagni delle signore.

Tornata al gate, si sedette per terra accanto all'ampia vetrata dalla quale si vedevano gli aerei allontanarsi, ma non c'era molto movimento a quell'ora. Voleva rimanere sveglia. Le pareva importante rimanere sveglia, che cosa avrebbe potuto succederle altrimenti? Abbracciò la borsa, per sicurezza.

Forse stava dormicchiando o forse no, quando la borsa prese a ronzare. Le ci volle un certo tempo per rendersi conto che era il suo telefono. Non aveva pensato che qualcuno avrebbe anche potuto chiamarla. Lo prese e rispose senza guardare il numero. Doveva essere sua madre o suo padre. Chi altro la chiamava ormai?

«Lena?»

«Sì.»

La sua mente vorticava. Non era suo padre e di sicuro neanche sua madre.

«Dove sei?»

Era stordita e confusa. «Chi è?» chiese.

«Kostos.»

La mente prese a girare più veloce e in una direzione diversa. Come aveva trovato il numero? «Come hai trovato il mio numero?»

«Ho chiamato tua madre.»

Oh, merda. Be', ora sapeva di chi sarebbe stata la prossima telefonata.

«Perché sei venuta a Londra?» domandò.

Per vederlo. Per consegnargli una lettera. Per abbandonarsi tra le sue braccia e aspettare che le luci si spegnessero e calasse il sipario. Non poteva dirgli nemmeno un briciolo della verità. «Sono in transito tra due voli.»

«Dove vai?»

Non poteva confessargli neppure questo. Se avesse detto Santorini, gli avrebbe forse dato l'idea che lo stava perseguitando. Chiuse gli occhi in cerca di una bugia. «In Italia. Faccio un viaggio artistico.» Le pareva di leggere una sceneggiatura. Detestava mentire.

«Quanto ti fermi qui?» chiese lui.

«Ho il volo domani mattina.»

«Lena, sei venuta fino a casa mia. Perché sei scappata via in quel modo?»

Perché vivi in un palazzo con una moglie bella e spaventosa. Perché hai infranto le mie speranze e ferito i miei sentimenti. Perché mi hai promesso "Prima o poi" senza nemmeno pensarlo. «Volevo solo darti la lettera. Mi è sembrato di disturbarvi, tu e la tua...»

«La mia?»

«La tua...» Lena non sapeva che cosa fosse per lui. Non voleva sentirsi costretta a chiederglielo.

«Vuoi dire Harriet?»

«Voglio dire la donna che ha aperto la porta. Non ci siamo presentate.»

«Sì, è Harriet.» Pareva a disagio.

«Sei sposato? Vivete insieme?» Lena non fu tanto sorpresa del proprio masochismo quanto della sfacciataggine. A ogni modo conosceva la risposta. In qualche modo i fiori all'ingresso gliela suggerivano.

«No, non siamo sposati. Sì, viviamo insieme. Lena, dove sei? So che è tardi, ma ti dispiace se vengo da te? Vorrei parlarti di persona.»

Lena sapeva esattamente quello che lui voleva dirle e non le andava di sentirlo. Kostos doveva avere ancora in testa le parole che le aveva detto più di dieci anni prima, quando l'aveva sconvolta e devastata, sposandosi con Mariana meno di un mese dopo aver promesso di amarla per sempre. *Ti amo.* Non smetterò mai di amarti.

Era probabile che si sentisse ancora in colpa per averla ingannata, proprio come si era sentito allora. Doveva averle letto in faccia quello che provava. Lei aveva cercato di nasconderlo, ma non era mai stata brava a farlo. Di certo non con lui. Ma per lo meno questa volta non era crollata.

Questa volta. Quante volte si può avere il cuore spezzato dallo stesso uomo? Cosa c'era che non andava in lei? E comunque, a essere sincera, avrebbe dovuto chiedersi anche quante volte lei aveva spezzato il cuore a lui.

Kostos avrebbe cercato di alleviarle la sofferenza, avrebbe inventato qualche scusa, tentato di salvaguardare l'orgoglio di lei e preservare la loro antica amicizia. Voleva continuare a sentirsi una brava persona. Evitare che Valia si rivoltasse nella tomba.

Ma non sarebbe servito. Non a Lena, per lo meno. Sarebbe stato peggio.

«Dimmi solo dove ti trovi e ti raggiungo.»

Per nulla al mondo gli avrebbe detto dov'era. Che era troppo povera e illusa per aver prenotato un albergo. «Hai una vita, Kostos, e io la rispetto. Avrei dovuto chiamare prima di venire. Mi dispiace di non averlo fatto.»

«Ti prego, Lena. Dimmi dove sei. Ho bisogno di vederti.» Aveva una voce strana, alterata. Lena si chiese se per caso non avesse bevuto con "Harriet" prima della loro splendida serata.

Si rese conto che il motivo per cui la gola le faceva così male era che stava per scoppiare a piangere. Per fortuna lui non poteva vederla. Per fortuna nessuno poteva vederla, eccetto l'addetto alle pulizie che stava spingendo straccio e secchio fuori dal bagno delle signore.

«Non posso. Non voglio. È stato un terribile sbaglio venire qui.»

«Lena, non è stato uno sbaglio. Se solo mi dai una possibilità.»

«Non posso» disse lei di nuovo. Aveva un bisogno urgente di soffiarsi il naso. Si augurò che lui non lo sentisse.

Kostos tacque per un istante. «Posso richiamarti? Domani?»

Lena chiuse gli occhi e impose alla sua voce di spazzar via il tono triste e lacrimoso che aveva. «No, per favore.»

«Ma non capisci!»

Avrebbe voluto trattenersi, eppure non ci riuscì. Piangeva a dirotto, e lui se ne sarebbe accorto. «Capire cosa? Niente che tu possa dire cambierà la situazione.»

Per un momento rimasero zitti tutti e due. Lei allontanò il telefono dall'orecchio per riprendersi.

Quando lui parlò di nuovo, pareva essersi rassegnato. Lena aveva già osservato quel mutamento in lui altre volte. Il suo tono era piatto. «Va bene. Se non vuoi, non lo farò.»

Lei aveva paura di dire qualunque cosa, perciò rimase in silenzio.

«Allora, cos'è questa lettera?» chiese Kostos, chiaramente perplesso.

Lena cercò di calmare il respiro. «È di Tibby. Non so cosa dice. Ne ha lasciata una identica a me. Mi ha scritto che dovevo consegnartela di persona.»

«Capisco» disse lui. «Immagino che questo spieghi tutto.» Aveva ancora quel tono piatto.

Lena non era sicura di ciò che intendeva dire, ma non fu in grado di chiederglielo.

«Dobbiamo essere insieme quando le apriamo, o

qualcosa del genere?» domandò lui. Lei si chiese se non ci fosse un che di beffardo nella sua voce.

«No, non lo ha detto.»

«Sul retro c'è scritto che non devo aprirla fino a metà marzo.»

«Lo so» disse lei. «Anche sulla mia c'è scritto così.»

Gli angeli vengono a trovarci,
e li riconosciamo solo
quando se ne sono andati.

George Eliot

Carmen non aveva mai temuto un'audizione prima di allora. Di solito ci andava con la grinta dei suoi tacchi costosi e una specie di ferocia nel cuore. *Gliela farò vedere io,* pensava con tutta la sfrontatezza illusoria della figlia unica. Se non avesse ottenuto la parte, sarebbero stati loro a non avere lei. Ecco. Ma questa volta si sentiva guardinga e timorosa.

«Il matrimonio è il 17 aprile. Come posso preparare tutto se sono a New Orleans dalla fine di marzo per una settimana e mezza?» si lamentò con Jones dal bagno, qualche sera dopo, mentre si applicava a eliminare il trucco.

«Avrai il telefono, puoi fare tutto da lì.»

Prese nota del fatto che non si era offerto di pensarci lui al posto suo.

«E assaggiare il menu? E provare il vestito? Non posso farlo da lì.»

Jones stava cercando di leggere qualcosa a letto e non pareva apprezzare i suoi borbottii. «Ascolta» disse infine. «Devi concentrarti su questo incontro. Sul serio. Devi metterci la testa. Se vuoi rimandare il matrimonio di un mese o due, possiamo farlo.»

Carmen guardò il batuffolo di cotone annerito dal

mascara. Jones non era disposto a rimandare il matrimonio per sua nonna, ma lo aveva accantonato all'istante in nome di un'audizione. Grant Arden era molto più importante nel suo mondo di nonna Carmen.

E lei, voleva rimandarlo? O preferiva togliersi il pensiero al più presto? Se si fosse gettata a capofitto nel matrimonio, non avrebbe dovuto pensarci più di tanto. Avrebbe potuto evitare questioni come che cosa fare con la famiglia di Tibby e se avere damigelle o saltare a piè pari quell'impiccio. Pensieri quali *Santo cielo, Carmen, che cosa stai combinando?*, potevano essere garbatamente scavalcati se si andava veloci all'altare. Sarebbe stato un tacito pretesto per lei e chiunque altro: *Lo abbiamo deciso all'ultimo.* Forse sarebbe perfino risultata una scusa valida, in caso ne avesse avuto bisogno più avanti. *Probabilmente avremmo dovuto darci più tempo.* Riusciva quasi a sentirselo dire, a distanza di cinque anni.

«Come ve la siete cavata, voi due?» chiese Brian alla fine del primo giorno, quando emerse dal suo ufficio e trovò Bridget e Bailey esauste, al tavolo di cucina.

Bridget si strinse nelle spalle. «Piuttosto bene. Credo.» Guardò Bailey. «Come ce la siamo cavata?»

Bailey imitò l'alzata di spalle.

Brian osservò Bailey con attenzione e le baciò il piccolo orecchio rosa. «Di solito ci togliamo il pigiama a un certo punto, durante la giornata. E mettere una protezione solare è sempre meglio. Ma, a parte questo, sembra che stia bene.»

Bailey era ansiosa di tornare tra le braccia di suo padre e lui la mise a letto subito dopo cena. Bridget dormì un sonno lungo e tranquillo, come non le succedeva da tempo.

Al mattino, Bee e Bailey portarono fuori la colazione, e strillarono insieme di delizia quando un uccello giallo si posò sull'orlo della tazza di Bailey e ingoiò un fiocco di cereali. Ne parlarono per tutta la giornata.

Giocarono al ruscello per un paio d'ore. Trovarono un serpente giarrettiera e lo stuzzicarono con un paio di bastoni. Cercarono di fargli mangiare un fiocco di cereali, ma lui si rifiutò. Bridget sentì crescere dentro di sé la brutalità infantile di un tempo.

Nel tepore del pomeriggio, si stesero sul pavimento della veranda e scarabocchiarono con i pastelli. Era quanto di più audace avesse mai fatto il talento artistico di Bridget, e lei ne fu soddisfatta.

Sentendo il ticchettio appiccicoso dei pastelli sulla carta, respirando quell'antico odore di cera, Bridget si rese conto che si stava divertendo.

Capì che quel lavoro le calzava in maniera insospettata. Era come un lavoro interinale che ogni giorno prevedesse attività diverse, per cui non ci si sentiva troppo vincolati. Era meglio di un lavoro interinale perché poteva indossare gli abiti più vecchi e sporchi che aveva. Era meglio di un lavoro interinale perché poteva seguire le proprie idee e, a prescindere da qualsiasi considerazione sui bambini piccoli, un capo di due anni era molto più facile da soddisfare e impressionare di un rappresentante delle risorse umane.

Si chiese oziosamente come si ottenessero i titoli per un lavoro del genere e quanto fosse pagato all'ora.

Lena vendette la casa durante il suo terzo giorno in Grecia. Aveva chiamato quattro diversi agenti immobiliari il primo giorno, pulito come una forsennata il secondo, fatto visitare la casa il terzo, ed entro le cinque accettò un'offerta che comprendeva i mobili e il resto. Il quarto giorno firmò i documenti, andò in banca, e spedì i documenti a suo padre via fax. Il quinto giorno incontrò la ditta di traslochi e lavorò con loro a mettere nei cartoni documenti, libri, ed effetti personali da spedire ai suoi genitori negli Stati Uniti. Fu stupefatta dall'efficienza di tutto quanto.

Il sesto giorno si alzò senza un compito da svolgere. Si svegliò in una casa pulita che di fatto non le apparteneva più, in un letto da cui stentò ad alzarsi. Rimase sdraiata e guardò la luce del sole che le illuminava la coperta. Non aveva più alcun messaggio da consegnare a nome di Tibby. Non aveva più una casa da vendere. Non aveva più un uomo con cui pensare di condividere la vita.

Aveva... che cosa aveva? Aveva piedi grandi. Aveva dell'autocommiserazione. Aveva un'unghia incarnata sull'alluce sinistro. Aveva quattro giorni prima di riprendere il volo per gli Stati Uniti.

Rimase a letto fin dopo mezzogiorno. Si preparò una frittata. Sedette a gambe incrociate davanti all'armadio di Valia per un po'. Poi si alzò e rovistò tra gli ultimi vestiti rimasti di sua nonna, quelli da scartare. Si provò la vestaglia rosa e il vestito da casa in stile Pucci. Li infilò entrambi nella valigia.

Bapi era morto da tempo. La maggior parte della sua roba era stata eliminata anni prima. Ma quando guardò nel suo armadio, trovò un paio di gemelli a forma di leone in fondo a un cassetto. Vide anche, appesi alla parete, due piccoli disegni che aveva fatto lei la prima estate, uno della chiesa del paese e l'altro dei pescherecci ad Ammoudi. Ricordava di averli mostrati a Bapi non appena li aveva finiti, e rivide il suo muto apprezzamento. Li aveva lasciati nella sua stanza quando era tornata negli Stati Uniti. Le pareva presuntuoso darli a lui, ma si commosse all'idea che gli fossero piaciuti abbastanza da tenerli e appenderli nel suo armadio. Le piaceva pensare che li guardava e pensava a lei quando era lontana.

Sedette sul davanzale della finestra e i suoi occhi si fermarono sulla scintillante acqua blu della Caldera. A quanto si diceva, la perduta città di Atlantide era laggiù. Immaginò Tibby, lì sotto. Immaginò i Pantaloni Viaggianti, lì sotto. Immaginò l'anello che Kostos aveva preso per lei quando ancora pensava di amarla, lì sotto.

La sua visione del mondo subacqueo era quella di una splendida quiete, un'altra versione del paradiso. Era la città perduta di Lena, il suo universo alternativo, la vita che bramava ma che non aveva avuto.

Un giorno di quella settimana, dopo aver trascorso qualche ora al ruscello, Bridget e Bailey trovarono alcune assi di legno nella rimessa e cercarono di costruire una capanna su un albero. Dopo un'ora crollò, il che parve a tutte e due più divertente che se fosse rimasta in piedi. La ricostruirono ancora e ancora. Ogni volta più precaria, e ogni volta risero quando crollò.

Quella sera Brian lavorò fino a tardi. Quando ebbero finito di cenare, Bridget e Bailey si sedettero sui gradini dietro la casa per guardare l'ultimo sole che scompariva e il cielo che si faceva scuro. Videro due pipistrelli e il primo sfarfallio di una lucciola nel crepuscolo. Bridget strillò come una bambina di due anni e indicò. «Una lucciola! L'hai vista quella luce nell'aria?»

Bailey guardò con sospetto e interesse. Bridget vide che ripassava le parole a fior di labbra prima di dirle ad alta voce. Già a quella tenera età era come sua madre: non voleva affrontare nulla prima di sentirsene padrona.

«Prendiamo un barattolo per acchiapparne una» disse Bridget, eccitata. Corse in cucina con Bailey al seguito e trovò un barattolo di vetro su una mensola in alto. Bailey la guardò incantata mentre praticava qualche buco nel coperchio con un coltello appuntito. Bridget pensò vagamente a quanti coltelli decenti aveva rovinato negli anni con quell'operazione.

Bailey la seguì in giardino. In piedi nell'erba, dopo il tramonto, la piccola pareva insicura. Bridget si chiese se le fosse già capitato di stare fuori al buio.

«Prendiamo qualche filo d'erba e mettiamolo nel barattolo, così facciamo una bella casa per le lucciole che catturiamo» disse con tono ambizioso. «Ecco, come questo.» Strappò un filo d'erba, svitò il coperchio e lo infilò nel barattolo.

Anche Bailey era in grado di farlo. Si chinò e strappò

i fili uno per volta, e uno per volta li infilò nel barattolo. Era difficile farla smettere.

«Ne vedo una. Guarda.» Bridget indicò un punto, e un altro, e un altro ancora. Bailey rimase immobile a piedi nudi nell'erba, nel suo pigiama bianco. Aveva occhi spalancati e attenti.

«Stai a vedere» disse Bridget, posando il barattolo per terra. Rincorse una lucciola e la prese con le mani a coppa. La portò a Bailey, si inginocchiò e aprì piano le mani. Bailey era ansiosa di vedere, ma non voleva avvicinarsi troppo. «La vedi?» chiese Bridget quando il posteriore dell'insetto si accese.

«Sì» rispose Bailey, meravigliata.

Bridget la liberò e Bailey la seguì con lo sguardo. Poi la bambina prese a saltellare in giro. «Prendi! Prendi» strillò.

Bridget corse intorno al prato finché ne prese un'altra. Anche Bailey corse in giro, in preda all'eccitazione. «Presa» gridò Bridget.

Bailey la raggiunse di corsa. Questa volta sbirciò da molto vicino e lanciò un gridolino quando si accese.

«Possiamo lasciarla andare o metterla nel barattolo.» Bridget indicò il barattolo nell'erba.

Bailey emise un guazzabuglio di suoni entusiastici che terminarono con «attolo».

Bridget non era certa che Bailey sapesse che cosa significava. Inginocchiandosi in modo che la bambina potesse vedere, intrappolò la lucciola in una mano e con l'altra aprì il barattolo che stringeva tra le ginocchia. Poi dischiuse la mano all'imboccatura del barattolo e la tenne piatta finché l'insetto non fu entrato. Sentiva il respiro di Bailey. «Ora si mette il coperchio in fretta, così la lucciola non vola via.»

Quando il coperchio fu ben chiuso, Bridget diede il barattolo a Bailey. Quest'ultima lo tenne tra le mani con il fiato sospeso, e lo lasciò cadere non appena la lucciola si accese. Bridget rise, lo raccolse e lo riportò tra le mani impazienti di Bailey.

«Forte, eh?»

Bailey fissò il barattolo, poi guardò Bridget. «Ancora?»

«Vuoi che ne prenda un'altra?»

La bambina annuì.

«D'accordo. Anche tu puoi cercare di acchiapparne una.»

Bailey si mostrò restia a lasciare il barattolo per andare a prenderne altre, ma infine capitolò. Corsero tutte e due nell'erba; Bailey agitava le braccia al cielo con le mani a coppa in una vaga imitazione di Bridget.

Non appena Bridget ne catturò un'altra e la intrappolò nel barattolo, Bailey la guardò con avidità. «Ancora?»

«Un'altra?»

«Altra!»

Continuarono finché non ci furono nove lucciole nel barattolo. Bridget lo trovava così elettrizzante che stentava a smettere e Bailey era instancabile.

«Tra un po' staranno strette» disse infine Bridget, ridendo.

«Altra!» strillò Bailey.

«Sono troppe qui dentro. Potrebbero litigare.»

Bailey si calmò e parve interessata.

«Potrebbero mordersi.»

Bailey parve preoccupata.

«No, scherzo. Non mordono.»

«No moddono.»

Brian uscì sulla veranda e si fermò in cima ai gradini. «Che fate qui fuori?» chiese.

Bailey si precipitò verso di lui, tutta ansiosa di mostrare a suo papà le lucciole nel barattolo.

Bridget sorrise e rimase lì accanto, un tantino a disagio per il proprio zelo, ma orgogliosa dell'entusiasmo e divertimento che aveva scatenato.

Le parole di Bailey si impantanarono in un tale groviglio di eccitazione che non si riuscì a capire nulla di ciò che disse, ma il barattolo lampeggiante parlò per lei.

«Wow» continuava a dire Brian, mentre la portava in casa con il barattolo tra le mani, ancora farfugliante. «Wow. Wow.»

Bridget riordinò la cucina con un senso di soddisfazione, ascoltando Brian che calmava Bailey e la metteva a letto.

Mentre si avviava nella stanza degli ospiti con uno sbadiglio, un paio di ore dopo, Bridget si fermò davanti alla camera di Bailey e aprì la porta molto piano. Fece qualche passo al suo interno e sorrise tra sé alla vista di Bailey nel suo lettino, che stringeva ancora il barattolo, mentre le lucciole lampeggiavano di luce fioca tra le sue braccia.

Bridget aveva sperato in un'altra lunga notte di riposo, ma il sonno non veniva. Distesa su uno dei letti gemelli della camera degli ospiti, nella casa che era stata di Tibby, si sentiva sempre più agitata. Le ragioni potevano essere tante, e lei non aveva voglia di indagare. Ma la sua mente non andò ai pensieri più ovvi quali Tibby o Eric o l'infermiera Tabitha o Carmen o Lena, tornò più indietro, fino a sua madre. I ricordi non si presentarono in ordine cronologico, ma alla rinfusa, per immagini brevi, alcune dolcemente nostalgiche, altre devastanti.

Poi, senza preavviso, la sua mente tornò al presente. Si soffermò sul barattolo di vetro tra le mani di Bailey e corse al futuro prossimo, in particolare al mattino dopo. Quel pensiero la rese così irrequieta che si rizzò a sedere nel letto e appoggiò i piedi per terra. Immaginò Bailey al risveglio, che trovava le lucciole morte o morenti tra i fili d'erba nel barattolo.

Bridget aveva catturato un numero sufficiente di lucciole in vita sua per sapere come sarebbe andata a finire. Al sole del mattino, la poca luce che riuscivano a emettere appariva misera e pietosa, per cui si faticava a credere che avessero mai avuto un qualche splendore.

Bridget non poteva sopportare il pensiero di Bailey che le scopriva in quello stato. Che cosa avrebbe provato il suo cuore tenero? Che cosa avrebbe pensato della magia di Bridget?

Ma come le era saltata in mente quell'idea delle lucciole? Perché mai era incapace di riflettere? Apparteneva agli ordini inferiori insieme alle termiti e alle blatte. Il posto giusto per lei era un barattolo, piccola e impotente, dove non avrebbe potuto fare danni.

Bridget sgusciò fuori dalla sua stanza ed entrò in quella di Bailey. Sfilò il barattolo dalle braccia della bambina e sgattaiolò nel corridoio. Uscita dalla porta sul retro, si avventurò nell'erba che si stava facendo umida. Svitò il coperchio e mostrò alle povere lucciole il cielo, immaginando che sarebbero uscite in cerca di libertà. Ma pareva che fossero così sbalordite dal loro destino controverso, che l'unico modo per farle uscire fu di rovesciarle nell'erba. Le guardò mentre cercavano di orientarsi.

Quando Jones si svegliò al suono dell'antifurto di un'auto, nel cuore della notte, guardò Carmen che fissava il soffitto con gli occhi spalancati.

«Che succede?» chiese.

«Tibby vuole che io vada in un certo posto in Pennsylvania il 2 aprile. Se vado a New Orleans, non ce la faccio a tornare in tempo.»

«*Se* vai a New Orleans?» Jones non si soffermò a chiedersi come potesse Tibby invitarla da qualche parte.

«Sì, se ci vado.»

«Devi andarci.»

«Non *devo* andarci.»

Jones si sollevò e sostenne la testa puntellandosi con il gomito; la fissò, incredulo. «Vorrebbe dire mandare a rotoli la tua carriera. Pensaci. Come si sentirebbero i tuoi agenti? Credi forse che avrai altre opportunità come questa?»

Carmen serrò i denti. Poteva anche avere quegli infantili battibecchi con Jones, ma si vedeva già al telefono con sua madre, il mattino dopo, la quale le avrebbe detto: "Non sei costretta ad andarci" e Carmen le avrebbe ribattuto: "Vorrebbe dire mandare a rotoli la mia carriera, mamma. Cosa ne penserebbero i miei agenti?"

«Il lavoro non è tutto nella vita» disse Carmen, petulante.

«Certo che no. Ma un'opportunità come questa capita una volta sola, e per che cosa vorresti perderla? Cosa credi di trovare in Pennsylvania? Non ci troverai Tibby, se è quello che speri.»

Carmen voltò la testa per non guardarlo e infilò le braccia sotto il cuscino. Non voleva ammettere con se stessa che era più spaventata dalla Pennsylvania che da New Orleans. Non voleva che lui la vedesse piangere di nuovo.

«Puoi andare in Pennsylvania quando torni» aggiunse Jones con voce più dolce. «Dopo il matrimonio. Tibby non si aspetterebbe che tu rinunci a un provino con uno dei registi più importanti del mondo. Non vorrebbe certo intralciare il tuo matrimonio.» Sfiorò la spalla di Carmen. «Sono cose importanti. Lo capirebbe.»

Tibby avrebbe capito quello che era importante. Carmen era d'accordo su questo. Tibby capiva sempre. Ma mentre si sforzava di vedere il viso dell'amica nella sua mente, Carmen capì ciò che era importante, e non erano certo le due cose di cui parlava Jones.

Ti farò vivere nei miei sogni
se posso vivere nei tuoi.

Bob Dylan

Bridget si svegliò la mattina dopo, sentendo qualcuno che piangeva. Si rese conto di avere il viso rigato di lacrime, e il panico che le attanagliava il petto, ma quei singhiozzi non erano i suoi. Sulle prime non riuscì a ricordare dove si trovava. Fissò il soffitto nel tentativo di ricordare. Il pensiero corse attraverso una serie di letti, nell'appartamento di Mission, da Perry e Violet, alla Sea Star Inn. Dovette tirarsi su a sedere e guardarsi intorno prima che la sua mente raggiungesse una volta per tutte il suo corpo in Australia. I singhiozzi erano di Bailey, e venivano da sotto. Sentiva la voce tranquillizzante di Brian che cercava di confortarla.

Bridget si vestì in fretta e furia. Quando giunse in cucina, Bailey stava ancora stringendo il barattolo di vetro in cui c'erano state le lucciole, e singhiozzava. Brian scoccò a Bridget un'occhiata disperata.

Bailey, seduta sul seggiolone, alzò il barattolo in modo che Bridget potesse vederlo, ma era incapace di pronunciare qualsiasi parola. Dopo aver liberato le lucciole nel cuore della notte, Bridget ci aveva infilato altra erba e lo aveva riportato nel lettino di Bailey.

Bridget avvicinò la sedia. «Le lucciole se ne sono andate?»

La bambina annuì. Bridget si sentì straziare il cuore vedendo la sua espressione, ed esaminò tutto ciò che aveva fatto, cercando di individuare il suo torto peggiore. Spesso non c'era modo di prevenirlo. Era forse il momento in cui si era lasciata andare e aveva cominciato a catturare le lucciole? O aveva sbagliato più di tutto aprendo il barattolo e liberandole? Si era davvero messa dalla parte delle lucciole, contro un bambino? Oppure forse aveva commesso l'errore più grossolano riportando il barattolo tra le braccia di Bailey?

«Non sappiamo come sono scappate» disse Brian. «Sono volate via.» Bridget non riuscì a capire se ci fosse una nota accusatoria nella voce.

Bailey annuì.

«Le ho spiegato che sono felici nel cielo» proseguì Brian, «ma è ancora triste.»

Bailey ascoltava con attenzione. I singhiozzi erano finiti, ma il suo viso era affranto, bagnato dalle lacrime e dal naso che colava.

«Mi dispiace che siano andate via» disse Bridget. Capì che Bailey non cercava una spiegazione, non le serviva che Bridget le dicesse che non erano uscite da sole, e che se le avesse lasciate lì dentro sarebbero morte. Allungò le mani e sollevò Bailey dal seggiolone.

Sfilò il barattolo dalle mani della bambina senza una parola e lo appoggiò sul piano di lavoro. Poi tenne Bailey sul fianco con un braccio e le accarezzò la testa con l'altro, camminando in tondo per la cucina. Dopo due o tre giri, Bailey abbandonò la testa sulla spalla di Bridget.

Brian le scoccò un'occhiata di gratitudine e si diresse

nel suo studio in punta di piedi. Bridget non smise di camminare. Passò ad accarezzare la schiena della bambina, facendo giri più ampi.

Bailey si asciugò il naso sulla sua camicia, e Bridget ne fu stranamente felice. Udì i sobbalzi nel respiro della bambina che si calmavano. Dopo qualche tempo, Bailey mi mise il dito in bocca e si fece più pesante.

Quando il giro si allargò fino a comprendere tutto il pianterreno della casa e la veranda sul davanti, Bridget cominciò a capire le ragioni più profonde per cui Bailey aveva pianto. Si chiedeva quali parole avesse usato Brian: forse aveva detto che erano andate via, in cielo. Bridget era certa che per Bailey fosse stato sconvolgente, che le avesse suggerito di averle perse per sempre.

Bridget uscì nella veranda e si sistemò all'ombra, su una sedia a dondolo. Continuò ad accarezzare la schiena di Bailey, mentre sentiva il corpo della bambina abbandonarsi contro il suo.

Credeva che si fosse addormentata quando Bailey si tirò su a sedere, sfilò il pollice dalla bocca e chiese: «Prendi a-a-a-ancora?»

Bridget sospirò. Era tentata di dire a Bailey che ne avrebbero prese altre quella sera. Potevano metterne tranquillamente una decina nel barattolo. Avrebbero potuto prenderle tutte le sere, se avessero voluto.

Ma Bridget ripensò al torto peggiore, a quel confine trascurabile che spesso superava senza nemmeno accorgersene. Per nessuna ragione le avrebbe messe di nuovo in quella condizione.

«Sono sempre nel cielo. In estate puoi vederle» sussurrò Bridget. «Ovunque vai.»

Bailey tornò a sdraiarsi contro di lei, e Bridget riprese ad accarezzarle la schiena.

Le era sembrato meglio che l'oggetto amato sparisse e basta. Ma forse Bailey avrebbe preferito vedere e sapere quello che succedeva. Comunque fosse, lei e Bailey erano simili. Erano state spezzate tutte e due nello stesso punto.

So come ti senti, pensò Bridget. E non pensava solo a Tibby. Anche lei aveva perso sua madre.

Il giorno in cui Lena tornò dalla Grecia per non ritrovare niente e nessuno, c'era una lettera ad attenderla. Seppe all'istante di chi era, vedendo il suo nome scritto da lui. Le era stata inoltrata dall'indirizzo dei suoi genitori.

Cara Lena, cominciava nella amata calligrafia. *Mi hai detto di non chiamare perciò ho deciso di scrivere.*

La gioia di vedere il proprio nome scritto da lui fu presto soffocata da una fitta di paura. Scorse la lettera con il cuore stretto, credendo che volesse spiegarsi e rabbonirla riguardo a Harriet. Al telefono aveva detto che non erano sposati, ma le era sembrata una scappatoia. Lui e Harriet abitavano in una casa eccessiva, e Harriet portava un grosso zaffiro all'anulare sinistro. Non lo si fa se non si è deciso di sposarsi. Per lo meno, non con una ragazza come Harriet; Lena ne era piuttosto certa.

Scorse le righe ordinate in cerca di contrizione, ostentato dispiacere riguardo alle speranze infrante di lei, per quanto misere fossero, ed esortazione a mantenere un legame di amicizia. Aveva detto che erano come una famiglia, che ci teneva a lei e bla bla bla. Quella era la conversazione in cui lei non voleva essere coinvolta e che lui aspettava di sicuro con ansia.

Ma quando bloccò il cervello e si mise a leggere le parole, vide che non c'era niente di tutto questo.

Mentre camminavo lungo il fiume di ritorno dal lavoro, ieri, mi è venuto in mente un ricordo di Tibby, e volevo parlartene.

Hai presente quell'agosto, quasi dieci anni fa, ormai, quando tu e le tue amiche siete andate a Santorini per cercare i pantaloni che avevate perso? Bridget mi vide per prima in una via del paese e mi riconobbe, credo. Ma fu Tibby a inseguirmi. Non so nemmeno se te lo hanno mai detto.

Tibby mi disse: "Lena è qui, lo sapevi?" e io risposi di no. Fui sorpreso di saperlo e sorpreso di vedere lei. Si presentò, ma sapevo già chi era. "Vuoi vederla?" chiese Tibby. Era determinata ma anche dolce nei modi. Sulle prime non fui per niente coraggioso. "Lei vuole vedermi?" replicai.

E Tibby mi fissò con uno sguardo tranquillo. Stava soppesando il mio carattere, e io avrei creduto al suo giudizio più che a quello di chiunque altro. "Vuoi vederla?" chiese ancora.

Ricordo che ero in mezzo alla strada di fronte a Tibby, mentre Bee se ne stava con le mani sui fianchi, confusa, qualche metro più in là. Capivo il conflitto con cui Bee era alle prese: non sapeva se ti avrebbe tradito avvicinandosi o rimanendo in disparte.

Vedendo le ragazze, ti conobbi un po' di più. Ti capii in un modo nuovo. Dopo tutto quello che era successo quell'estate, mi chiedevo di te: vuoi essere amata? E quando le vidi, seppi che lo volevi.

E così Tibby, un'estranea che non mi pareva un'estranea, mi aveva messo alle strette. Avrei voluto defilarmi, ma non potevo. La guardai e dissi: "Certo che lo voglio. Più di tutto."

Tibby soppesò le mie parole e annuì. "Perché non vieni a casa questo pomeriggio?" disse. E così feci.

Al mattino e alla sera qui a Londra mi piace andare e tornare a piedi dall'ufficio da solo, in parte perché non sono mai davvero solo. A quanto pare cammino sempre con qualcuno, vivo o defunto.

Spesso cammino con mio padre, per quanto io non abbia alcun vero ricordo di lui. È il mio consigliere, un uomo fermo e di principio, colui che mi dice di fare la cosa giusta e sa che so qual è, incurante di qualsiasi apparente complicazione. Talvolta è mia madre. Il mio ricordo di lei non è più tanto nitido, perciò lo costruisco. La mia è una "proiezione", come direbbe uno psicanalista. La vedo e la sento diversa in momenti differenti, cambia a seconda delle mie esigenze, suppongo. Lei mi capisce sempre.

In giorni meno gloriosi, quando mi ritrovo ancorato a terra, mi accompagna uno dei miei colleghi o la mia segretaria. Spesso un amico, Yusuf o Daniel, con cui vivevo nell'altro appartamento. Oggi, ieri, l'altro ieri, forse domani, cammino con Tibby.

Lena non fissò la lettera per ore nel solito modo. Non rifletté, non si tormentò, non si interrogò, non tremò. Ovvero fece tutte queste cose, ma di colpo fu investita da un'energia più forte. Si sedette e rispose alla lettera.

Essendo cresciuto sulla Caldera, pensi mai alla città perduta che, secondo la leggenda, è scivolata nel mare?

In questi giorni mi pare di pensarla e sognarla in continuazione. So che è infantile, ma immagino che Tibby stesse nuotando lì fuori in cerca dei nostri pantaloni e abbia trovato la via segreta per entrarci, e adesso è lì, e tutto è bello, lento e silenzioso come ho sempre desiderato che fosse il mondo.

È la mia proiezione, come direbbe il tuo psicanalista, e mi tiene compagnia. I nostri pantaloni sono lì anch'essi, e Tibby li ha trovati, per cui secondo il nostro vecchio mito siamo con lei.

Io credo che di quando in quando Tibby alzi lo sguardo e veda il sole che scende verso di lei, dorato e rifratto. Lei adesso conosce i segreti di quel mondo laggiù, che noi non capiamo.

Credo che ci siano altre cose di me là in fondo, nell'antica città, e hanno tutte un elemento in comune: le ho perdute e vorrei ritrovarle. Là sotto c'è una vita che avrei potuto avere ma non ho avuto, e che procede senza di me.

Per la verità si potrebbe dire che sono io ad andare avanti senza Tibby, ma non mi pare di farlo davvero. Sento più che altro che è andata da qualche parte senza di me.

Non solo scrisse subito la lettera, ma non rimuginò neppure sull'attacco, sulla conclusione né su come firmarsi. Si limitò a copiare la chiusura di Kostos: *La tua vecchia amica, Lena*. E non si fermò lì: la mise in una busta non appena ebbe finito, la affrancò, e la infilò nella buca delle lettere dietro l'angolo prima di ripensarci.

È una benedizione e al tempo stesso una condanna delle lettere non poter rileggere fino alla nausea ciò che si è scritto, dopo averle imbucate. E non c'è modo di recuperare un messaggio inviato, come per le email.

Quando l'hai spedita, è andata. È un oggetto che non ti appartiene più, spetta al destinatario farne quello che meglio crede. Tendi a ricordare la sensazione di ciò che hai scritto più che le parole. Hai dato via l'oggetto, e tenuto il ricordo. Ecco che cosa significa dare.

Dopo l'incidente delle lucciole, Bailey non volle più separarsi da Bridget. Le rimase seduta in grembo per tutta la cena. Volle che fosse Bridget a leggerle la storia. E pretese i baci di Bridget dopo quelli di Brian.

Bridget andò a letto presto come sempre, e rimase sdraiata ad ascoltare la pioggia che cominciava a cadere. Era triste ma serena. Sentiva gambe e braccia pesanti e tranquille. Era così inerte che ci sarebbe voluta una gru attraverso il tetto per tirarla fuori dal letto.

Pensò a Eric e alla sua espressione, quando si era allontanata da lui in Pine Street. Pensò a Carmen e Lena, l'ultimo terribile giorno in Grecia, quando non riuscivano a guardarsi in faccia e si dicevano frasi che equivalevano a un lungo addio.

Cercò di immaginarle, ognuna con la sua vita. Carmen nel suo vistoso loft, con la macchina per fare il cappuccino che costava più di tutti gli averi di Bridget messi insieme. La macchina del cappuccino le dava forse qualche conforto?

Forse sì. Forse Carmen aveva capito qualcosa che a lei era sfuggito.

Si figurò Lena nella sua stanzetta buia e silenziosa. Così buia che non ci si poteva far crescere una pianta, e con l'unica finestra schermata da una sottile rete metallica. Vide Lena disegnare i propri piedi finché il ritratto non fu così reale che c'erano quattro piedi vivi, mentre lei faceva fatica a mettere insieme uno sgorbio. Forse anche Lena aveva capito più di lei.

Per la prima volta Bridget ebbe il vago desiderio di parlare con loro, sperò che se la stessero cavando meglio di lei. Provava uno strano pizzicore che la fece pensare alla sindrome dell'arto fantasma, solo che il prurito era molto più in profondità. Sentiva che le mancavano alcune parti dell'anima, che avevano lasciato il suo corpo tanto tempo fa. Non durante l'ultimo viaggio in Grecia, ma molto prima. E in Grecia si era resa conto che quelle parti l'avevano abbandonata e non erano più tornate.

Pensò di nuovo a Eric, e udì uno scalpiccio nel corridoio. Si rizzò a sedere, investita da un'improvvisa ondata di adrenalina. Bailey era uscita dal lettino? Stava bene?

Forse dopotutto non ci voleva una gru, ammise Bridget mestamente con i piedi per terra, mentre la porta si apriva e una figurina attraversava la stanza con la grazia di un insetto. In pochi istanti Bailey era di fianco al letto, troppo piccola per poterci salire da sola. Alzò le braccia per essere sollevata, e Bridget la aiutò.

Bailey strisciò sotto le coperte e aderì al corpo di Bridget. Con una certa sorpresa, Bridget udì il pannolino di Bailey scricchiolare, sentì l'odore della crema di zinco e le dita dei piedi umidicce che le arrivavano in cima alla coscia. Bailey si mise il dito in bocca e chiuse gli occhi.

Temendo di rompere l'incantesimo, Bridget trattenne il respiro. Passò un braccio intorno alla bambina: voleva abbracciarla, ma temeva di pesare sul suo corpicino.

La pioggia batteva sul tetto e rigava le finestre. Bailey sbuffò e si dimenò e sbavò e infine sprofondò in un sonno così pesante, che Bridget pensò di poterla prendere per le caviglie e farla dondolare a testa in giù senza svegliarla.

Non era un incantesimo, capì Bridget tirando la bimba a sé. Bailey aveva bisogno di una madre. *Come tutti noi,* pensò. E come la maggior parte di noi, voleva dormire accanto a un corpo caldo.

Bridget rimase sveglia, ma non era irrequieta. In quel momento le sembrava che non ci fossero tanti posti in cui andare quanti pensieri da pensare.

Durante le prime ore del mattino, Bridget avvertì di nuovo la presenza di Tibby. Non in quella compagna di giochi che le assomigliava così tanto ma era altro da lei. Nella fantasia di Bridget, Tibby era sdraiata oltre Bailey, di fronte a lei, cosicché le loro ginocchia quasi si toccavano sotto i piedi di Bailey. E questa volta aveva l'aspetto di una madre.

Tesoro, non puoi lottare contro una colomba.

The Shins

La preparazione del matrimonio era stata uno svago divertente quanto necessario per Carmen. Ma adesso sedeva al tavolo di cucina del loft, dondolando le gambe e fissando la pila di inviti, incapace di prendere in mano la penna.

I cartoncini le piacevano. Erano vergati in maniera elegante, della giusta sfumatura di écru, e di gusto impeccabile. Con l'aiuto di quegli inviti, era riuscita a passare almeno quattro serate a scrivere indirizzi, anziché soffermarsi a pensare a come sarebbe stata la sua vita il giorno dopo la fine della luna di miele che era stata programmata con ogni cura.

Ma quando dovette affrontare gli ultimi due inviti, la penna si esaurì e le energie la abbandonarono. Aveva già invitato i genitori di Lena. Aveva invitato perfino Effie. Ma adesso toccava a Lena. Aveva invitato il padre di Bee e suo fratello e Violet, anche se era quasi certa che non sarebbero venuti. Ma adesso toccava a Bee.

Picchiettò la penna contro il tavolo di metallo. Dapprima si era proposta di chiamarle, di riprendere i contatti prima che arrivassero gli inviti, ma non l'aveva fatto. Poi si era proposta di aggiungere un biglietto nelle loro buste in cui ammetteva la stranezza e difficoltà della situazione, ma non aveva fatto neppure quello.

Che cosa le faceva tanta paura? Non riusciva neppure a dirlo. Non voleva parlare di ciò che era successo. Non voleva ammettere quel fatto oscuro e misterioso che loro tre – forse solo loro – sapevano e non potevano dire. *Non è soltanto annegata.*

Carmen non voleva assorbirlo a un livello più profondo. Non ci riusciva.

Alla fine aveva deciso di limitarsi a scrivere i loro indirizzi e ficcare quelle maledette buste nella buca delle lettere, ma perfino quello era risultato difficile. Immaginò la loro reazione nel ricevere l'invito. *Fai sul serio con questa cosa del matrimonio?* Che cos'avrebbero pensato di lei? Avrebbero pensato che era stata lobotomizzata. Sarebbe stata quella la loro reazione migliore.

E se non le avesse invitate? Quella sì che sarebbe stata una vera pazzia.

Provò a immaginare se stessa all'arrivo alla cerimonia, di scorgerle tra il pubblico mentre lei e Jones si scambiavano le promesse, come due spettatrici qualsiasi. Se solo avesse potuto pensare a loro in quei termini. Ma non poteva. Non poteva immaginarle senza la loro schiettezza. La conoscevano meglio di chiunque altro.

Cercò di sentire come sarebbe stato il suo matrimonio senza di loro, e non ci riuscì.

Senza di loro la sua vita era una farsa. Ma anche con loro la sua vita era una farsa. Carmen sospirò e appoggiò la testa sul tavolo gelido. Tutta la sua vita era solo e comunque una farsa.

La risposta di Kostos giunse tre giorni dopo. Racchiudeva vari argomenti, alcuni divertenti e altri tristi, ma taceva della sua fidanzata di nome Harriet.

La notte scorsa ho sognato la tua città dispersa. Non è strano? Mi hai dato un sogno. Grazie. Era incantevole e sereno, e vi ho visto alcune persone che mi sono mancate molto, non tutte scomparse.

Ci si può fare un'immersione? E una transustanziazione? Si può almeno andare giù per un saluto?

Ancora una volta Lena finì di leggerla e prese subito un foglio per rispondergli. Mentre gli scriveva, non pensava tanto alla sua presenza corporea, quella di un uomo desiderabile e deludente, quanto a una coscienza affine che le aleggiava intorno.

Oggi ho indossato la vestaglia di Valia, quella a quadretti rosa e viola. Probabilmente te la ricordi; se la metteva sempre.

Non so perché l'ho fatto. Forse perché c'è una pioggia fredda e triste fuori. Non è che mi stia proprio giusta ma mi ha fatto sentire felice, stranamente. Sento che conserva ancora qualche raggio di sole di Oia, oltre all'indomita energia di Valia. Sai che sono sempre stata superstiziosa in quanto a vestiti. Ora non voglio più togliermela. La terrò su a lezione di figura oggi.

Poi Lena prese le matite colorate e fece un disegno di Valia che indossava la vestaglia insieme alle sue assurde scarpe da casa di plastica rosa. Pose Valia sulla soglia abbozzata di casa sua con una mano su un fianco.

Lena si concentrò sul disegno, ricordando e riproducendo con cura la fiera postura mattutina di Valia e la sua espressione assonnata e grinzosa. C'era stata una perenne rivalità tra Valia e la sua migliore amica, Rena Dounas, la nonna di Kostos, su chi si svegliava più presto e compariva prima sulla soglia di casa.

Sono sveglia da ore!, scrisse Lena sotto, come una didascalia.

La risposta di Kostos non tardò ad arrivare.

Per metà rido e per metà m'inchino quando guardo – o anche solo penso – al ritratto straordinario che hai fatto. È sulla mia scrivania. Nel disegno hai catturato settant'anni di relazione tra le nostre nonne.

La ragione è che sei una vera artista.

Vedrai che ho incluso una mia piccola creazione, per nulla paragonabile alla tua. È un giunto cardanico, in caso non riuscissi a riconoscerlo subito.

Sono stato a Oia lo scorso finesettimana, e ho preparato una cena di pesce per i miei nonni. Il nonno ha fatto osservazioni ambivalenti sulle mie capacità culinarie e ha esaminato le mie mani con disapprovazione. Ha un profondo rispetto per gli uomini con le mani ruvide, e ho capito che secondo lui sto diventando troppo delicato.

Perciò sono tornato alla fucina in nome dei vecchi tempi, e forse anche per recuperare un po' di dignità ai suoi occhi. Non viene quasi più usata. Bapi è in pensione da dieci anni.

Ci è voluta una quantità assurda di ore per farla ripartire, e altre ancora per fare quell'oggettino mediocre che ho messo nella busta. Ma ho portato le mie mani annerite in ufficio con orgoglio questa mattina.

Può darsi che un giunto cardanico non ti serva nell'immediato. E inoltre non è venuto molto bene. Ma non potendo spedirti una squisita cena di pesce, che non credo avrebbe retto il viaggio, è il miglior contributo che posso dare per il momento.

Lena si rese conto che da dieci giorni riceveva e spediva lettere quasi quotidianamente.

Grazie per il giunto cardanico. Non appena avrò la mia prima barca da pesca, lo userò senz'altro.

In tutta onestà, Lena non avrebbe saputo dire che cosa avesse fatto prima di quelle lettere. Le riempivano quasi completamente la mente e la giornata.

Si convinse che il giorno di Kostos contasse più ore del suo, cinque o sei di sicuro. Le lettere di lui erano più lunghe, interessanti e acute delle sue, e in qualche modo riusciva anche a svolgere un lavoro importante e ad avere una vita di coppia.

Nell'arco della settimana Lena dava solo quattro lezioni e l'unica persona che frequentava era Eudoxia, per un'ora. Da ottobre non aveva voglia di andare in studio a dipingere.

Ma nelle lettere inseriva sempre più spesso disegni e schizzi. Ritrasse i famosi mocassini bianchi di suo nonno. Disegnò un peschereccio di quelli ormeggiati a Ammoudi, con l'ingrandimento di un giunto cardanico. Fece l'acquarello di un olivo e lo lasciò asciugare accanto alla finestra prima di piegarlo e spedirlo.

Erano tante le cose che non diceva. Erano tanti i ricordi che appartenevano a lui, a loro, in ognuna di quelle immagini, e molti di questi erano tristi. Ma quei sentimenti non entravano nelle sue lettere.

Anche Kostos li eludeva, ma probabilmente senza la sua stessa precisa intenzione; forse lui non si crogiolava in quei ricordi. Eppure per qualche ragione neppure lui parlava di amore, ed era un sollievo. Non aveva neppure mai accennato alla sua fidanzata. E quello era un sollievo perfino maggiore.

Forse era il genere di relazione a cui lei e Kostos erano destinati: astratta, contestuale, ma non intima. Pensò a Markos, l'uomo con cui suo padre giocava a tennis ogni domenica mattina da vent'anni. La loro amicizia era come migliaia di altre, nel senso che proseguiva senza che avessero bisogno di parlare di sé e men che meno del loro rapporto. Suo padre si era reso conto che Markos aveva divorziato solo a due anni di distanza.

Secondo me siamo gli unici rimasti sulla Terra a usare le lettere, aveva scritto a Kostos qualche giorno prima. Nessuno dei due era adatto alle telefonate o alle email telegrafiche scritte tutte in minuscolo. Ma ormai avevano trovato ciò che faceva al caso loro.

Era una strana gioia riscoprire Kostos, svelarsi con sincerità, senza ansia.

Levò lo sguardo dal foglio, che aveva passato due

ore a decorare con un motivo a foglie di olivo sul bordo. Sarebbe stato difficile sostenere che non ci fosse amore in quelle lettere.

«Sei stata di grande aiuto per me. Per noi. Non so come dirtelo.»

Erano trascorse quasi tre settimane, e Brian era seduto al tavolo della cucina con una bottiglia di birra in mano, dopo aver messo a letto Bailey. Era raro che lui e Bridget avessero un momento per parlare. Lui rimaneva nello studio fino a tardi e lei andava a letto presto. Le aveva spiegato che lavorava con un gruppo in California e uno a Calcutta, perciò aveva orari strani. Forse in qualche modo perfino si evitavano.

«Non c'è bisogno di dirlo» disse Bridget mentre schiacciava banane mature in una ciotola. Aveva scoperto che Bailey mangiava tutto ciò che conteneva le banane, perciò si era inventata una ricetta speciale di muffin integrali. *A Eric piacerebbero,* si sorprese a pensare.

«Non so come ringraziarti.»

«Non c'è bisogno che mi ringrazi.» Mescolò gli ingredienti e prese le uova dal frigorifero.

«È arrivato un pacco per te oggi. L'hai visto?»

«Sì, l'ho preso.» Bridget aveva ordinato parecchi libri per bambini. A Bailey piacevano le storie di cani e di mostri, per cui aveva richiesto tutti quelli interessanti che ricordava, più che altro per averli letti a casa di Tibby: *Good Dog Carl, Martha Speaks, Harry the Dirty Dog, The Monster Bed, Marvin and the Monster.* Aveva ordinato anche l'intera serie di *Schoolhouse Rock* in DVD.

Versò l'impasto negli stampi per i muffin, immaginando il momento in cui Tibby li aveva comprati. «Come va il lavoro?»

«Procede. Dovrebbe mancarmi ancora una settimana e mezza. Bisogna che lo finisca prima di traslocare.»

Tacque, e lei capì che avrebbe voluto chiederle di rimanere. «Vuoi che stia qui?» propose.

«Puoi?»

«Sì.» Non disse che non riusciva a immaginare di andarsene.

Notò che Brian aveva portato a casa una grande pila di scatoloni appiattiti, quando aveva fatto una corsa al supermercato nel pomeriggio. «Posso aiutarti a traslocare se vuoi.» Bridget aveva un vero talento per il trasloco.

«Sicura? Non hai altre cose da fare?»

Lei scrollò la testa. Non era brava ad atteggiarsi o a fingere di avere altri impegni.

Sapeva che probabilmente Brian si stava chiedendo che cosa fosse successo alla sua vita, a Eric, perché non chiamasse nessuno. Ma si tratteneva. L'aria era fitta di domande inespresse.

«Vorrei poter ricambiare.»

«Non hai bisogno di ricambiare.» Se fosse riuscita a trovare un modo per dirlo, gli avrebbe spiegato con sincerità che non lo faceva per lui e Bailey, e nemmeno per Tibby, quanto per se stessa.

Ma quando finì di riordinare e ripulire gli avanzi dell'impasto, sapeva che cosa chiedere come compenso. Avrebbe arrischiato una domanda.

«Senti, Brian» iniziò.

«Sì?»

Non voleva aggredirlo come la prima volta con domande quali *Cosa vi è successo? Perché vi nascondevate da tutti quelli che vi volevano bene? Come mai non ci avete parlato di vostra figlia?* Gli avrebbe chiesto qualcosa di specifico e relativamente facile.

«Tu e Tibby eravate sposati?»

Lui la guardò, sorpreso. Era una domanda semplice, ma apriva pur sempre una breccia nel loro tacito accordo. Aveva occhi diffidenti, quasi si chiedesse se Bridget fosse una compagna di fuga, come era giunto a sperare, o in fin dei conti soltanto una spia.

«No» rispose.

Mentre Bridget prendeva un bicchiere d'acqua e si avviava verso la porta, Brian dovette avvertire la sua delusione.

«Avevamo deciso di sposarci appena tornati negli Stati Uniti» aggiunse. «Tibby voleva aspettare per farlo con i suoi e voi tre.»

Bridget tornò verso il tavolo.

«Ma non è successo, ovviamente.» Pareva che con quell'"ovviamente" volesse difendersi da molte cose. Si stava aprendo un baratro e nessuno dei due sembrava sapere come richiuderlo.

«Per questo tornare con Bailey è diventato più difficile» aggiunse, in tono più che altro pratico. «È nata qui. Ma siccome non eravamo ancora sposati ci sono state alcune questioni sulla tutela da risolvere, prima che potessi farla espatriare.»

Bridget annuì.

«Non ha mai visto i nonni, sai?» La voce di Brian s'incrinò in maniera quasi impercettibile.

Bridget se lo era chiesto. Annuì di nuovo.

«E nemmeno Nicky e Katherine. Né Carmen né Lena.»

Bridget pensò che fosse coraggioso da parte sua elencare i nomi degli assenti. «Certo» disse.

«Ma ora è tutto pronto. È il prossimo passo, immagino.» Era una prospettiva faticosa. Glielo si leggeva in faccia.

«Certo» ripeté.

Poi tacquero. Lei sfornò i muffin e ne lasciò uno su un piatto per lui. Avrebbe aspettato un paio di giorni per porre altre domande che fungessero da compenso.

Dopo oltre tre settimane di lettere scritte ossessivamente, almeno venti da ogni parte, Lena ne ricevette una da Kostos che aveva una conclusione mozzafiato e del tutto inattesa.

Il secondo evento migliore della giornata è scriverti una lettera. Il migliore di tutti è riceverne una da te. E per tutto il giorno penso: "non sarebbe splendido svegliarsi insieme nello stesso letto?"

Per la prima volta Lena non seppe come rispondere. La sua mente vorticava, sconvolta dallo shock che paralizzava qualsiasi idea. Non riuscì nemmeno a prendere un foglio di carta e posarlo sulla scrivania. Gironzolò con un tosaerba rombante nel petto.

I suoi sentimenti erano troppo rumorosi e veloci per

essere afferrati. Al diavolo Markos, il compagno di tennis. C'era eccitazione e paura, e altre cento emozioni che non riusciva a districare.

Cercò in internet qualche informazione su Harriet, a partire dal suo indirizzo e nome di battesimo, ma non trovò nulla, e si sentì stupida.

Due giorni dopo giunse un'altra breve lettera di Kostos. Lena la aprì in fretta prima di perdere il coraggio. Il suo cuore correva, speranzoso. Ma che cosa sperava?

Ho sbagliato. Non succederà più.

Di sicuro non era quello che si era augurata. Tutto il rumore e l'energia si prosciugarono in lei. A un tratto si sentì stanca, e nient'altro. Si assopì nel tardo pomeriggio e dormì fino al mattino dopo.

Con la vestaglia di Valia ancora indosso, prese un foglio di carta e vi scrisse una domanda.

Ami Harriet?

La fissò a lungo, poi la gettò nel cestino.

Tutti i cretini detestano
sentirsi chiamare cretini.

J.D. Salinger

Bridget e Bailey giocarono al ruscello e strapparono le erbacce dalle aiuole intorno alla casa. Poi andarono dal vicino a trovare il gatto, Springs. Bailey adorava Springs ma Springs non ricambiava, perché Bailey cercava sempre di prendergli le zampe di dietro.

Dopo pranzo si sdraiarono insieme sul divano, e Bridget lesse *Good Dog Carl* quattro volte di fila con accenti diversi.

Bailey si addormentò contro di lei, e Bridget chiuse gli occhi, appagata, sentendo il corpo della bambina che andava su e giù con il ritmo del respiro.

Dallo studio di Brian veniva una canzone dei Beatles che un tempo le piaceva molto, *I'll follow the Sun*, e visto che Bailey dormiva, si lasciò andare al pianto. Versò lacrime calme, quasi filosofiche, ma profondamente tristi, che le finirono nei capelli e nelle orecchie.

Come hai potuto lasciarla, Tibby?

Era la domanda che la tormentava e graffiava e pungeva cento volte al giorno, ma solo in quel momento la tradusse in parole.

Come hai potuto scegliere di passare anche solo un giorno lontano da lei?

Bridget aveva pensato che forse, quando si fosse

confrontata con le fatiche quotidiane che imponeva un bambino, avrebbe capito quello che Tibby e sua madre avevano fatto. Invece no. Lo capiva ancora meno di prima. Ogni giorno trascorso con Bailey, il mistero s'infittiva.

Come hai potuto farlo?

E siccome non era del tutto ipocrita o incosciente, Bridget pensò alla cosa nel suo utero, no, non una cosa, ma una persona, un'anima, e si rimproverò. Ecco quello che era pronta a fare, che era stata pronta a fare.

Le lacrime scorrevano, e Bailey si sollevava e abbassava sul suo petto. Bridget pianse per coloro che se ne erano andati e per coloro che erano rimasti. Per le persone come lei, che rinunciavano con ostinazione ai pochi doni preziosi che ricevevano. Pianse per Bailey, per Tibby, per il grumo di cellule caparbie che si facevano strada nel suo ventre, e per Marly, la sua povera, triste mamma che si era persa tutto questo.

Lena si era quasi aspettata che mercoledì 15 marzo non arrivasse mai, che venisse inghiottito dal calendario, in qualche modo. La Terra avrebbe fatto un piccolo balzo nella sua orbita, e il martedì si sarebbe tramutato in giovedì. Le persone dall'altra parte della Terra avrebbero perso l'appuntamento dal dentista e la partita di calcio, ma li avrebbero fissati di nuovo e la vita sarebbe andata avanti.

Il momento di aprire l'infausta lettera di Tibby se ne sarebbe andato senza neppure arrivare, e la vita nell'era della post-delusione sarebbe continuata senza scossoni.

La vita di Lena si era ridotta a pochissime azioni, e la sera del 14 marzo perfino quelle le parvero al di sopra delle sue capacità. Non capì il libro che stava leggendo. Non udì i testi delle canzoni che ascoltava. Non sentì il gusto della cena. Non riuscì ad addormentarsi. Non voleva cedere quel poco di controllo che aveva sul mondo, casomai il giorno previsto le passasse accanto in punta di piedi senza che se ne accorgesse. Ma non sarebbe stato più semplice, per un certo verso?

A mezzanotte strisciò fuori dal letto e accese il computer. Il suo computer non le avrebbe mentito. Se avesse saltato un giorno, glielo avrebbe fatto sapere.

Alle 12.00 recitava: mercoledì 15 marzo. Era sincero o soltanto conformista?

Le venne in mente la frase pronunciata da Giulio Cesare in quello stesso giorno. *È arrivato,* disse tra sé. *Sì, ma non è ancora passato.*

Doveva aprirla subito? Pensò a Kostos. Che ora era da lui? Più tardi. Non l'aveva ancora letta, vero? Non tanto più tardi. Era probabile che fosse a letto a dormire. Non volle raffigurarsi il suo letto, nella assai probabile eventualità che non fosse solo.

Prese la lettera. Poteva aprirla: era il giorno giusto. Ma in piena notte, in quello stato sarebbe stato il suo corpo a eseguire il comando di Tibby, non il suo spirito. Mentre era il suo spirito, quello che cercava.

Portò la lettera a letto e la strinse tra le mani fino al mattino.

Alle sei cercò di far finta di nulla. Mangiò un bagel con noncuranza. Andò all'edicola due isolati più in là e comprò il *New York Times*. Mercoledì 15 marzo, c'era scritto in alto. Doveva essere mezzogiorno a Londra.

Quando tornò a casa, marciò verso la busta che giaceva sul letto e la aprì. Dentro c'erano due oggetti. Il primo era una lettera di una pagina ripiegata, il secondo una piccola busta chiusa con il suo nome. Sul retro diceva: *Da aprire il 30 marzo, per favore.*

Quanto sarebbe andata avanti quella storia? Appoggiò la busta accanto a sé sul letto, e aprì la lettera che era autorizzata a leggere. Era una specie di invito stampato.

Prima o poi è adesso. (O mai più.)

Ti prego di andare al seguente indirizzo il giorno 2 aprile alle 16.00 ora EST.

Se decidi di andarci, porta te stessa e nessun altro.

Consideralo un viaggio che potrebbe durare tutta la vita.

Se decidi di non andarci, sarà una fine diversa, ma anche un inizio.

Bridget aspettò fino a tre sere prima del trasloco, mentre aiutava Brian a inscatolare i libri nel salotto, per porre un'altra domanda.

«Tibby voleva avere un figlio?» Stava diventando più esigente, ne era consapevole.

Sulle prime lui non rispose. I suoi movimenti di inscatolamento si fecero meccanici. «Sì, ovvio.»

«E tu?»

«Anch'io, ovvio.»

Bridget si bloccò e lo guardò con impazienza. Tibby non c'era più. E a lei non pareva così "ovvio".

Lui uscì dalla stanza, salì le scale e andò in camera sua, e a lei sembrò che fossero tornati al suo primo giorno in quella casa.

Si aspettò di sentir sbattere una porta, ma qualche minuto dopo lo vide tornare. Teneva qualcosa in mano e quando fu a qualche metro da lei gliela lanciò. Il suo viso era cambiato.

Lei afferrò l'oggetto e lo guardò. Trasse un respiro profondo e sentì il suo corpo rispondere a quel respiro.

Era una fotografia in bianco e nero, in una cornice. Doveva essere stata scattata pochi giorni dopo la nascita di Bailey perché il suo faccino era gonfio e raggrinzito.

Nella fotografia, la mano di Tibby sorreggeva la testa della neonata e la sua guancia era appoggiata contro quella della piccola. Tibby aveva gli occhi chiusi, le lentiggini assomigliavano a scuri fiocchi di neve sulla sua pelle chiara, e il suo grazioso viso da folletto emanava qualcosa di ancestrale e indescrivibile. Era la solita Tibby, ma era come se si trovasse in un posto molto serio, nel quale Bridget non poteva seguirla.

Dalla fotografia Bridget capì. Sentì arrivare un'ondata di lacrime, per nulla calme né filosofiche. L'immagine dava una risposta esaustiva alla sua domanda.

La restituì a Brian e vide che anche lui stava piangendo. Brian si sedette su una poltrona, il mento tra le mani e le spalle scosse dai singhiozzi. Bridget andò all'altra poltrona e vi si raggomitolò sopra.

Rimasero così a lungo, ognuno nella propria poltrona. Non scambiarono una parola, ma contrariamente alla prima volta in cui lei si era spinta troppo in là, avvertì un'atmosfera stranamente amichevole.

Decise che era meglio non fare altre domande per qualche tempo.

Lena aveva pensato di annullare il caffè settimanale con Eudoxia, ma perché avrebbe dovuto? Per rimanere seduta sul letto a fissare il muro e rimuginare? Non lo faceva già abbastanza?

«Mia cara, che succede?» le chiese subito Eudoxia. «C'è qualcosa che non va.»

Lena guardò il suo caffè, Eudoxia, poi di nuovo il caffè. Le pareva un'idea folle raccontarle quello che stava succedendo.

Perché?

Perché non era il genere di cose che faceva lei.

E perché non lo faceva?

Perché era ferita e insicura, e le piaceva tenere i suoi pasticci per sé.

Lena si rese conto che si stava tormentando le mani come avrebbe fatto Valia se avesse preso delle anfetamine. Per quanto a Lena piacesse nascondere i pasticci e mostrare il prodotto finito, giunta a questo punto era ormai un grosso pasticcio unico e non si prospettava alcun prodotto finito. Non poteva nascondersi da tutti per il resto della vita... Be', sì che poteva farlo. Le cose stavano andando proprio in quella direzione. Ma l'esperienza le aveva insegnato che quando sei indecisa, un'amica può farti un mondo di bene se sei abbastanza coraggiosa da aprirle la porta.

«Tibby ha lasciato una lettera per me e una per Kostos. Ci ha dato una data e un'ora e un luogo d'incontro, un posto in Pennsylvania di cui non ho mai sentito parlare, e ci ha invitati lì, insieme.»

Eudoxia assunse un'espressione alquanto perplessa. «Invitati per cosa?»

La proposta era così stravagante che Lena ebbe difficoltà a rispondere. «Immagino che sia per darci la possibilità di stare insieme. Di ritrovarci.»

Piano piano Eudoxia parve capire. «E se non ci vai?»

«Ci rinuncio e vado avanti.»

«Tibby vuole che tu faccia una scelta, non che tu stia qui ad aspettare che sia lui a scegliere.»

«Non sto aspettando che scelga lui.»

«Lena.»

«Questo presupporrebbe che voglio stare con lui. Magari non lo voglio.»

«Ti vedo quando pronunci il suo nome.»

«Cosa intendi?»

Eudoxia inclinò la testa di lato. «Mettiamola così: vorresti stare senza di lui?»

Lena ricordò la sensazione che aveva provato nel dire addio a Kostos al traghetto, l'ultima volta. «Ma questo non vuol dire che voglio stare con lui.» Perché tutti cercavano sempre di ridurre il mondo a scelte binarie, bianco o nero, A o B, questo o quello?

Eudoxia non parve colpita.

«Ci siamo resi infelici a vicenda, più che altro» disse Lena con veemenza. «È vero. È tutta una grande sofferenza tra noi due. Se chiedessi a Kostos: Lena ti ha procurato più gioia o dolore? In tutta sincerità, ti risponderebbe nello stesso modo in cui farei io a proposito di lui.»

Eudoxia scrollò la testa. «È stupido.»

Lena si sentì come se Eudoxia le avesse dato uno schiaffo. «È stupido? Grazie tante.»

Eudoxia non parve pentita. «Siete stati infelici perché non siete stati vicini. Se foste insieme, sareste felici.»

Lena ripercorse tra sé la loro lunga e tormentata storia. Era tutta fatta di addii laceranti e lettere struggenti. Di Kostos che stava con altre, e non con lei.

Non poteva essere tutto così semplice, vero? Non era proprio possibile. I loro tormenti erano reali e importanti, fatali e psicologicamente complessi.

Giusto?

Poi successe un fatto stranissimo. La coscienza di Lena parve spostarsi dal suo corpo a quello di Eudoxia. A un tratto la mente di Lena esisteva in cima al corpo robusto e generoso di Eudoxia, e guardava attraverso i suoi occhi scaltri.

Da quella prospettiva Lena vide la situazione in maniera diversa, e in effetti pareva stupida. Più che stupida. Era una di quelle cose molto stupide a cui Lena si aggrappava. Un'altra parte della sua spaventosa mitologia che la spingeva a vedere perfino i fatti più semplici come se fossero complicatissimi e terrorizzanti.

Sentendosi stupida, Lena tornò miseramente al proprio corpo. Se avesse voluto tenere per sé le sue magagne personali, quello sarebbe stato il momento giusto per pagare il conto e andarsene a casa, ma capì che non poteva farlo.

Ormai si era spinta troppo oltre.

Lena fissò il viso sagace di Eudoxia e si sentì decisamente stupida, ma questo non la tranquillizzò. I problemi erano anche altri. «In oltre quattordici anni, da quando ci siamo conosciuti, non ci siamo spinti molto oltre qualche bacio. Come possiamo prenderci un impegno alla cieca quando non sappiamo nemmeno come stiamo insieme?»

Eudoxia scartò quel problema con un gesto secco del polso. «Anatole e io non ci eravamo quasi neppure baciati. La maggior parte delle coppie nella storia del mondo non si erano nemmeno baciate prima. Da quando il mondo è cambiato e la gente ha cominciato a fare di tutto, tanti divorziano.»

«Credi?» Lena avrebbe voluto suonare in qualche modo sarcastica, ma non ci riuscì.

«Certo. È meglio così. Ci sono molte più cose da desiderare.»

Lena si dibatteva nel dubbio, mentre Eudoxia se ne stava seduta come la regina delle certezze.

«Oh, e un'altra cosa. Credo che stia per sposarsi.» Lena aveva sfoderato il suo asso nella manica.

Eudoxia rispose con filosofia, facendo spallucce. «Allora è probabile che non venga.»

Lena balzò in piedi per protestare. «È probabile che non venga! E questo ti sembra giusto? Credi che io ci debba andare ma pensi che lui non si farà vedere?»

«Non credo che non si farà vedere.»

«Ma pensi che sia possibile.»

«Certo che è possibile.»

«Come posso andarci se lui non ci viene? Quanto sarebbe patetico ritrovarmi lì ad aspettare da sola?»

Eudoxia si fece più seria. «È quello che stai facendo comunque, mia cara.»

Lena chiamò Eudoxia tre ore dopo che si furono salutate, probabilmente perché non le era rimasto un briciolo di orgoglio.

«Credi che verrà?»

«Non lo so, cara.»

«Sembri così sicura, come se sapessi già quello che succederà.»

«No. So solo quello che mi auguro che succeda.»

«Ma cosa credi che succederà?» Lena riconobbe che si stava comportando come una quindicenne.

«Credo che tu debba prendere questa decisione da sola. Credo che tu abbia bisogno di capire quello che vuoi, per cercare di ottenerlo. È l'unica cosa che puoi fare. Tutto il resto non è in tuo potere.»

«Bene, bene. Lo so.»

«Invecchiando s'impara che c'è una frase di quattro parole che offre più conforto di qualsiasi altra. Ed è... Pronta?»

«Pronta.»

«Almeno ci ho provato.»

Lena sospirò. «D'accordo. Ho capito. Davvero.» Si sentiva patetica. «Ma verrà? Voglio solo sapere quante possibilità ho, secondo te. Dimmi cosa ne pensi davvero.»

«Credo che Tibby fosse una ragazza saggia. Penso che ti volesse bene.»

Quando difendiamo i nostri limiti,
non facciamo che conservarli.

Evelyn Waugh

Il pomeriggio in cui doveva prendere l'aereo per New Orleans, Carmen si fermò al negozio della Apple per disabilitare il vecchio telefono e attivare quello nuovo che Tibby le aveva lasciato.

Dovette fare la fila, e poi aspettare un'eternità perché l'"esperto" trasferisse la rubrica, perciò quando uscì di lì era tardi.

Quando arrivò di corsa al loft, l'auto nera la stava già aspettando per portarla all'aeroporto. Finì di fare le valigie in fretta e furia. Scese, ma dovette tornare su di corsa perché si accorse di aver dimenticato la borsa dei trucchi. Quando l'auto imboccò FDR Drive era mezz'ora in ritardo.

Dovrei farcela, si disse Carmen. Spesso il check-in chiudeva in ritardo. Pensò di passare il tempo a controllare la posta elettronica e a telefonare, ma il nuovo cellulare aveva qualche problema. Forse ci voleva del tempo perché la compagnia telefonica trasferisse l'utenza.

Le prudevano le dita. Sfilò una copia di *People* dalla tasca del sedile davanti, e pensò a quanto le piacevano quelle riviste un tempo. All'università di Williams, tra Dostoevskij e Marx, si ingozzava di *US Weekly* e *OK!*.

Allora aveva creduto che fossero uno specchio fedele

del magico mondo delle celebrità. Ma più conosceva il suo mestiere, meno apprezzava le riviste. In ogni pagina scorgeva gli intrighi, i meccanismi di quel mondo. Vedeva le copertine comprate o barattate con altri favori. Un tempo si lasciava abbagliare dalle fotografie scattate sul tappeto rosso, ormai non vi vedeva altro che botox e denti falsi, diete ferree e scotch biadesivo.

Forse avevano perso il loro fascino il giorno in cui si era vista in una di quelle immagini. Era una foto scattata sul tappeto rosso dei Golden Globes, e probabilmente pareva affascinante, a un occhio inesperto. Ma quando la vide, le venne in mente soltanto il sudore che le scendeva sulla schiena, il sapore disgustoso che aveva in bocca perché non mangiava da tre giorni, lo scotch che reggeva il vestito, la confusione di fotografi che abbaiavano il suo nome, il suo sorriso stampato sul viso. Non c'era stato nulla di magico in quel momento.

«A che ora ha il volo?» chiese l'autista.

Carmen levò lo sguardo. «Uhm. Sei meno un quarto, credo.» Guardò il cellulare morto. L'ora del volo era lì dentro, così come le informazioni sulla compagnia aerea e il terminal. Si chiese che ore fossero. Accidenti, anche l'orologio era nel telefono. La compagnia telefonica poteva anche spegnerle il cervello, già che c'era.

«Sarà dura» disse lui.

«Cosa?» Quando se lo sentì dire, si rese conto che l'auto non si muoveva da un po'. Guardò fuori del finestrino. Si sollevò per vedere attraverso il parabrezza. «Che succede?»

«Ci dev'essere stato un incidente. Non ci si muove.»

Scorse il ponte di Triboro in lontananza, ma c'erano migliaia di altre macchine davanti alla loro. Udì dietro di sé le sirene dei mezzi di soccorso che cercavano di farsi strada. Le corsie di FDR Drive erano così stipate che le auto non riuscivano a spostarsi per lasciarli passare. Partì una raffica di clacson.

Infine scorse un vecchio orologio sul cruscotto. Erano quasi le cinque. «Può uscire di qui?»

L'autista girò la testa per scoccarle un'occhiata. Non poteva andare da nessuna parte. Era una domanda troppo stupida per meritare una risposta.

Carmen provò ad accendere di nuovo il telefono, ma si spense subito. Era un problema di batteria? Dove avrebbe potuto ricaricarla?

Passarono altri venti minuti, e nessuno si mosse tranne due macchine della polizia e un'ambulanza che riuscirono a rompere quell'immobilismo. «Merda» imprecò Carmen, come faceva ogni due minuti. Fissò il telefono con panico crescente. Che cosa poteva fare? Non poteva chiamare la compagnia aerea, non poteva chiamare la sua manager, non poteva chiamare l'agenzia di viaggio. Come se la cavavano quando non esisteva l'iPhone?

Lesse ogni singola pagina di *People*, compresi gli strambi annunci in fondo. Alle cinque e quarantacinque alzò la testa per ammettere ufficialmente che aveva perso l'aereo.

«Che cosa vuole fare?» chiese l'autista.

«Andare all'aeroporto, direi» rispose. Si sentiva menomata senza il telefono. «Dovrò prendere il prossimo volo.»

Per fortuna l'incontro era fissato per martedì. Avrebbe solo dovuto assimilare la cultura locale un po' più in fretta.

Lesse il *New York Times* e perfino il *Financial Times*. Non arrivò all'aeroporto prima delle sette e venti. Andò al banco della Delta Air Lines e si affidò al personale della compagnia.

«Per piacere, mi dia un posto sul prossimo volo per New Orleans» disse.

La donna della Delta parve schiacciare su ogni singolo tasto del computer almeno cento volte. «Il prossimo volo su cui le posso dare un posto è martedì pomeriggio.»

«Cosa?»

«Mi dispiace.» Premette altri tasti.

«Oggi è sabato. Com'è possibile?»

L'addetta scrollò le spalle. «Non glielo so dire.»

«Ne è sicura?»

Guardò di nuovo lo schermo. Si chiamava Daisy e aveva una tinta per capelli da quattro soldi. Carmen non poteva ancora permettersi di odiarla. «Mi dispiace. La maggior parte di questi voli ha già problemi di overbooking.»

«E con un'altra compagnia aerea?»

«Be', non potrei...»

«La prego.» Carmen sentì che avrebbe potuto scavalcare il banco e impossessarsi del computer. Fremeva dall'impazienza di interagire con un mezzo digitale.

«D'accordo, mi faccia controllare» disse Daisy. Guardò il monitor, scosse il capo, guardò di nuovo, scosse il capo. Il ticchettio delle unghie sui tasti innervosiva Carmen. Come mai una persona che batteva su una tastiera tutto il giorno per lavoro si lasciava crescere le unghie in maniera così grottesca?

«Allora?» sbottò Carmen con piglio autoritario.

Daisy sollevò il telefono. Mormorò qualche parola e annuì a più riprese. Infine guardò Carmen. «C'è un importante festival di musica a New Orleans questo weekend, che dura fino all'inizio della settimana prossima. Sembra che sia questo il problema. Nessuno ha posto fino a martedì.»

«Nessuno?»

«Nessuno.»

«Cosa dovrei fare?» chiese Carmen. Quanto avrebbe voluto che ci fosse una hostess un po' più sveglia, dietro il banco.

Ma anche Daisy pareva desiderare una cliente migliore di lei. «Aspettare fino a martedì?»

«Non posso!» sbottò Carmen. «Ho un appuntamento proprio martedì! È l'appuntamento più importante di tutta la mia carriera.»

Perfino Daisy era un essere umano, dopotutto. «Può andarci in macchina.»

«Non ho una macchina.»

«Può noleggiarla.»

«Non posso guidare per mille ore da sola!» Non era nemmeno tanto sicura che la sua patente fosse ancora valida. Guidava a dir tanto due volte all'anno, quando andava a trovare sua madre, David e Ryan.

Daisy le scoccò un'occhiata materna. Carmen pensò

che quasi tutte le persone si tramutavano in madri, se ci si comportava da bambini piccoli. «Non può prendere il treno?» suggerì Daisy.

«Ci sono treni che vanno a New Orleans?» In effetti Carmen si era dimenticata che esistesse la ferrovia. Un tempo le piaceva il treno. Una volta aveva preso il treno di notte per andare a trovare suo padre in South Carolina, e lo aveva trovato entusiasmante.

«Ma certo. Ci sono per forza. Ci metterà un po'.»

«Potrebbe verificare?»

«Posso...?»

«Sì. Sul computer.»

«Mi sa che le conviene chiamare le Ferrovie.»

Sarebbe stato d'aiuto o controproducente se si fosse messa a piangere? «Non ho il telefono. Non funziona» spiegò Carmen.

Daisy si guardò intorno per scongiurare il pericolo di farsi beccare mentre faceva una ricerca per un viaggio non aereo. A un tratto Carmen la trovò adorabile.

Daisy avviò internet e digitò i parametri di ricerca. Inarcò le sopracciglia. «Be', che ci creda o no, c'è un treno che parte da Penn Station stasera alle 21.59 e arriva a New Orleans alle 5.15 del mattino.»

«Domani mattina?»

«Lunedì mattina.»

«Sta scherzando?»

«No.» Daisy sfoggiò un'espressione comprensiva. «Ce la farà per l'appuntamento.»

Carmen ci pensò. Avrebbe assimilato la cultura locale alla velocità della luce. Ma aveva altra scelta?

«Sono quasi le otto. Mi sa che le conviene andare» le consigliò Daisy.

«Sì, ha ragione. Be', grazie.»

«Buona fortuna» le augurò Daisy con sincerità.

Carmen si guardò indietro diverse volte mentre usciva dall'aeroporto. Le fu stranamente difficile dire addio a Daisy, e si chiese se per caso non fosse il segnale che si sentiva sola.

Lena costeggiò il fiume. Negli ultimi giorni aveva fatto diverse passeggiate lungo l'argine. Si gelava, ma non ci badò. Poteva anche essere una benedizione. Il fiume avrebbe potuto esondare e sommergerla, e lei non se ne sarebbe forse nemmeno accorta.

Che cosa avrebbe fatto? E che cosa avrebbe fatto lui? No, no, no. Che cosa avrebbe fatto lei? (E lui, che cosa avrebbe fatto?)

Basta! Doveva solo decidere per sé. La sua situazione era una variante del Dilemma del prigioniero: il Dilemma dell'innamorato. Lena doveva agire a prescindere da quello che avrebbe fatto lui. Doveva fare la scelta giusta.

Ricordò una frase che le aveva detto Effie tanto tempo prima, quando era arrivata al punto di dover correre qualche rischio con Kostos. "Devi avere un po' di fiducia" le aveva detto.

Ma Lena capì che non intendeva fiducia in Kostos, ovvero che Kostos andasse lì per incontrarla, l'abbracciasse e volesse lei più di chiunque altra. Effie parlava della fiducia in se stessa, di sapere che sarebbe stata bene comunque, anche se lui avesse deluso le sue aspettative. Doveva fidarsi di se stessa: mentre ci provava, ma anche se non ci fosse riuscita. Era abbastanza forte da sopportare una sconfitta? Era abbastanza forte per vincere?

«Ti do cento dollari se mi fai funzionare il telefono in dieci minuti» tuonò Carmen al commesso brufoloso, nel negozio di telefonia a due isolati da Penn Station.

«Chiudiamo tra cinque minuti, signora» replicò lui.

Carmen lo incenerì con lo sguardo. Questo tizio non aveva ambizioni? O desiderio di fare soldi? Il Paese sarebbe andato a rotoli, se fossero stati tutti come lui. «Ti do cento dollari se mi fai funzionare il telefono in cinque minuti» disse più lentamente.

Il ragazzo parve spaventato. Non era Daisy. Il suo pomo d'Adamo continuava a muoversi su e giù. «Posso provarci.»

«Provaci, per favore.» Doveva dirgli che era un'attrice della tivù? Preferiva non farlo, ma certe volte funzionava con tipi come quello.

Il ragazzo accese il telefono. Premette un paio di tasti, poi quello Home. «È a posto» disse.

«Sul serio?»

Lui fece per restituirglielo, e Carmen glielo strappò di mano.

«Non me li deve, i cento dollari» concluse il ragazzo, magnanimo.

«Grazie» abbaiò lei mentre infilava la porta.

Comprò il biglietto del treno senza problemi con la

carta di credito. Scoprì che non c'erano cuccette libere, ma esisteva una carrozza ristorante.

Passò accanto all'edicola e guardò le riviste di moda. Non ne aveva bisogno. Il suo cellulare funzionava, le sarebbe bastato. Poteva leggere la sceneggiatura, fare telefonate. Poteva scrivere email e organizzare il matrimonio. Poteva giocare a quel gioco in cui si facevano atterrare gli aerei. Con un telefono funzionante in mano, sentì tornare la fiducia in se stessa.

Salì sul treno con largo anticipo. Appoggiò la testa allo schienale e chiuse gli occhi. Le era difficile credere di aver avuto tutti quei contrattempi senza parlarne a Jones. Di solito era il primo con cui si lamentava. Lui capiva sempre i suoi pasticci e le sue titubanze. Pareva quasi che se li aspettasse.

Carmen fu felice di avere due posti per sé nel treno buio. Era contenta che non ci fosse nessuno nella poltrona davanti a lei né in quella dietro. Se fosse riuscita a ricaricare il telefono, forse il viaggio non sarebbe andato poi tanto male.

Dormicchiò fino a Newark, quando il treno si fermò e salirono diverse persone. Sistemò la sua voluminosa borsa da viaggio nel posto accanto a sé, in modo che a nessuno venisse in mente di sedersi lì. Guardò la gente che si avvicinava alla spicciolata nel corridoio e la oltrepassava, grazie a Dio. Infine qualcuno le si fermò accanto. Era un uomo, con un bambino piccolo e un altro di pochi mesi, che occhieggiava i posti dall'altra parte del corridoio. *Vi prego, non sedetevi lì,* pensò. Sentì l'uomo che parlava in spagnolo a suo figlio.

Fu presa dallo sconforto quando si sistemarono. Ascoltò il bimbo che cinguettava a suo padre, in preda all'eccitazione. Oddio. Quanto ci sarebbe voluto prima che il poppante si svegliasse e attaccasse a strillare? Si chiese se non potesse farsi assegnare un altro posto. Quella era l'ultima cosa di cui aveva bisogno.

Mancavano otto giorni al fatidico incontro, cinque al momento in cui Lena avrebbe potuto aprire l'ultima lettera di Tibby, e Lena si comportava in un modo che non le sembrava affatto giusto. Lo faceva nel suo monolocale, da sola, e con troppa disinvoltura. Si era riproposta di cambiare rotta, ma non riusciva a fare altrimenti: si limitava ad aspettare, ecco.

Ma che alternativa aveva? Si sentì insolitamente incostante, nervosa, impulsiva, eppure inchiodata a quello schema; non sapeva far altro che struggersi e struggersi e ancora struggersi, e aspettare.

Più volte pensò di rileggere le venti preziose lettere che Kostos le aveva scritto, ma qualcosa glielo impediva. *Non voglio che diventino ricordi come tutto quello che lo riguarda.* Non li avrebbe esposti nel museo della memoria di Lena e Kostos. Forse in futuro ci sarebbero finiti, ma voleva che rimanessero vivi almeno per qualche tempo.

Fissò la busta chiusa di Tibby ed ebbe un'idea assurda. Se l'avesse aperta subito? Se non avesse aspettato?

Posso farlo?

Sentì uno strano rintocco nella testa. Strappò la busta con tanta foga che per poco non fece a pezzi la lettera che c'era dentro.

Mia carissima Lena,

mi rendo conto di aver preso in mano la tua vita con una mossa brusca e probabilmente sgradita. Può risultare maldestra, ma lo faccio perché ti voglio bene: so che lo sai.

Non c'è tempo, Lena. È il più amaro e splendido consiglio che posso darti. Se non hai quello che vuoi adesso, significa solo che non hai quello che vuoi.

So che detesti le scelte binarie. Hai sempre preferito l'opzione C, come la chiami tu, la terza via, che troppo spesso, mia dolce Lenny, significa nessuna via.

Ed eccomi a esigere A o B.

Sarò sincera con te e ti dirò che voglio vederti scegliere la A. Credo di aver capito Kostos. Non credo che ti abbia dimenticata. Credo che ti stia aspettando. Si trattiene perché sa che se venisse da te ti spaventerebbe. E comunque gli rimarrebbe sempre il dubbio. Devi arrivare a metà strada. Non pensavo che qualcuno potesse capirti e amarti quanto noi tre, Lenny, ma Kostos mi ha colpito.

Se scegli la B ti prometto di lasciarti in pace, di non tormentarti con altre lettere e richieste. Giuro che lascerò in pace anche Kostos. (E per dirla tutta, non è che io abbia molta scelta.) Non avrò più nessun dubbio né sarò delusa, ovunque sarò. Puoi liberarti di questo pensiero. Perché avrai scelto la tua strada e avrai smesso di prendere tempo, e io non chiedo altro.

Forse credi di poter avere più felicità in futuro se ci rinunci adesso, ma non funziona così. La felicità richiede tanto esercizio quanto l'infelicità. È vivendo che vivi di più. Aspettando che aspetti di più. Ogni giorno di attesa rende la tua vita un po' più povera. Ogni giorno di solitudine ti rende un po' più piccola. Ogni giorno di non-vita ti rende meno capace di vivere. Mi dispiace pontificare, amica mia, ma il mio corpo sta cedendo e oggi la mia testa è presa da questi pensieri.

(Ammetto di avere il desiderio segreto che tu apra questa lettera prima della data scritta sul retro.)

Vivi per me, Lenny, amica mia, perché io non posso più farlo e Dio sa quanto lo vorrei.

Nell'ora seguente accaddero due fatti che fecero venire a Carmen la voglia di spalancare il finestrino e andare incontro alla propria sorte saltando giù dal treno.

Prima venne il pianto. Non appena Carmen ebbe reclinato il sedile, si fu procurata un cuscino e una coperta dall'addetto di nome Kevin, così recitava il suo cartellino, ed ebbe chiuso gli occhi per riposare, attaccò. Dapprima brevi colpi di tosse a distanza di qualche secondo che si fecero sempre più frequenti, fino a saldarsi in un pianto vero e proprio.

È uno scherzo, pensò. Guardò di sottecchi l'uomo che doveva essere il padre. Ma dov'era la madre? Era con loro? Magari era in bagno e al suo ritorno avrebbe calmato il bambino.

Poi ci si mise il cellulare. Quando Carmen fu del tutto sveglia a causa del pianto e non ebbe più alcuna speranza di dormire, per distrarsi prese il telefono. Ma quando cercò di attivarlo, lo schermo rimase buio. *È tutto a posto, non farti prendere dal panico,* si disse. Era un telefono un po' lunatico, ecco tutto. Tenne premuto il tasto di avvio per un momento. Sempre buio. D'accordo, doveva essere colpa della batteria. Afferrò il caricabatterie e per fortuna trovò una presa di corrente. Inserì la spina e attese. Certe volte ci volevano alcuni istanti. Conosceva l'ottuso bioritmo di quei telefoni meglio di quello del suo corpo.

Finalmente si accese. Il cerchio del caricamento prese a girare e lo schermò si illuminò. Ma quando Carmen vide l'icona apparire sullo schermo, fu assalita dalla paura, che prese a battere come un tamburo sul pianto in sottofondo, in una colonna sonora degna di un film dell'orrore.

A risplendere era la spaventosa icona che ti ordina di collegare il telefono alla scheda madre di iTunes, altrimenti sei finito. E in questo caso la scheda madre si trovava nel computer del suo salotto, ultimo modello a schermo gigante, ma del tutto inutile. Questo telefono-figlio non era così indipendente come gli piaceva fingere.

Lo spense e accese di nuovo senza la minima speranza. La stessa icona.

«Oh, merda» mugugnò Carmen. Normalmente si sarebbe sentita in colpa a imprecare in presenza di bambini, ma erano loro a doversi sentire in colpa. «Merda» disse di nuovo. La sua mente sfrecciò in cerca di soluzioni possibili. Con chi poteva lamentarsi? Chi poteva corrompere? Chi poteva sedurre?

Nessuno. Era ridotta a due cifre, 0 e 1, e quelle se ne infischiavano di lei. Lei amava il suo telefono, era il suo telefono a non volerle affatto bene.

Pensò a Tibby con irritazione. Bel regalo. Poi inorridì. Come poteva prendersela con l'amica che non c'era più?

Si rese conto che stava sudando. Il cuore le martellava. Non poteva chiamare nessuno! Non poteva scrivere a nessuno! Non poteva leggere la sceneggiatura! Aveva un bisogno disperato di chiamare Jones e dirgli che non poteva chiamarlo.

Levò lo sguardo al soffitto. Guardò fuori nell'oscurità, le nubi nere e vaporose di inquinamento, le luci sinistre del New Jersey industriale o Delaware o dovunque fosse. Non poteva passare altre trentadue ore su quel treno senza nessuno con cui parlare e niente da fare. Non ce l'avrebbe fatta.

Non puoi ucciderti per un telefono, obiettò una voce ragionevole nella sua testa. *Certo che puoi,* ribatté una voce meno ragionevole.

Appoggiò la testa sul cuscino e cercò di respirare a fondo. Si sforzò di calmare il battito del cuore. Ma tutti i trucchi che conosceva per risollevarsi erano impraticabili. Chiamare sua madre? No. Controllare le previsioni del tempo? No. Aggiornare la sua bacheca di Facebook? No. Cercare le sue rivali con Google? No. Leggere l'oroscopo? No.

Come una tossica, avvertì la mancanza e il tremito tanto forti che le venne da affondarsi le unghie nella pelle. Come una tossica, si ritrovò a cercare di arraffare una dose, per quanto autodistruttiva: poteva scendere a Baltimore e comprarne uno nuovo, chi se ne importava se perdeva l'appuntamento! Poteva offrire mille dollari a chiunque sul treno le avesse venduto il suo! Meglio ancora, poteva rubarne uno! Pazienza se non aveva la casella di posta elettronica né la sua rubrica.

Che importava se gli unici numeri che conosceva a memoria erano quelli di Lena, Bee e Tibby.

Come una tossica, Carmen fu investita da ondate di nausea e disperazione per tutta la notte. Forse ebbe perfino le allucinazioni, credette di vedere dei ragni, ma non ne era sicura.

A un certo punto della sua disperazione, si rese conto che il bimbo aveva smesso di strillare e che la madre non era ancora tornata.

Non sapendo
quando l'alba arriverà,
apro tutte le porte.

Emily Dickinson

Al mattino presto, Carmen prese diverse tazze di caffè dalla carrozza ristorante e sfogliò le abominevoli riviste del treno.

Scambiò qualche parola con Kevin, che veniva da una città chiamata Goose Creek, a ovest di Charleston, ma non aveva mai sentito nominare la via in cui abitava suo padre.

Poi andò di nuovo alla carrozza ristorante e comprò un sacchetto di noci. Chiese qualcosa da leggere a Inez, la signora dietro il bancone, ma non aveva niente. Aveva un mazzo di carte, però. Infine Inez rovistò nella sua borsa e porse a Carmen lo stesso numero di *People* che aveva passato novanta minuti a leggere sulla via verso l'aeroporto.

Rassegnata, Carmen tornò al suo posto. Non aveva mai passato tanto tempo della sua vita adulta senza controllare la posta elettronica, Facebook, Twitter, né telefonare.

Che cosa faceva la gente prima di avere il cellulare? Era una domanda importante. Aveva bisogno di saperlo. E lei che cosa faceva prima di avere un telefono? Ricordava i lunghi viaggi in auto per Bethany Beach e quelli infiniti per andare a trovare i prozii a Fort Myers, in Florida. Che cosa faceva? Non leggeva niente, nemmeno le riviste, leggere le faceva venire il mal d'auto.

In realtà Carmen sapeva quello che faceva. Pareva strano, ma lo sapeva. La Carmen di un tempo, che non aveva il cellulare, guardava fuori del finestrino e pensava.

Era troppo stanca per essere ancora stizzita e indignata, perciò si mise a riflettere con sincerità. Ma era ancora capace di pensare?

Guardò fuori. Cercò di indovinare dove si trovava. Le pareva di aver sentito il controllore che annunciava una stazione in North Carolina non troppo tempo prima. Osservò gli alberi che cominciavano a coprirsi di gemme e si facevano via via più verdi. A New York le piante erano ancora spoglie e desolate, ma qui stavano già germogliando e sbocciando a più non posso. Mentre il treno sferragliava verso sud si tuffarono nella primavera, scavalcando intere settimane in poche ore.

Provò una certa nostalgia di casa, vedendo tutti quei fiori: i ciliegi e i cornioli e le magnolie e quelli rosa, comunque si chiamassero. Erano i fiori che popolavano il quartiere in cui era cresciuta, che le cadevano sui capelli come neve primaverile. Anche a New York dovevano esserci, magari in qualche parco, ma lei non li aveva mai visti.

Se stavano attraversando il North Carolina, dopo sarebbe venuto il South Carolina. E a quel pensiero provò una nuova fitta di rimpianto. Se si fosse trovata su un aereo e fosse passata sopra questi luoghi, non ci avrebbe pensato affatto, ma in quel momento stava per attraversare lo Stato in cui suo padre viveva da quando lei aveva sei anni. Era il posto in cui era stata tante volte, su cui aveva fantasticato, che l'aveva delusa e fatta crescere, in qualche modo. Era il posto in cui aveva conosciuto il suo fratellastro Paul, e anche sua sorella Christa, ma era lui a giganteggiare nel ricordo. Le pareva che Paul avesse trasmesso all'intero Stato il coraggio e la sofferenza che aveva provato, pur senza averne l'intenzione. Era il posto in cui Lydia si era ammalata ed era morta. Le parve triste passare di lì senza parlare con nessuno.

Quando udì il bimbo gridare, levò lo sguardo. Le si strinse la gola, e si chiese se per caso la morte di Lydia non l'avesse colpita più di quanto aveva creduto, o se fosse colpa del telefono che le aveva trasmesso la tristezza che veniva da Tibby.

Per una volta il bimbo non piangeva, anzi, sorrideva e cercava di esprimersi. I suoi suoni somigliavano a parole, senza esserlo davvero. Carmen notò che in realtà era una femmina. Aveva la pelle olivastra e grandi occhi scuri. I suoi capelli si incurvavano in delicati riccioli bruni e lucidi. *Aspetta un po'*, pensò Carmen, *anche i miei capelli erano così quando avevo la tua età.*

Carmen si arrese all'evidenza che la madre non poteva essere stata in bagno dieci ore di seguito, e che quindi non era affatto su quel treno. Guardò il padre scarmigliato e lo compatì. Aveva un gran coraggio a viaggiare da solo con due bambini piccoli. *Non avevi un'alternativa?*, gli chiese tra sé.

Carmen non poté fare a meno di guardarli. Per

quanto scarmigliato, il padre aveva una certa dignità che era raro trovare nei genitori che hanno bambini piccoli. Indossava pantaloni di tela e una giacca di jeans sbiadita sopra una maglietta grigia. Mentre camminava lungo i corridoi, Carmen aveva notato che tutti si erano tolti le scarpe ormai, tranne lui. Calzava scarpe appuntite di cuoio marrone, consumate ma eleganti, del tipo portato dagli uomini d'affari vestiti bene.

Capì che non era portoricano. Si convinse che fosse messicano, per qualche ragione, ma era un po' troppo alto. Sperò di sentirlo parlare, per capire l'accento. Se prima non lo aveva neppure guardato, adesso era curiosissima.

Aveva capelli scuri e lisci, piuttosto lunghi e setosi. Le venne in mente Ralph Macchio in *Karate Kid,* e dovette soffocare una risata. Si era presa una cotta per Ralph Macchio, ai tempi. Poi pensò a Jones e alla sua testa rasata.

L'uomo la guardò, come se si sentisse osservato. Carmen sorrise: una proposta di pace dopo tutte le occhiate truci e le imprecazioni che aveva lanciato durante la sua fase di astinenza dal telefono. Il viso dell'uomo si alterò leggermente, ma non si poteva definirlo un sorriso.

Carmen si augurò che il bambino più grande parlasse a suo padre, e finalmente lo fece: disse che aveva bisogno di andare in bagno. Carmen non riuscì a indovinare l'accento, perciò aspettò con ansia la risposta del padre, ma lui parlava poco, e si limitò ad annuire. Assomigliava un po' a Paul in versione latinoamericana.

Tuttavia, quando si alzò, l'uomo fece un gesto piuttosto sorprendente. Si voltò verso Carmen e disse: «Mi scusi. Può... potrebbe... tenere per me... la bambina?» Il suo inglese stentato era affascinante, e Carmen capì che non si era reso conto che lei era di madrelingua spagnola.

Fu troppo sorpresa per fare qualsiasi cosa che non fosse prendere la bimba. Lui l'aveva vista come una donna, forse una madre. Aveva pensato che avrebbe saputo cosa fare. Non si era accorto che era solo un'attrice.

«Torniamo subito» le disse, guidando il bambino che si contorceva verso il bagno in fondo alla carrozza.

E così Carmen si ritrovò con la bambina in braccio. Sulle prime fu presa dal panico. Cercò di ripensare ai primi tempi con Ryan. Ma allora aveva diciotto anni e si limitava a tenerlo in braccio il minimo indispensabile. Tibby, che era la sua madrina, doveva averlo tenuto tre volte più di lei.

Carmen cercò di avvicinare a sé la piccola, di non tenerla come se fosse un fagotto contagioso. Si sistemò in grembo l'ingombrante pannolino. La bimba la guardò con i suoi occhi enormi. Non esprimeva giudizi, si limitava a fissarla.

«Ciao, patatina» disse Carmen. Sorrise e la piccola ricambiò. Fu gratificante. Le fece fare qualche balzo sulle sue ginocchia. Il sorriso della bimba si allargò. Carmen fu costretta a chiedersi: *Chi altro ti diventerebbe amico in così poco tempo?*

«Ehi, pannolina» tubò Carmen.

La bimba lo prese come un complimento e sorrise di

nuovo. Cercò di afferrare il viso di Carmen, ma lei si ritrasse.

Carmen stava spiegando alla bimba che cosa fossero i capelli, quando tornarono il padre e il fratello.

Questa volta l'uomo rivolse a Carmen un vero sorriso. Sollevò la bimba con gratitudine, ma lei non pareva affatto intenzionata ad andarsene. Si piegava e si allungava verso Carmen mentre veniva allontanata. Attaccò con i colpi di tosse. Carmen si sentì molto lusingata. Più lusingata di quando Bobbi Brown le aveva detto che aveva ossa forti. «Non c'è problema, posso tenerla ancora un po'» propose Carmen. Non che avesse molto altro da fare.

«Lei... non dispiace?» chiese il padre.

«No, affatto» disse Carmen. Prese la bimba e la fece saltare ancora. Poi le sistemò il vestito e il pannolino e le accarezzò i capelli. «Sei molto carina.» Poi si voltò verso il padre: «Come si chiama?»

«Clara» rispose lui.

«Oh, che bel nome» commentò Carmen.

Mentre parlava alla bimba, si chiese perché non lo facesse in spagnolo. E ancora, come mai il padre non aveva capito che era latinoamericana? Per quanto avesse le *mèches* e il suo accento fosse pulito come quello di qualsiasi altra attrice newyorkese, si aspettava ancora che la gente si accorgesse delle sue origini. Non erano forse palesi?

Di sicuro le sembravano palesi quando era con Jones. *Eccolo con la sua ragazza latinoamericana,* pensava. *Jones è un grande, si sposerà con quella ragazza portoricana,* immaginava di sentir dire ai suoi amici e colleghi. E per lui si sforzava di trattenersi. Non chiacchierava e strillava con sua madre in spagnolo come faceva un tempo. Si lisciava e sfoltiva i capelli. Teneva sua nonna e vari altri zii e cugini a distanza, in modo che lui non si sentisse a disagio e i portoricani rimanessero pittoresche figure sullo sfondo.

Ricordava la sua agente e il suo manager ripetere in tante occasioni: "Non vogliamo incasellarti. Tu sei in grado di recitare qualsiasi cosa. Non prendiamo la strada latinoamericana. Potrebbe essere limitante." Ricordava che la sua agente pubblicitaria aveva rifiutato un servizio sulla rivista *Latina*. "Vediamo prima se riceviamo altre proposte. Potrebbe precluderti altre possibilità" le aveva spiegato.

Allora si chiese che cosa le era successo. Cos'avrebbe pensato sua nonna? Si era trattenuta talmente tanto da non essere più nemmeno se stessa?

Clara le tirò una ciocca con fare giocoso e Carmen passò un certo tempo a sfilare i capelli dal suo pugno appiccicaticcio. Quando la bimba alzò la voce, il padre diede a Carmen un biberon, e Carmen lo prese con gratitudine. Si sistemò Clara in grembo e cercò di trovare il modo migliore per darle il biberon. Sembrava che la bambina sapesse come fare, ma non impedì a Carmen di sentirsi piuttosto brava. Clara le regalò un paio di sorrisi con la tettarella in bocca. Le sorridevano anche gli occhi, e a Carmen quel desiderio istintivo di entrare in comunicazione parve molto dolce. *Siamo tutti così all'inizio?*, si domandò.

Carmen reclinò lo schienale e si rilassò al suono della bimba che poppava, finché il corpicino di Clara non si fece pesante e il biberon ciondolò di lato. La sentì rigirarsi alcune volte, e si rese conto che si era addormentata. Allora prese il biberon con delicatezza e lo posò sulla poltrona vuota accanto a sé. Raggomitolò la bimba e coprì entrambe con la coperta. Poi girò la testa per guardare dal finestrino la primavera che sfrecciava, fuori.

I pensieri si susseguivano. Pensò soprattutto alla Pennsylvania, al 2 aprile, e alle cose che più rimpiangeva. Ma Clara dormiva sul suo petto; si fidava abbastanza di lei da cedere all'incoscienza con la testa posata sul suo cuore. Per quanto Carmen si sentisse uno strazio, questo le diede un certo sollievo.

«Doxie, sono Lena» disse al cellulare.

«Lena, dove sei?»

«All'aeroporto.»

«Dove vai? Oh, Gesù.» Si bloccò e fece uno strano verso. «Ci vai?»

«Ci vado.»

«Non è ancora il momento, giusto?»

«Non voglio più aspettare. Non posso. Vado a trovarlo a Londra.»

«Vai a Londra?»

«Ho venduto un quadro a un'amica della mamma. Sta bene con il suo divano.»

«Sembri una ragazza diversa, mia cara.»

Poi compose un altro numero, con le dita che tremavano. Le era difficile, perfino nello slancio del momento.

Sentì subito scattare la segreteria telefonica: non se lo aspettava da Carmen, che usava il telefono più di chiunque altra persona che conoscesse.

Lena non sapeva che cosa fare. Finalmente aveva qualcosa da dire, ma non c'era Carmen ad ascoltarla, e il suo non era il genere di discorso che si può affidare a una segreteria, ma non poté trattenersi.

«Carmen, sono Lena. Ho scoperto una cosa. Tibby non si è uccisa.» Sentì un singhiozzo sfuggirle dalla gola. «Non voleva morire. Aveva qualche problema. Sapeva che stava per morire, ma non è che lo volesse. Non so cosa sia successo o come spiegarlo, ma una frase nella sua lettera mi ha convinta che è questa la verità.»

Lena si rese conto che piangeva mentre parlava, in mezzo al gate D7. «Comunque lei non c'è più, e forse sapere queste cose non cambia niente.» Si pulì il naso con la mano. «Ma in realtà cambia tutto.»

A un certo punto tra Gastonia, in North Carolina, e Spartanburg, in South Carolina, Carmen restituì Clara a suo padre, e vide suo fratello avvicinarsi a lei. Aveva capito che il bambino si tormentava da un paio d'ore perché la poppante incapace di parlare si era fatta un'amica e lui no. Era un libro aperto per lei, e le venne da chiedersi quanto fosse progredita nella vita per ritrovarsi in perfetta sintonia con le emozioni di un bambino di tre anni.

Le disse che si chiamava Pablo, mentre andavano insieme verso la carrozza ristorante. Alzò la mano per tenere quella di lei con la stessa naturalezza con cui camminava. Per lui non significava nulla, per lei sì.

Carmen guardò il suo braccio teso e ricordò quasi fisicamente il periodo della sua vita in cui "teneva per mano", quando alzava il braccio per stringere la mano di sua madre. Quella della sua insegnante. Rivide se stessa mano nella mano con Bee, che la strattonava per il giardino senza lasciare la presa. Riprovò la sensazione di tenere la piccola mano di Tibby, che sgusciava via. E quella di Lena, che di solito si faceva trascinare. Lena era lenta e si distraeva spesso quando andavano da qualche parte, perfino dall'ambulante dei gelati. Ma si tenevano per mano comunque, certe volte perfino in tre, anche quando a pensarci bene era più un impiccio che altro. Perché? E quando avevano smesso? In prima elementare forse? A un certo punto era sembrata una cosa da piccoli. Lei doveva essere stata senz'altro l'ultima a smettere.

Pablo chiese una barretta al cioccolato e Carmen era sul punto di comprargliene due, quando si bloccò al ricordo di come si sentiva più o meno alla sua età, dopo una scorpacciata di dolci. Halloween, Natale e Pasqua erano un susseguirsi di comportamenti convulsi, seguiti dalle lacrime. Si ricordava di aver pianto sul suo cestino rosa di Pasqua ogni anno.

Perciò lo mise seduto sul bancone e studiò il menu. «Hai mai mangiato mele e formaggio?» gli sussurrò in spagnolo, come se fosse un segreto internazionale.

Lui scrollò la testa, incuriosito.

«Separati sono buoni, ma insieme, nello stesso boccone, sono così buoni che non si dovrebbero mangiare.»

Al bambino l'idea piaceva.

«Vuoi che ti faccia vedere?» Si guardò intorno, come se fosse preoccupata che qualcuno la sentisse.

Lui annuì inarcando le sopracciglia.

Carmen comprò due mele, un pacchetto di formaggio e uno di cracker, e prese un coltello di plastica. Si sedettero a un tavolo, uno di fronte all'altro, lui proteso in avanti per osservare ogni mossa di lei. Carmen tagliò la mela a pezzetti regolari e vide che lui li occhieggiava con avidità.

«Bene, ma non puoi ancora mangiarli, perché così sarebbe soltanto una mela» gli spiegò in spagnolo. Tagliò il cheddar arancione a cubetti. «Fai come me» gli disse. Mise un pezzo di formaggio su un pezzo di mela, e lui la imitò. Li portò alla bocca. «Pronto?»

Lui sorrideva, entusiasta. Carmen si ricordava che i bambini hanno un debole per qualsiasi piccola cerimonia. Anche lei un tempo si lasciava incantare da qualsiasi cosa.

«Bene.» Mise in bocca la mela e il formaggio, e Pablo fece lo stesso. Era così eccitato che forse non se li stava neppure gustando. Aspettava di vedere la reazione di lei. Carmen chiuse gli occhi e annuì, assaporando. Lui fece lo stesso.

«Buono, eh?» chiese in inglese.

«Buuuoooono.»

Ne mangiarono un'altra decina a testa, componendoli in modi diversi, come panini, come torri. Pablo volle portare gli ultimi pezzi a suo padre. «Si può?» chiese in spagnolo.

«Sì» rispose lei.

Suo padre li mangiò ringraziando e seguendo tutte le istruzioni di Pablo. Sembrava aver capito che quei bocconi erano degni di un segreto internazionale.

Carmen tornò a sedersi e guardò Pablo che raccontava l'intero episodio a suo padre, in ordine sparso. Il papà rimase ad ascoltarlo con una pazienza ammirevole. Assorbì il racconto senza pretendere che i fatti avessero un senso; anche la madre di Carmen faceva così, quando lei era piccola.

Carmen pensò al padre di Pablo. Non doveva essere molto più grande di lei, sulla trentina o poco più, ma era adulto. Pareva aver varcato un confine che lei non aveva ancora attraversato.

Jones aveva quasi quarant'anni, ma l'aveva oltrepassato, quel confine? Probabilmente no. Forse dipendeva dalla paternità. Magari era dovuto al fatto di diventare genitore, cosa che Jones aveva giurato di non voler provare.

Carmen si appoggiò allo schienale e guardò fuori del finestrino. Di quando in quando scoccava un'occhiata alla famigliola accanto.

Clara dormiva e Pablo rimase seduto per terra a giocare con le stringhe di suo padre per almeno un'ora. Carmen si sentì orgogliosa di non essersi limitata a comprargli le due barrette al cioccolato.

C'era qualcosa di diverso dall'ultima volta in cui Lena era andata al 28 di Eaton Square. La differenza stava nel fatto che questa volta era impazzita.

Non perse la testa né si sentì affranta nel momento

in cui Harriet-la-fidanzata aprì la porta. Aveva i gemelli a forma di leone di Bapi nella tasca dei pantaloni ed era pronta a tutto. Kostos avrebbe potuto sbatterle la porta in faccia per tre volte di seguito, e lei avrebbe comunque suonato di nuovo per dire ciò che aveva da dire. Avrebbe fatto la sua parte. Si era già spinta oltre la metà della strada. Si sarebbe maledetta se non lo avesse fatto. *Almeno ci ho provato,* avrebbe potuto dire.

Harriet sembrava diversa. Indossava jeans e scarpe basse, e pareva una persona normale. Non del tutto normale – era molto più truccata di quanto fosse Lena all'ultimo ballo delle superiori – ma almeno ci si avvicinava.

Harriet guardò Lena dando segno di riconoscerla vagamente. Anche Lena sapeva di avere un aspetto diverso. Anche lei portava un paio di jeans. Aveva i capelli raccolti e una camicia nera; si sentiva adulta. La volta prima era terrorizzata. E questa volta era impazzita.

«Kostos è in casa?» chiese educatamente.

Harriet non aveva nulla di amichevole. «Sei già venuta qui?»

Niente paura. «Sì. Un paio di mesi fa.»

Gli occhi di Harriet cambiarono forma e lei parve diventare più imponente. «Come ti chiami?»

Lena si schiarì la voce. «Lena Kaligaris.»

«Perché sei venuta?»

«Per vedere Kostos.»

«Non c'è.» Harriet fece un passo avanti, ma Lena non indietreggiò.

«Sa quando torna?»

Harriet pareva combattuta tra sbatterle la porta in faccia e rispondere alla domanda. La sua espressione tradiva una certa curiosità, quel genere di curiosità morbosa che ci fa odiare noi stessi per il fatto di provarla. «Non ho idea di quando tornerà. Probabilmente mai.»

«Non è casa sua questa?»

«È casa sua ma non ci vive più. Si è trasferito. Credevo che *tu* lo sapessi.»

Lena era decisa a non tirarsi indietro. Doveva resistere. «Non lo sapevo.»

«Non sei la ragazza a cui ha scritto tutte quelle lettere, Lena Kaligaris? Sono piuttosto sicura che sei tu. Sei tu che hai fatto tutti quei disegni che aveva sulla sua scrivania di merda e attaccati allo specchio, no?»

«È probabile che sia io» rispose Lena, ferma ma senza sarcasmo.

Chi poteva sapere? Forse Kostos si scriveva con qualcun'altra. Lena aveva avuto delusioni peggiori di quella.

Harriet scoppiò in una risata triste. «Ha detto che erano lettere di amici. Molto divertente. Non si sta alzati fino alle due o le tre di notte a scrivere agli amici. Credevo che fosse venuto da te un mese fa.»

Lena abbassò lo sguardo e scosse il capo. «No.»

«Be', ti auguro buona caccia, allora. Salutalo da parte mia. È un uomo strano, sai. Non sta mai con te fino in fondo. E dire che mia nonna mi aveva avvertito di non scoparmi mai uno che non vuole il matrimonio; dovevo starla ad ascoltare. Be', per lo meno ho una casa niente male, non credi?»

“Sei stata mia amica”
rispose Charlotte.
“Questo è già di per sé
una cosa meravigliosa.”

E.B. White

Non era sua la fattoria in Pennsylvania.

A parte il fatto di essere una vecchia conoscenza, una spettatrice, una babysitter non ufficiale, Bridget non poteva rivendicarla in nessun modo. Ma dopo trentadue ore di viaggio attraverso il pianeta con una bimba sudata appiccicata al corpo, dopo quasi cinque mesi – e molto probabilmente altri due anni – vissuti nell'oblio, attraversò il giardino all'ombra dei salici e si sentì come se stesse tornando a casa.

Non sapeva che le piacessero le vecchie fattorie con dieci ettari di prati e campi e boschi, e granai riconvertiti, casette per gli ospiti, dispense per conservare la verdura o ghiacciaie. Non aveva mai desiderato queste cose. Ma mentre correva in giro con Bailey in braccio, scoprì che in qualche modo le aveva volute.

Forse era perché tutto fioriva davanti ai suoi occhi, nella giornata primaverile più perfetta che si fosse mai vista. Forse perché era il luogo che Tibby aveva trovato e deciso di chiamare casa. Forse era dovuto alla minuscola anima che si faceva strada dentro di lei e stava diventando una compagnia stranamente gioiosa per lei.

«Potremmo tenere degli animali qui» disse Bridget a Bailey nella stalla sotto il fienile. «È come in *La tela di*

Carlotta. Potremmo prendere maiali e pecore e asini. E cavalli.» Si sentiva un tantino strana a pensare al plurale.

«E...» Bailey si interruppe per pensare alle parole da dire: «Un ragno.»

«Scommetto che i ragni ci sono già» disse Bridget, indicando le ragnatele che luccicavano negli angoli della stalla, come se fossero un tesoro appena scoperto. Con Bailey ancora in braccio, attraversò l'ombrosa corte centrale, intorno a cui erano raccolte le costruzioni di legno.

«Potremmo fare l'orto lì. Coltivare pomodori, fragole e zucche.»

«Banane?»

«Se vogliamo, sennò possiamo anche comprarle.»

Brian, nella cucina mezza vuota, cercava di mettere insieme una merenda per Bailey. Bridget fece sedere la piccola sul piano di lavoro.

«L'avete comprata?» chiese a Brian.

«La casa? La fattoria, vuoi dire?»

«Sì.»

«Sì.»

«Tutta?»

«Tibby se n'è innamorata vedendo le foto.»

«Wow.» Non che fosse un posto di lusso. Bridget sapeva che non era costata milioni di dollari, eppure.

«Visto che ho finito quel programma, non saremo costretti a venderla.» Pareva leggermente più sereno.

«Buona notizia» disse lei. Aveva la sensazione che Brian stesse cercando di ringraziarla e si sentì come se lo avesse fatto.

Aveva sempre saputo che era una specie di genio del computer. Aveva sentito dire che la sua ditta stava decollando, ma non ci aveva badato. «Che programma è?» Non sapeva perché non glielo avesse chiesto prima.

«Un gioco. Un gioco di simulazione.» Brian si frugò in tasca e le diede un mazzo di chiavi. «Non sono ancora stato nella ghiacciaia. Ho visto solo le foto. Vuoi dirmi cosa ne pensi?»

Bridget lasciò Bailey e si avventurò da sola sul prato. La ghiacciaia era la costruzione più lontana, a una ventina di metri dalla casa padronale, sul margine del bosco. Mentre vi si avvicinava, scoprì che un ruscello correva lungo il suo lato più esterno.

Era una casetta in miniatura stretta e alta, fatta di assi bianche come la casa principale. Preparò le chiavi, ma scoprì che la porta era aperta.

Rimase un momento sulla soglia, stupita e leggermente perplessa. Le pareva di avere già visto quel posto, o forse l'aveva sognato. Il pianterreno era composto di due semplici stanze quadrate, una grande e una piccola. Quella grande aveva un angolo cottura, quella piccola era immersa nella luce che pioveva da un lucernario. Al piano di sopra c'era un unico ambiente cui si accedeva grazie a una scala a pioli. Da sotto, riuscì a vedere che aveva il soffitto alto, bianco e ampio, spiovente e con un secondo lucernario, attraverso il quale si intravedevano rami carichi di foglie e una porzione di cielo.

Si arrampicò sulla scala, poi tornò di sotto. Gironzolò nella stanza più piccola al pianterreno e scoprì un'altra porta. La aprì e sbirciò al di là. C'era una piccola veranda molto semplice protetta da zanzariere ai lati, che si allungava nel bosco e dava sul ruscello. Vi entrò, quasi incredula. Non avrebbe mai immaginato che uno spazio cintato potesse essere così affascinante. C'era una vecchia ottomana di ferro contro una parete. Andando fino in fondo e guardando giù, si vedeva il ruscello. Bridget non riusciva a riaversi dalla sorpresa: il profumo del bosco, il gorgoglio del ruscello, la qualità della luce. Faceva quasi male, tanto era perfetto.

Con una sensazione di leggero stordimento tornò nella cucina della casa padronale e porse le chiavi a Brian, ma lui non le prese.

«Com'è?» chiese lui.

«Perfetta» disse Bridget, leggermente affannata.

«Tibby era sicura che lo avresti detto.»

Quando il treno si fermò a Toccoa, poco dopo essere entrato in Georgia, Kevin fu sostituito da un nuovo addetto, Lee, il quale aveva un che di paramilitare, per come la vedeva Carmen; cominciò subito a chiedere i documenti dei passeggeri.

Carmen gli mostrò la patente, che a quanto pareva era ancora valida. Lee la esaminò a lungo insieme al biglietto. *Passi per questa volta,* pareva che dicessero i suoi occhi mentre si spostava lungo il corridoio.

Sulle prime Carmen non fece attenzione a ciò che Lee disse in fretta al padre di Pablo e Clara. Questi guardò nel portafoglio ed estrasse la patente. Aprì la valigia per prendere il passaporto. Carmen vide che non era un passaporto statunitense, ma non capì di dove fosse.

Lee cominciò a innervosirsi mentre il padre dei bambini cercava i biglietti, che infine trovò nel libro da colorare di Pablo. E non rimase incantato dai ghirigori che il piccolo aveva tracciato sui biglietti. Il suo tono di voce continuava a crescere. «Sembra che lei non capisca, signor...» Lee accostò la patente al viso, «signor Moyo, che mi servono i documenti dei bambini.»

Carmen si raddrizzò sul sedile. Lee ormai parlava così forte che lo sentiva tutta la carrozza.

Com'era comprensibile, il padre dei bambini si stava agitando. Porse di nuovo i biglietti. «Vedi... per... bambino» disse. Clara non aveva un biglietto, ma una sorta di voucher per neonati. «Bebè... piccola.»

«Li *vedo* i biglietti. Non mi servono i biglietti!»

Il padre lo guardò confuso.

«Capisce una parola di quello che le sto dicendo, signor Moyo? Ho bisogno di vedere i documenti dei bambini. Sono figli suoi?»

Lee parlava così veloce e forte che l'inglese traballante dell'uomo lo abbandonò del tutto. Carmen sentì il cuore e la testa che pulsavano. Era contenta che i bambini stessero dormendo tutti e due.

«Mi scusi?» cercò di dire il padre.

«Sono FIGLI suoi?»

Il viso del padre si irrigidì per un momento. «Sì. Mici figli» disse infine.

«Grazie» replicò Lee con un ghigno. «Ora quello che lei deve fare è provarmi che questi sono figli suoi e che sta viaggiando con loro legalmente. E se non può farlo, dovrò chiederle di scendere da questo treno.»

Il padre scrollò la testa. «Mi scusi?»

«Sarò costretto a chiederle di SCENDERE DA QUESTO TRENO.»

Carmen non poté più sopportarlo. Balzò in piedi. «Mi scusi» disse. «Signor uhm... Lee.» Avrebbe voluto chiamarlo figlio di puttana, ma si trattenne. «Mi pare che lei non parli spagnolo molto bene, e l'inglese del signor Moyo non è all'altezza della sua insistenza, per cui forse posso essere d'aiuto» proseguì con voce dolce e garbata. «Perché non mi dice esattamente quello che le serve dal signor Moyo?»

Lee la guardò con occhi truci. Pareva che stesse valutando fino a che punto lei lo aveva insultato. «Sto facendo il mio lavoro, signorina» abbaiò. «E ho bisogno di vedere i documenti dei bambini.»

Il padre spostava lo sguardo tra l'uno e l'altra.

Carmen rivolse al padre un'occhiata che escludeva Lee, e cercò di rivolgergli un sorriso di conforto. «Questo è uno stronzo» gli disse in spagnolo, «ma non la lascerà in pace finché non gli dà un documento dei bambini» aggiunse, comprensiva. «Ha qualcosa? Passaporti? Certificati di nascita?»

Il padre la guardò sorpresa.

«Oh, è questo che vuole?» chiese in spagnolo. «Certo. Mi dispiace. Avrei dovuto capirlo. Ho i certificati di nascita nella valigia.»

Carmen lo aiutò a tenere quello che lui sfilava dalla valigia nella ricerca dei documenti, per fare più in fretta. Lui mostrò i certificati all'addetto Lee, che li guardò in cagnesco. «Se rimane in questo Paese, deve imparare l'inglese» mugugnò mentre passava allo scompartimento successivo.

Carmen rimase in piedi, scuotendo la testa. L'uomo esalò un respiro, e tese la mano a Carmen. «Roberto» si presentò.

«Carmen» disse lei mentre la stringeva.

Lei tornò a sedersi al suo posto e guardò fuori del finestrino. Quando scoccò un'occhiata al di là del corridoio, vide che Roberto la stava guardando.

«Grazie, Carmen» disse, serio.

«Prego, non c'è di che» replicò, seria anche lei.

Chiuse gli occhi e continuò a vedere il modo in cui l'aveva guardata. Pensando a quello sguardo si sentiva rimescolare dentro, non in maniera fastidiosa, ma in un modo che doveva ancora capire. Che cos'era? Qualcosa che scendeva in profondità fino a una parte smarrita di sé; aveva bisogno di scoprire cos'era.

Guardò gli alberi che sfrecciavano fuori del finestrino, e a un tratto un ampio lago si aprì davanti a lei per poi richiudersi. E così finalmente capì, o almeno capì alcuni aspetti: Roberto la guardava come una donna adulta. Per un momento l'aveva portata accanto a lui, oltre quel confine. La guardava con rispetto. Ecco quello che era. E l'effetto che aveva prodotto su di lei era incalcolabile.

L'adrenalina non fu altrettanto di aiuto, quando Lena volle elaborare il passo successivo del suo piano. Aveva superato una vita di reticenze, era giunta a Londra con un paio di gemelli a forma di leone e la forza di un tuono, ma ora non sapeva dove scagliarlo.

Kostos era al lavoro? Lo avrebbe forse trovato in ufficio? Immaginò di arrivare nel fortino della finanza e incontrarlo nell'ingresso davanti a cinque segretarie. Caspita, quello sì che sarebbe stato imbarazzante.

Erano le sei di sera di un lunedì. Forse lavorava ancora. Conosceva il nome della compagnia perché una volta le aveva spedito una lettera con la busta dell'ufficio. Perciò ottenne il numero da un operatore automatico e chiamò.

«Potrei parlare con Kostos Dounas, per favore?» chiese dopo essere passata dal centralino.

Doveva essere la sua segretaria. «Mi dispiace, il signor Dounas non c'è.»

Lena sentì il suo tuono che si affievoliva. «Ci sarà domani?»

Seguì un silenzio imbarazzante. «No, non credo. Penso sia all'estero.»

«Sa quando tornerà?»

«No, mi dispiace.»

«Posso chiederle...»

«Purtroppo non posso darle altre informazioni.»

Era in Grecia? Era la seconda possibilità. Aveva ancora il numero di telefono di casa sua, quindi chiamò.

Dopo una gran quantità di squilli, sempre meno promettenti, rispose una donna. Conosceva bene quella voce roca.

«È... Aleta?» chiese in greco.

«Sì, chi parla?»

«Sono Lena Kaligaris. Un'amica di Kostos. È lì, per caso?»

«No, qui non c'è. Gli ho parlato due giorni fa. Mi ha detto che andava da qualche parte. Non sapeva quando sarebbe tornato.»

«Oh. Non ha detto dove?»

«No.»

E non si può rimanere per sempre
un uovo qualunque, passabile.
Dobbiamo schiuderci o marcire.

C.S. Lewis

Carmen diede a Clara il suo biberon del pomeriggio e, spinta dall'insistenza di Pablo, le fece assaggiare qualche pezzettino di mela e formaggio. Clara voleva più che altro tenerli in mano, e ne sputò la metà, ma Pablo non si lasciò scoraggiare.

«Buono, eh?» disse alla sorellina in inglese. Era divertente vedere quanto fosse convinto che Clara avrebbe apprezzato. A Carmen venne in mente che Pablo era stato come Clara poco tempo prima, perciò la prendeva sul serio e non dubitava che fosse una persona a tutti gli effetti, diversamente dagli altri.

Cercò di insegnare a Pablo come si giocava a Famiglia, mentre Roberto passeggiava con Clara su e giù per il corridoio. Poi giocarono a Battaglia, che fu più apprezzato. Pablo si sbagliava una volta su due, ma era molto competitivo. Carmen dovette trattenersi dal ridere davanti alle sue espressioni feroci, ogni volta che credeva di aver vinto una mano.

Roberto tornò con tortilla, panini e bibite gassate per la cena, e Carmen trangugiò la sua parte. Si rese conto che era la prima volta da anni che non calcolava le calorie di un cibo prima di metterlo in bocca. Non beveva una bibita che non fosse dietetica da quando aveva dieci anni.

L'audizione pareva lontana, e in effetti lo era. Non voleva che il treno andasse più veloce di così.

Scoprì che Roberto era originario del Cile, ma durante la sua vita era salito progressivamente verso nord. Aveva vissuto in Colombia e in Costa Rica per un breve periodo, aveva fatto l'università in Messico e ci era rimasto finché non aveva conosciuto sua moglie, quattro anni prima, poi si era trasferito in Texas per stare con lei.

Carmen masticava una tortilla all'insalata Caesar e pensava a come poteva essere. Le pareva che essere la moglie di Roberto e la madre di quei bambini significasse trovarsi in una posizione privilegiata. A Carmen venne in mente l'immagine della Corte suprema di giustizia con il corpo di Salma Hayek.

Non aveva visto Roberto usare il telefono, eppure doveva averne uno. Lo aveva chiamato sua moglie? Lui aveva chiamato lei? Magari mentre passeggiava per il treno. O forse non erano il tipo di coppia che si telefona in continuazione, come lei e Jones.

Carmen si chiese quante volte Jones avesse cercato di chiamarla, quanti sms le avesse scritto negli ultimi due giorni. Che cosa pensava di quel silenzio? Si disse che doveva assolutamente trovare un modo per contattarlo. Eppure, quando immaginò Jones, le pareva a mille miglia da lei. E lo era, in effetti. Le sembrava che gli aerei ti facessero rimbalzare in giro senza in realtà portarti da nessuna parte. Quando invece eri in treno le distanze parevano reali.

Guardò il sole tramontare con Clara sulle ginocchia.

Baciò la testolina della bimba decine di volte e sperò che alla sua mamma non dispiacesse. Recitò e cantò ogni filastrocca e canzone che ricordava di aver sentito da sua madre. Per lo più erano in spagnolo, e quando non ne ricordava un pezzetto, lo sostituiva con parole senza senso. Venne bacchettata da Pablo signore-dell'ordine-e-della-giustizia un paio di volte, il quale non riuscì a suggerirle le parole esatte ma sapeva per certo che lei si era sbagliata.

Alla fine il convoglio si fece buio e calò il silenzio. Carmen non sapeva bene come sarebbe sopravvissuta senza i ritmici tonfi del treno e la sua corsa sotto i piedi. Le sembrava di aver sviluppato un sistema circolatorio esterno con un battito cardiaco a sé per proteggersi.

Roberto mise la bimba a dormire nel seggiolino per l'auto posato sul pavimento davanti a sé. Adagiò Pablo su due sedili e gli rimboccò una coperta intorno.

Carmen lo osservò con ammirazione. Roberto era un vero esperto. La maggior parte dei padri che aveva visto facevano tutte queste cose in maniera piuttosto goffa, quasi come fosse una semplice dimostrazione, in attesa che la mamma intervenisse prima che potessero fare troppi disastri. Il suo patrigno, David, apparteneva a quella categoria. Ma Roberto sembrava aver compiuto ognuna di quelle operazioni centinaia di volte. Forse aveva un dono naturale.

Dopo aver sistemato i bambini, rimase in piedi nel corridoio un momento, poi si voltò verso Carmen. «Posso sedermi un momento vicino a te?» chiese.

«Certo» disse lei. Spostò la borsa. Pensò alla prima

ora di viaggio, quando temeva che qualcuno le si sedesse accanto. Adesso non desiderava di meglio.

«Aspetta» disse lui, prima di sedersi. «Arrivo subito.»

Quando tornò, teneva in mano due bottiglie di Heineken e un brownie. Si sedette e lei abbassò il vassoio davanti a sé per poter appoggiare le bottiglie. Lui divise il brownie in due, e lei sorseggiò la birra e si godette quella strana intimità.

«Allora, raccontami di te» attaccò lui in spagnolo. «Di dove sei e perché parli spagnolo come se fossi madrelingua?»

Lei fu contenta di parlare. Gli raccontò di sua madre che era emigrata da Portorico quand'era ragazza e della sua famiglia. Gli raccontò di come fosse stato crescere a Bethesda, appena fuori da Washington D.C.

Gli parlò delle Settembrine, ma ebbe una parziale amnesia. Non riusciva a immaginare nulla che non le includesse tutte e quattro, perciò si attenne alle parti felici. O quasi. Gli parlò del divorzio dei suoi genitori, di quando suo padre era andato via di casa. Di solito quando raccontava quella storia, ne parlava come se fosse successo a qualcun altro, ma questa volta era consapevole che fosse accaduto a lei. Forse perché questo episodio era sceso di un gradino nella gerarchia delle sue tragedie. Poteva accettarlo, se le permetteva di sopportare quelle più grandi.

Gli raccontò la fine della sua infanzia, le fasi difficili, la prima estate dei Pantaloni Viaggianti, e l'ultima. Si sorprese di essersi aperta tanto. Il sasso lanciato attraverso la finestra, il matrimonio di suo padre, la prima estate con David, il matrimonio di sua madre. La maturità, la nascita di Ryan, il primo anno a Williams, il primo fatidico viaggio in Grecia. Decise di fermarsi lì.

Roberto la ascoltava con attenzione. Se anche pensava che una parte qualsiasi del racconto fosse meno che importante, non lo diede a vedere. Aveva una naturale propensione all'ascolto. Il suo viso pareva reagire a ogni svolta nella storia.

Quando smise di parlare, vide che la sua bottiglia era vuota, come quella di lui.

Il brownie era finito da tempo. Oltrepassò Roberto strizzandosi per andare alla carrozza ristorante e procurarsi il secondo giro. Quando tornò, il viso di lui era ancora pensieroso.

Si strizzò di nuovo per tornare al suo posto e gli porse la birra. «Ora tocca a te» disse. «Mi racconti qualcosa?»

Lui accettò di buon grado. Le raccontò i primi ricordi che aveva della cittadina tra le montagne in cui era nato. Era l'ultimo di quattro figli, l'unico maschio.

Carmen lo interruppe per dire che anche lei era la più piccola, e si rese subito conto che in senso stretto non era la verità. Ma Roberto non la contraddisse.

Spiegò che i suoi genitori erano hippy. Venivano entrambi da famiglie istruite di Santiago, ma poco dopo essersi sposati avevano deciso che suo padre avrebbe fatto il contadino e sua madre la poetessa, che sarebbero vissuti dei frutti dell'orto e dei loro notevoli cervelli. Erano bastati pochi anni di magra per ammettere che in realtà non erano tagliati per la campagna.

Suo padre non sapeva fare il contadino e sua madre non sapeva fare la poetessa più di tanto. Erano tornati a Santiago e alla fine suo padre aveva trovato un lavoro in una manifattura di Bogotá. Da lì in poi non avevano più patito la fame, ma nessuno dei due era stato davvero felice.

Lui aveva ripreso i sogni abbandonati dai suoi, come fanno i figli, disse. Voleva fare il poeta. Si era impegnato in politica con risultati disastrosi. Aveva trascorso due settimane in cella, poi si era eclissato dalla scena politica. Si era trasferito in Costa Rica e aveva imparato a fare surf. Era diventato piuttosto bravo, disse, e lei ne dedusse che doveva essere stato una specie di campione del mondo. Insegnava surf ai ricchi turisti degli alberghi di lusso e aveva scoperto che si stava rincretinendo. Allora si era trasferito a Città del Messico e si era iscritto alla Universidad Nacional Autónoma. Aveva studiato economia e letteratura, si era laureato e aveva fatto un dottorato. Lì aveva conosciuto sua moglie, Teresa.

A quel punto il suo viso mutò espressione. La storia finì così, in maniera brusca, come era terminata quella di lei, probabilmente. Roberto guardò fuori del finestrino la luna quasi piena e lei osservò il suo profilo, interrogandosi. Era certa che si sarebbe accorta, se lui avesse voluto sentirsi rivolgere una domanda.

Carmen ripiegò le gambe sotto di sé. Udì il capotreno che annunciava la fermata di Tuscaloosa, in Alabama. Pensò a Bee e a sua nonna, Greta, che non abitava tanto lontano da lì. Si chiese dove fosse Bee e sentì la sua mancanza: non si era concessa di provare quel sentimento da quando il mondo era finito, in Grecia.

Dopo un lungo silenzio, Roberto riprese la sua storia con voce leggermente diversa. Lei scoprì che aveva voglia di toccarlo. Non con intenzioni sessuali o inopportune. Voleva creare un contatto con lui, offrirgli il suo sostegno per quello che non sapeva ancora. Per il tempo a cui erano coniugati i verbi che usava.

Teresa era metà messicana e metà americana, e veniva dal Texas. Studiava letteratura e faceva la ceramista.

Era, sentì Carmen, *era*.

Si erano sposati a El Paso. Lui cercava lavoro. Vivevano con i genitori di lei. Avevano avuto Pablo. Stranamente Roberto raccontò questa parte con poco sentimento. Lui voleva tornare in Messico, dove avrebbe potuto insegnare all'università, ma secondo lei era meglio che prendesse prima la cittadinanza, cosa che aveva fatto. Aveva diretto un negozio di tappeti. Era nata Clara.

Si interruppe di nuovo. Carmen posò una mano sulla sua. Era in arrivo qualcosa di sconvolgente e lei ne aveva paura. «Non sei costretto a continuare» disse. Sentì la gola chiudersi, le lacrime affluire agli occhi e non ne conosceva neppure la ragione. Si erano spinti oltre le parti felici. Carmen sapeva dove Roberto stava andando.

Che notte era quella, in cui occorreva dire tutto? Al mattino sarebbero arrivati a New Orleans, e quella pareva l'ultima notte del mondo. Macinavano chilometri. Sembrava che dovessero dirsi ogni cosa prima di salutarsi. Le loro strade si incrociavano per queste ore, poi la sorte li avrebbe scagliati ognuno in una direzione diversa. Era l'unica possibilità di dire tutto, di attirare la comprensione di un estraneo, di guadagnarsi la sua assoluzione.

«Quando Clara aveva sei settimane, andammo a Città del Messico in modo che Clara potesse conoscere i nonni. Teresa uscì a cena con alcuni amici.» Si interruppe. Carmen sentiva il suo respiro affannato. «Era molto tardi. Fu investita da una macchina sul Paseo de la Reforma.»

Carmen gli stringeva la mano tra le sue, probabilmente troppo forte. Se era abbastanza coraggioso da dirlo, allora lei, Dio santo, poteva essere abbastanza coraggiosa da starlo ad ascoltare. Le era difficile guardalo in viso. Conosceva la fine.

Perché un uomo avrebbe fatto quel lungo viaggio in treno da solo con due bambini piccoli se avesse avuto una moglie? Sua moglie non lo aveva chiamato sul cellulare perché non c'era una moglie. Roberto aveva i gesti del genitore abituato a ripeterli centinaia di volte per il semplice fatto che li aveva ripetuti centinaia di volte. Non c'era inganno, né voglia di mettersi in mostra, né tentativo di tirarla per le lunghe in modo che la madre intervenisse, non c'era una madre.

Roberto appoggiò il mento sul petto, e Carmen gli tenne la mano. Poi si alzò e uscì dalla carrozza. Carmen lo guardò da dietro, la forma delle spalle, il ritmo particolare del suo passo.

Quanto era strano che dopo ventiquattro ore conoscesse meglio lui di Jones dopo tre anni e mezzo. Non solo sapeva più cose di Roberto: lo conosceva davvero.

Lui le aveva mostrato le sue cicatrici come Jones non aveva mai fatto. O forse Jones non aveva cicatrici.

Quando Roberto tornò qualche minuto dopo, aveva altre due birre in mano e il suo viso era quasi tornato alla normalità. Si sedette accanto a lei. Le diede una bottiglia e alzò la sua perché brindassero. *A cosa?*, pensò. *A dirsi tutto.*

Fu la stilettata di un gemello a forma di leone nella coscia, mentre ripiegava le ginocchia sullo scomodo sedile nell'aerea della British Airways, che spinse Lena a pensarci. Chissà perché? Si costrinse a farlo subito. Trovò il nome a lungo trascurato nella rubrica e chiamò.

Per una volta sentì rispondere. «Pronto?»

«Ef?»

«Lena?»

«Sì, sono io.»

«Ehi» disse Effie. Pareva calma e insolitamente guardinga, ma cosa poteva aspettarsi?

«Mi dispiace, Effie. Davvero. Ti ho trattata male. Mi dispiace di averci messo tanto per dirtelo.»

Sulle prime Effie non disse nulla. Lena sentiva il suo respiro. «Non è stata tutta colpa tua.» A Effie tremava la voce, quando infine parlò. «Non avevi torto su tutto. Anch'io ho fatto degli errori.»

«I miei errori sono stati molto più gravi, Ef. Sei venuta per aiutarmi. Hai portato tutta quella roba. Ci stavi provando, io no. Non ti ho nemmeno dato una possibilità.»

«No, non me l'hai data.»

«No.»

Effie tacque e Lena sentì sua sorella che si soffiava il naso. «Per questo mi sono tenuta gli altri duecento dollari che mamma e papà mi avevano dato e mi sono comprata un paio di stivali da cowboy.»

«L'hai fatto davvero?» Lena scoppiò a ridere e Effie si soffiò il naso di nuovo.

«Possiamo usarli tutte e due.»

«Lo sai che non mi staranno.»

«Li ho comprati grandi. Ci ho pensato.»

«Oh, davvero? Che gentile, Ef.»

«Ehi, Len.»

«Sì?»

«Mi dispiace per i Pantaloni Viaggianti. Davvero.»

«Lo so. Non importa.» Per la prima volta Lena lo pensava sul serio quando lo disse. Sapeva che quanto era accaduto a Tibby non aveva niente a che vedere con i pantaloni. In realtà si rese conto di essere felice che i pantaloni fossero dispersi nel mare, perché le sembrava che in qualche modo potessero tenerle compagnia.

Si scambiarono un saluto mescolato alle lacrime, e Lena guardò l'aeroporto con un'inattesa sensazione di benessere. Una cosa si poteva dire di Effie: quando si era al telefono con lei non ci si sentiva mai soli. Aveva detto di non contare abbastanza per poter aiutare Lena, e invece l'aveva aiutata.

Dopo la terza birra toccò di nuovo a Carmen. Aveva altro da dire e pareva che Roberto lo sapesse e se lo aspettasse.

Attaccò con i primi due anni di università, quando si era trasferita a New York. Lo guidò attraverso la serie di miseri lavori che aveva fatto: addetta all'accoglienza, guardarobiera, cameriera, operatrice di telemarketing, food stylist. Gli raccontò di quello in cui avevano messo più tempo a licenziarla (sette mesi) e quello meno (un'ora e mezza). Ricordò il periodo più felice, i quasi due anni in cui aveva vissuto con Tibby e Bee in quell'appartamento brutto e divertente, in un palazzo senza ascensore tra Avenue C e East 11th Street, quando Lena passava sul loro pavimento quattro notti su sette.

Sentì il bisogno di raffigurare i vecchi tempi, il suo vecchio io. «Sai, ero più... massiccia.»

«Intendi più grassa?» chiese lui, come se non fosse difficile da immaginare.

«No. Sì, probabilmente. Ma voglio dire che ero più... presente.»

Gli raccontò delle sue prime parti: una parola in *Sex and the City* che era stata scartata, sette parole in un episodio di *CSI* prima di farsi picchiare, una pubblicità per un medicinale rivolto alle donne contro la caduta dei capelli, con cui aveva pagato l'affitto per due mesi. Gli raccontò di quando aveva conosciuto Jones e di quando, poco dopo, aveva ottenuto la parte in *Criminal Court*.

Fece una pausa e guardò fuori del finestrino. Si chiese che ora fosse. Dubitava che avrebbero dormito quella notte.

Gli parlò della malattia di Lydia, che prima sembrava regredire, ma poi si era acuita. Infine giunse alla scomparsa di Tibby. Raccontò che si era trasferita di nuovo, come succedeva spesso, ma questa volta molto più lontano. Il problema non era tanto l'Australia, quanto il fatto che non si era fatta sentire per tanto tempo. C'era una certa confusione tra di loro. Chi era stata l'ultima a parlare con Tibby? Ci doveva pur essere qualcuno che era in contatto con lei. Aveva mandato soltanto tre email in un anno e non sembravano neppure sue.

«Non ci siamo allarmate. Non so perché abbiamo pensato che sarebbe tornata a casa e sarebbe tornata a essere la nostra solita Tibby. Credo che non riuscissimo ad assorbire la verità, e cioè che si era staccata da noi. Aspettavamo il suo ritorno.» Carmen si portò una mano alla guancia.

Poi erano arrivati i biglietti per la Grecia. L'euforia. Atterrare sull'isola. Loro tre insieme, che non stavano nella pelle all'idea di rivedere Tibby. Tanta eccitazione, tanta gioia. Stava cominciando una nuova vita. Lo aveva sentito. E poi. E poi.

Carmen si passò le braccia intorno alle ginocchia e vi appoggiò la guancia.

E poi la telefonata. E poi la polizia. E poi il rifiuto, e la confusione e infine le chiamate ai genitori di Tibby. Nessuno sapeva più come raggiungere Brian. E poi il silenzio. E la scoperta di quello che aveva lasciato per loro. La terribile consapevolezza, l'incompleta ma imprescindibile consapevolezza che non era stato un incidente. E poi. E poi. E poi. Era proprio come una nuova vita.

Quando ebbe finito, sollevò la testa e guardò Roberto. Capì di avergli trasmesso la sua tristezza, perché la scorse sul suo volto più chiaramente che se si fosse guardata in uno specchio. Lui le prese il viso tra le mani e se lo portò al petto. La tenne stretta e tutto svanì.

Carmen attraversò Hattiesburg, in Mississippi, e varcò la frontiera della Louisiana con il viso contro il petto di Roberto e le braccia di lui che la cingevano. Era un fatto misterioso. Si aggrappava a lui non come se lo avesse visto per la prima volta due sere prima, ma come se lo conoscesse e avesse bisogno di lui e dipendesse da lui da tanto tempo, da sempre.

La sua vita aveva una particolarità. Quelli che amava, che amava davvero, le erano accanto dal principio. Non aveva aggiunto nemmeno una persona a quel gruppo, dal giorno in cui era venuta al mondo. C'era la fotografia leggendaria scattata a poche ore dalla sua nascita, quando era un esserino rattrappito tenuto da sua madre e suo padre e circondato dalle neonate Bridget con Marly, Tibby con Alice, Lena con Ari. In confronto a lei, Lena con le sue solide tre settimane di vita, sembrava pronta per iscriversi alla facoltà di legge. "Eravamo tutti lì, ad aspettare che tu nascessi!" le aveva detto sua madre la prima volta che ricordava di aver guardato quella fotografia.

Si poteva spegnere la macchina fotografia e finirla lì. Quella era tutta la vita di Carmen. Non aveva bisogno di altre testimonianze.

C'è gente che ricorre a un certo tipo di abilità per inseguire e attrarre persone da amare e da cui farsi amare. Be', di certo Carmen non aveva sviluppato quella capacità. Non che non avesse adorato Paul o provato autentico affetto per David e Lydia. Le era scoccata una scintilla per un ragazzo di nome Will, una volta. Ma il suo cuore era il club più esclusivo della storia: occorreva aver conosciuto Carmen Lowell i primi giorni di vita per farne parte.

Non aveva un cuore piccolo, e lo sapeva. Se possibile, amava troppo e con troppo impeto. Ma non poteva abbracciare nuove persone. Se avesse voluto chiederselo onestamente, avrebbe dovuto ammettere che non credeva di poterlo fare. Come spiegare Jones altrimenti? Come pensare che doveva sposarlo? Che razza di idea era?

Oltretutto, sposandolo, era stata pronta a rinunciare con leggerezza all'idea di avere figli. Aveva eliminato l'idea dei figli come niente. Perché? Perché forse credeva che non avrebbe potuto amare nemmeno loro. Il suo cuore era al completo, grazie mille; firmato, sigillato e chiuso a qualsiasi novità. Perché avrebbe dovuto essere altrimenti con un bambino?

Poi Carmen pensò a Tibby. Pensò al dolore fisico che le provocava la sua mancanza, al suo cuore squarciato che era lì, distrutto e aperto, tanto che poteva accumulare telefonate, messaggi a Jones, dettagli del matrimonio, abiti costosi, ma nulla avrebbe mai potuto richiuderlo. E forse richiuderlo non era neppure la cosa giusta.

Con la coda dell'occhio vide i primi riflessi del sole che sorgeva. E lì con lei c'era quello strano uomo che la abbracciava e filtrava in lei attraverso ogni poro. Si chiese se occorresse una tragedia perché il suo cuore fosse in grado di ammettere un nuovo elemento.

Sappiate
che io non do lezioni
né piccole elemosine.
Quando do
do me stesso.

Walt Whitman

Siccome il camion del trasloco non sarebbe arrivato prima del giorno dopo, e i soli mobili nuovi già consegnati erano pochi materassi, Bridget, Bailey e Brian cenarono in una pizzeria, in città.

Bailey mangiò tre bocconi di pizza e una fetta di salame e si addormentò in braccio a Bridget. Quindi rimase un mucchio di pizza per lei e Brian, insieme a un mucchio di silenzio.

Bridget si sentiva inquieta. Forse a causa della fattoria, della ghiacciaia in cui Brian le aveva detto di mettere la sua roba, dei misteriosi piani di Tibby. A causa delle cose che avevano perso di senso col passare del tempo. Forse era crudele tendere un agguato a Brian sopra la pizza e la testolina di sua figlia addormentata, ma non poteva più trattenere le domande.

Si sorprese un po' di quella che venne per prima. «Perché Tibby non ci ha detto che era incinta? Perché non ci ha avvertite quando è nata Bailey?»

Brian le rivolse uno sguardo enigmatico. Quasi che lei lo stesse prendendo in giro, chiedendogli cose che avrebbe dovuto sapere. «Perché è stato in quel momento che ha scoperto di essere ammalata.»

Ammalata. La parola parve vorticare come una moneta sul tavolo prima di fermarsi. Le sembrava di vederla lì, pesante e immobile. Ma Bridget non sapeva cosa farne. Capì che doveva procedere con cautela. Si schiarì la voce. «Cosa intendi con ammalata?»

L'impazienza sofferente di Brian riprese il sopravvento. «Intendo ammalata. La malattia di Huntington. Lo abbiamo saputo allora.»

Bridget trasse un respiro. Guardò il viso pacifico di Bailey e levò gli occhi. Le pareva di camminare in riva a un oceano molto freddo e mosso. Si sistemò i capelli dietro le orecchie. «Che cos'è la malattia di Huntington?»

Brian la guardò di traverso, eppure doveva sapere che la sua non era una domanda retorica. Si fissarono, come giunti a un punto morto. Nessuno dei due toccò nulla, né masticò né si mosse.

«È una malattia degenerativa» spiegò lui, infine, come una notizia ovvia che lei avrebbe dovuto sapere. «È di questo che è morta.»

Bridget non riuscì a seguire tutti i pensieri nei luoghi in cui andavano. Sentì il respiro accelerare. Poteva solo sperare di portare ogni pensiero in un solo posto per volta.

«È per questo che vi siete trasferiti in Australia?»

Brian spinse via il suo piatto. «Siamo andati in Australia per il mio lavoro, in ottobre. Credevamo di rimanerci tre mesi e poi tornare a casa. A novembre abbiamo scoperto che era incinta e ha cominciato a fare le analisi.» Gli tremava la mano, quando sollevò la birra. «La diagnosi è stata confermata prima di Natale. La sola notizia positiva è stata che la bimba non aveva quel gene. Io non riuscivo a pensare di avere un figlio in quel momento, ma Tibby non accettava l'idea di non averlo, a prescindere da quello che poteva succedere a lei. Ha avuto paura di tornare negli Stati Uniti dopo la notizia. La situazione aveva un che di irreale laggiù, ma voi tre e i suoi a casa eravate reali. Si tormentava al pensiero di come dirvelo. Non poteva dire a voi tre o a sua mamma della bambina senza parlarvi della malattia. E non poteva annunciarvelo al telefono, così diceva. Doveva farlo di persona. Voleva presentarvi la bimba, ma aveva paura che vedeste quello che le stava succedendo. Credo che una parte di lei desiderava che la ricordaste com'era un tempo.»

Bridget si strinse le mani tremanti. Il tremito si diffuse ai piedi e su fino alle spalle e alla mandibola, e dovette serrare i denti per evitare che battessero.

«E poi ci è voluto del tempo per trovare i dottori e i trattamenti che servivano qui negli Stati Uniti. Ci abbiamo messo un po' per trovare un posto in cui vivere.»

«Sapeva che sarebbe morta» disse lei lentamente.

«Ma non credeva che sarebbe successo tanto presto. Non durante il vostro viaggio in Grecia. È giusto che tu lo sappia. Io ero preoccupato, ma lei era convinta di essere abbastanza forte da reggere il viaggio. Non credeva che sarebbe accaduto in quel momento. Dopo la Grecia, dopo averlo detto a voi, sarebbe andata dalla sua famiglia per comunicarlo anche a loro. Bailey e io avremmo dovuto incontrarci lì con lei. Voleva che ci sposassimo davanti a tutti voi. Avevamo comprato questa casa. Credevamo che l'avrebbe almeno vista.

Poi avrebbe cominciato le cure palliative per i malati terminali. Stava scendendo la china. Sapevamo che sarebbe successo, solo che non pensavamo che sarebbe successo tanto presto.» Solo quando finì di parlare Brian allentò i pugni. Bridget vide i segni che le unghie avevano lasciato sui palmi.

Gli prese le mani, ma lui le sottrasse. «Non puoi immaginare quanto tempo abbia passato a fare programmi e a scrivere lettere. Credevo che sapeste tutto.» Bevve un sorso di birra. Trasse un lungo sospiro. Sembrava che cercasse di ricacciare indietro le lacrime. Stavano tornando a un punto morto e lei non riuscì a reggere. Non riuscì a mantenere il viso fermo. Non poté più respirare normalmente. Non capiva quasi nulla. Non aveva voglia di dirgli che i piani di Tibby erano andati così storti che non l'avevano nemmeno vista viva.

Lui la fulminò con lo sguardo, come se non volesse più soffrire con lei. Lei non sapeva nulla che valesse la pena di condividere. Poteva farlo meglio da solo. «Cosa credevi che fosse successo?»

Ripensò a tutte le idee che le erano venute, e alle idee che queste avevano generato. Era difficile smontarle, cancellarle.

Tibby non era andata nella Caldera per farla finita. Forse ci era andata per rivivere la loro magica nuotata ad Ammoudi, dieci anni prima. Forse voleva provare quella sensazione, quello splendore ancora una volta. Tibby era ammalata e probabilmente più debole di quanto non sapesse, ma non aveva intenzione di morire.

Guardò Brian, ma stentava a mettere a fuoco il suo

viso. Non voleva raccontargli quello che avevano pensato. Quello che avevano supposto. Quello che credevano tutte di sapere e di cui soffrivano senza parlarne. Sentì che le tremava il mento e serrò le labbra. «Non lo sapevamo.»

Il capitolo finale della storia di Roberto si dispiegò mentre i bambini dormivano e il sole si faceva strada sopra il Lago Pontchartrain. Rimaneva ancora il crescendo finale, la coda da cantare, prima di concludere.

Aveva trovato un lavoro come responsabile di un garage nel Queens. Vivevano con suo zio, il fratello di sua madre, che era vecchio, e Roberto frequentava un corso di inglese la sera. Non poteva permettersi una casa tutta per loro. Non poteva permettersi di assumere qualcuno che badasse ai bambini. La sorella di Teresa viveva con suo marito a Metairie e si era offerta di tenere i bambini fino a settembre, in modo che lui avesse cinque mesi per risparmiare e rimettersi in sesto.

«Li stai portando lì?» Pian piano Carmen prendeva coscienza dello strazio che doveva provare lui.

«Credo che questa sia la parte peggiore.»

Carmen cercò di analizzare la situazione. Quanto era lontano tutto questo dall'ansia di tirare un bidone agli Shaw per la festa di beneficenza. Questo era un mondo che richiedeva la presenza di un adulto.

Tacquero per un momento. Attesero che il treno finisse la lunga traversata del lago e che i bambini si svegliassero. Non c'era più la notte a coprirli e a dar loro uno spazio. Potevano affrettare le conclusioni.

«E a Jones cos'è successo?» chiese Roberto infine.

«Oh, dovrei sposarlo il mese prossimo.»

Roberto parve stupito. «Davvero?»

«Già.» Scrollò le spalle. «Ma non lo farò.»

«No?»

«No.»

«Lui lo sa?»

«Non ancora. Immagino che dovrei dirglielo.» Si stuzzicò una pellicina sul pollice. In una prospettiva più vasta, disdire il matrimonio non pareva così drammaticamente importante. «A essere sincera, non credo che gli dispiacerà poi tanto.»

Carmen doveva assorbire la città di New Orleans alla velocità del fulmine. Occorreva conoscerla a parole e nei fatti, mangiare il cibo locale (ma non troppo calorico!), vedere i danni prodotti da qualche uragano e visitare almeno un cimitero, stando agli ordini imperativi della sua manager. E già che c'era, leggere la sceneggiatura.

Il problema era che non riusciva a salutare i suoi compagni di viaggio. Tenne in braccio Clara appoggiandola al fianco e tirò il trolley con l'altro braccio, mentre Pablo le stringeva il mignolo libero, e Roberto portava due borse gigantesche, una valigia grande, un sacchetto di pannolini e un seggiolino per auto fino alla stazione degli autobus.

Come avrebbe potuto farcela da solo? Carmen sapeva che negli ultimi otto mesi se l'era cavata, ma adesso c'era lei a preoccuparsi di ogni dettaglio: il primo autobus, il secondo, la macchinina da corsa di alluminio che stava per cadere dalla tasca di Pablo, il biberon di Clara! Come se non potessero fare un altro passo senza di lei. O forse era lei che pensava di non riuscire ad andare avanti senza di loro.

Arrancarono fino al capolinea degli autobus. Per Carmen era davvero giunto il momento di andare. Stentava a staccarsi da loro, ma cos'altro poteva fare? Non è che potesse salire sull'autobus e viaggiare fino a Metairie con loro. Immaginò di presentarsi alla sorella di Teresa, sventolando la mano. *Sono solo la signorina che hanno conosciuto in treno.*

Aveva già dato il suo numero di cellulare a Roberto (se mai fosse riuscita a farlo andare di nuovo), il suo indirizzo di New York (*Anche se probabilmente non ci starò ancora per molto*), perfino il numero dell'albergo di New Orleans. Anche lui le aveva dato il suo numero di cellulare. Non sapeva perché lo avevano fatto. Non aveva molto senso. Era solo un altro modo per non dirsi subito addio. Lui aveva la sua vita da mandare avanti. E anche lei.

«Stai attento alla macchinina» redarguì Pablo. «Mi sa che Clara è da cambiare» disse a Roberto. «Credi di avere abbastanza latte artificiale per arrivare fino a lì?» Si rese conto che stava cominciando a piangere mentre parlava.

Arrivò l'autobus e lei abbracciò Roberto troppo a lungo. Per colpa sua l'avrebbero perso. Affondò il viso nel suo collo in modo che i bambini non la vedessero piangere. Si vergognava di sé, di quell'addio stucchevole.

Roberto la baciò sulla fronte e sulla guancia. Le teneva una mano premuta sulla schiena e con l'altra le copriva l'orecchio. Adesso era anche preoccupato per lei, oltre che per tutto il resto. Non era questo che voleva Carmen.

Si impose di ricomporsi per baciare Pablo e Clara un'ultima volta. Un'attrice al suo meglio. *Non andrò in pezzi mentre annuso la tua testolina. Non andrò fuori di testa mentre faccio questa cosa.*

Rimase immobile mentre li salutava con la mano e loro ricambiavano dal finestrino dell'autobus. Erano troppo lontani per vederla tremare, giusto? Cercò di mostrarsi serena. Poi l'autobus svoltò l'angolo.

E lei si dissolse.

Oh merda!, fu il pensiero che le attraversò la mente mentre si sedeva sul marciapiede e scoppiava a piangere. *Cosa mi è successo?* Si trascinò fino alla fermata dei taxi. Pianse per tutta la strada fino al Ritz-Carlton Hotel. Lasciò la valigia alla reception, ma non salì in camera. Andò fino al fiume, e camminò avanti e indietro lungo la sponda così tante volte che non riuscì nemmeno a tenerle a mente.

Ovunque si respirava un'aria locale. C'era un battello fluviale, e gente che gridava e gironzolava e vendeva cose. Avrebbe dovuto assorbire ciò che vedeva, lo sapeva, ma riusciva a pensare soltanto alla macchinina che spuntava dalla tasca del bambino che probabilmente non avrebbe mai più rivisto.

Bridget dormì sopra un materasso sistemato sul pavimento della ghiacciaia, per tutta la notte e gran parte del giorno dopo. Certe volte sentiva che la sua mente lavorava meglio durante il sonno che da sveglia.

Le sembrò di fare migliaia di sogni, che cominciavano e si interrompevano e si mescolavano. C'erano suo nonno e Billy della sua vecchia squadra di calcio a Burgess, in Alabama. C'era la sua amica Diana che adesso viveva in un elegante sobborgo di New York con suo marito e due figli. Sognò la cucina di Carmen nel vecchio appartamento di Bethesda e le scarpe che aveva indossato al ballo dell'ultimo anno di scuola superiore. Sognò di essere punta da un'ape. Sognò il lago del campo estivo, sul quale era andata in canoa con Eric. Anche quel posto si trovava in Pennsylvania. Sognò di nuotare nel mare turchese di Baja California insieme a Eric, quando avevano quindici anni e tutto ciò che voleva al mondo era farsi amare da lui.

Sognò il tempo trascorso a Rehobeth Beach, prima di andare al college, quando lei, Carmen, Tibby e Lena si erano ritrovate sull'orlo dell'oceano in piena notte e si erano strette l'una all'altra e avevano parlato fino al mattino. Nel suo sogno c'era un fuoco in mezzo al loro cerchio, che illuminava e mutava i loro volti.

Quando infine aprì gli occhi, Bailey la stava fissando, a pochi centimetri dal suo viso. «Ciao, piccola» disse Bridget, assonnata.

«Ciao, Bee.»

Si mise a sedere e Bailey salì sul materasso. La bambina di Tibby. Non avrebbe potuto abbandonare quella bimba per nessun motivo.

Guardò la luce dorata che pioveva dal lucernario.

Non aveva idea di che ora fosse. «Cosa succede? È arrivato il tuo lettino?»

«Aivato tuo ettino!» ripeté Bailey.

«Posso vederlo?»

Bailey scese dal materasso e Bridget la seguì fino alla casa padronale. La bambina continuava a guardarsi indietro per assicurarsi che la seguisse.

Per la prima volta, Bridget rimpianse di aver lanciato il telefono nell'oceano. Carmen era Carmen, Lena era Lena, lei era se stessa e il passato tornava al suo posto dietro di loro. Non avevano abbandonato Tibby. Senza di lei avevano perso qualcosa di immenso, ma erano chi credevano di essere. Ebbe nostalgia di loro. Doveva dire loro quello che sapeva. Doveva dire loro che Bailey era sulla Terra, e la rischiarava ogni ora. Dio se le mancavano, com'erano un tempo.

Non era arrivato solo il lettino. Dopo che il camion del trasloco ebbe scaricato tutto il suo contenuto, ne giunse un altro da Pottery Barn che portava tre divani di misure diverse, e una mezza dozzina di poltrone imbottite, tavoli e sedie per mangiare, cassettoni, letti, comodini. Un altro camion portò tappeti e lampade. Lei e Bailey rimasero sedute sul prato a gridare e applaudire come spettatori a una partita di calcio, guardando quello che accadeva.

Bridget fu colpita dal modo in cui Brian dirigeva le operazioni. Lei era brava a traslocare e andare via, ma non altrettanto a fare acquisti, e men che meno a metterli dove serviva.

Alcuni mobili cominciarono ad accumularsi sull'erba, davanti alla ghiacciaia. «Ti dispiace?» le chiese lui. «Ho pensato di provvedere alla base.»

«È casa tua» replicò Bridget.

«No, tua.»

«Brian, non lo è.»

«Tibby voleva che lo fosse.»

Lo guardò in cerca di risentimento, ma non ne trovò. Mentre lei dormiva, l'aveva perdonata per la sua ignoranza. «Allora, possono mettere dentro la roba?»

«Certo» disse lei.

Bridget e Bailey guardarono gli uomini che con ampie cinghie portarono dentro un tavolo di cucina, una scrivania, un piccolo divano, varie sedie, un cassettone, due lampade da tavolo e una da terra, perfino una testata e un telaio per il letto. Quando fu tutto dentro, salirono sui vari mobili e giocarono "alla casa". Lo trovarono tutte e due molto divertente.

Bridget ripensò al letto che Eric aveva comprato quell'ultimo giorno, e che per lei era stato un tale trauma. Non riusciva a capire perché. Quella persona le era così estranea ormai. Osservò Bailey saltare sull'alto letto a molle, e non riuscì a darsi una risposta.

Carmen ciondolò in giro finché non calò il buio. Non riusciva tanto ad assorbire il paesaggio esterno, forse, ma riusciva più che bene ad assorbire il suo mondo interiore. Dopo anni passati senza avere più di tre pensieri in fila, le pareva più importante.

Infine si fermò a un negozio della Apple e guardò con sentimenti ambivalenti il suo telefono, quello di

Tibby, che veniva riportato in vita. Soprattutto nel momento in cui le piccole icone lampeggiarono per informarla che aveva ventisette messaggi telefonici, diciannove sms e novantanove mail non lette. Avvertì una fitta di amore e gratitudine per il misterioso e spesso inservibile telefono di Tibby.

Non guardò nessun messaggio; infilò il telefono nella tasca posteriore dei pantaloni e continuò a camminare. Immaginò il viaggio in treno nell'universo parallelo in cui il telefono funzionava, e lei chiamava e chiacchierava, e rispondeva a centoquarantacinque messaggi, e tutto questo mentre scoccava occhiate truci alla bimba che piangeva e al padre che si affannava dall'altra parte del corridoio. Carmen si sentì un lotofago che si è finalmente svegliato e ripensa ai suoi lunghi sogni narcotizzati.

Quando finalmente entrò nella sua stanza in albergo, la luce della segretaria telefonica lampeggiava. Manager? Agente? Pubblicitaria? Madre? Fidanzato? Si lasciò cadere sul letto a faccia in giù e rifletté un momento. Di sicuro si stava legando sempre di più al suo mondo interiore.

Poi giunse il momento di alzarsi e affrontare la situazione. Premette il tasto dei messaggi con trepidazione e ascoltò.

«Volevo solo farti sapere che il latte artificiale è bastato, la macchinina non è stata persa, il pannolino conteneva solo pipì, e siamo arrivati sani e salvi a Metairie.» Seguiva un rumore che non riuscì a decifrare, come un colpo di tosse. «Grazie, dolce Carmen... di tutto.»

mi piace il mio corpo quand'è col tuo
corpo. È una cosa tanto nuova.
Muscoli meglio e nervi di più.

e.e. cummings

Brian raggiunse Bridget nella veranda della ghiacciaia, dopo aver messo a letto Bailey. Si sedette su una delle nuove sedie da cucina che aveva portato fuori e lei si sistemò sull'ottomana scricchiolante. Ascoltarono il ruscello sotto di loro.

Mentre la luce del giorno si affievoliva, cominciò a scendere la pioggia. La si sentiva tamburellare contro i lucernari e la si vedeva tempestare la superficie del ruscello. Tramutava gli alberi in verde liquido. Dava all'aria della veranda una consistenza e un gusto. Quella casetta era piacevole col sole, ma non era mai tanto bella quanto sotto la pioggia.

«So che adesso sembra impensabile» disse Brian, «ma qui si riunirà il mondo.»

«Ah sì?»

«Già.»

«Sembra impossibile.»

«Ma così sarà.»

«Quando?»

«Tra un paio di giorni.»

«Davvero? E come?»

«Aspetta. Vedrai.»

«D'accordo.»

«Goditi la calma finché c'è.» Pareva che Brian stesse parlando a se stesso.

«Okay.»

Brian abbracciò Bridget prima di tornarsene alla casa padronale. «Oh, un'altra cosa.» Sfilò il telefono dalla tasca. «Vuoi che te lo presti?»

«Il tuo telefono?» Lui lo lanciò e lei lo prese al volo. «Perché?»

«Magari vuoi chiamare qualcuno.»

Bridget rimase nella veranda con il telefono in mano per parecchio tempo, ma non chiamò nessuno. Poi portò lì la lampada da terra, contenta che i fili fossero abbastanza lunghi, e la accese. Sedette con le gambe incrociate sull'ottomana e infine aprì l'altra lettera di Tibby. Era due giorni in anticipo, ma ormai non la temeva più.

Cara Bee,

ho scritto un indirizzo in fondo a questa pagina, e voglio che tu ci vada. È chiedere tanto, lo so, e non farlo se non vuoi. Sembra una pazzia perché nemmeno io ci sono mai stata, ma sento che quel posto ti appartiene. Ti immagino mentre lo vedi e vuoi rimanerci. Ridi pure, amica mia sempre in movimento, ma c'è una piccola casa nella proprietà che ti aspetta. Sul serio. Appena la vedrai, ti renderai conto di quello che dico.

Ci sono due persone importanti che ti aspettano lì, se decidi di andarci. Una è mia figlia. Compirà due anni in giugno. È una cosa grossa che ti cade addosso, lo so. Può darsi che te l'abbia già detto in Grecia. La seconda è Brian. Ne ha passate tante.

Quando cerco di addormentarmi la sera, e si affollano nella mia mente i pensieri e i timori per le persone che amo di più, ho questa visione ricorrente di te che tieni per mano mia figlia. Immagino che tutte e tre la aiuterete a crescere, ma sei tu quella che vedo più vicina. Chissà perché, forse è solo una mia stramba fantasia. So che i bambini non fanno per te. Eppure mi aggrappo al pensiero che le insegnerai come sei tu: la tua indipendenza, la tua forza, la tua gioia. Mi piacerebbe che avesse anche solo un briciolo del tuo coraggio, Bee. Davvero. Forse è questo che desidero: voglio che tu le dia quello che non potrei darle io, per quanto a lungo vivessi. Sento che può darti qualcosa anche lei, nonostante faccia fatica a indovinare che cosa potrebbe essere. Non so. Perdona le farneticazioni della tua vecchia amica.

Volevo dirti un'altra cosa. Quando penso a te, e lo faccio più spesso di quanto tu non immagini, vedo i tuoi molti pregi, ma anche il tuo essere scostante. Ti ho vista passare per decine di lavori, appartamenti, telefoni, piante e ossessioni. Si potrebbe pensare che una ragazza vorace come te sia stata con decine di ragazzi, abbia avuto decine di amanti, ma pensandoci l'altro giorno mi sono resa conto che per te non è stato così. Ne hai avuto uno solo. Mi hai detto una volta che Eric era la tua pietra di paragone, e a questo io ho pensato spesso.

È naturale trascurare e perfino sacrificare le cose che ci appartengono con facilità, con gentilezza. Perciò ti chiedo per favore di non fare questo sbaglio.

Carmen non avrebbe proprio saputo dire che cosa era accaduto esattamente durante l'audizione... ehm, l'incontro. In tutta onestà non riusciva a capire se fosse stato un fiasco totale o uno strano tipo di successo.

Ricordava di essere entrata nella sala riunioni di una villa scintillante in Garden District. Aveva riconosciuto Grantley Arden da una fotografia. C'erano diversi produttori e un paio di direttori esecutivi; ne aveva già incontrati la metà a vari ricevimenti, di solito al braccio di Jones, che aveva più probabilità di indossare i calzini con i sandali che non di dimenticare i loro nomi. Carmen, invece, non ne ricordava nemmeno uno. Arden portava un cappellino da baseball, gli altri erano in completo. C'erano stati baci e strette di mano fugaci da ogni parte.

Ricordava vagamente di essersi seduta. Non aveva la sceneggiatura, perciò qualcuno gliene aveva data una. L'aveva scorsa in fretta quella mattina, ma non ne aveva ancora imparata nemmeno una parte.

I produttori avevano parlato un momento dell'idea alla base del film, della resa visiva e altro. Il discorso era disseminato di iperboli: "sbalorditivo", "pionieristico", "stupefacente", ma nessuna faceva davvero presa. E si era resa conto che gli altri non si aspettavano diversamente.

Poi le avevano chiesto di leggere una parte, quella di Fiona, una ragazza facile. Carmen si era sorpresa perché non era rimasta in superficie, facendo le mosse più ovvie come si era immaginata, ma era andata dritta al cuore del testo.

Fiona fu un vero disastro. Carmen sapeva che avrebbe dovuto rendere il personaggio divertente, ma mentre leggeva le battute, le parevano una più tragica dell'altra. Quando aveva levato lo sguardo, i suoi occhi erano lucidi. Era molto emotiva, ultimamente.

Era seguita una pausa di silenzio. «Carmen, puoi venire qui un attimo?» le aveva chiesto Arden. L'aveva condotta in un angolo e avvicinata a sé, quasi che il loro fosse un incontro segreto.

«Cara, ti si vedono le vene» aveva detto Arden a bassa voce.

«Davvero?»

«Sì, tutte, credo.»

Le mani nervose di Carmen si erano sentite in un certo modo responsabili, ma come si poteva dissimulare ogni singola vena?

«Mi dispiace» si era scusata. Era certa che fosse gravissimo presentarsi con le vene apparenti all'incontro "più importante della vita".

«No, non ti dispiacere.»

«Perché no?» Mentre lo diceva, aveva pensato che le poche vene che ancora non si vedevano stavano probabilmente affiorando in quel momento.

«Perché le cose stanno così. Purtroppo questa è una parte comica. Tutti gli altri personaggi principali sono già assegnati. Ti ho convocato qui per una commedia, e cosa mi fai? Una parte da strapparci il cuore. Questo pubblico non è pronto per una cosa del genere, mi dispiace dirlo.»

«Bene» aveva detto lei. «Ma non so di cosa parli.»

«Be', non importa.»

«Allora direi che me ne vado.»

«Sì. Ti chiamo quando torno a New York.»

Carmen gli aveva rivolto uno sguardo serio, onesto. «Perché?» aveva chiesto. Non era dell'umore giusto per le chiacchiere, questo era chiaro.

«Perché devo fare *qualcosa* con te» aveva spiegato lui. Le aveva dato un bacio sincero, lieve ma forte, sulla tempia, e l'aveva mandata via. «Assicurati che Wanda abbia il tuo cellulare.»

«Non ho un cellulare» aveva mentito lei.

Arden era rimasto nel corridoio e l'aveva guardata allontanarsi. «Non cercare di dissimularle» le aveva gridato mentre lei si avviava verso l'ascensore. «Sarebbe un tale peccato.»

Allontanandosi dalla sontuosa villa, Carmen sapeva che non avrebbe dovuto sentirsi sollevata. I suoi collaboratori sarebbero stati distrutti dal suo fallimento. Jones sarebbe andato su tutte le furie. Ma tanto non aveva più alcuna intenzione di sposarlo.

Ormai credeva di sapere come avrebbe dovuto essere l'incontro più importante della sua vita, e di sicuro non era quello.

Secondo le previsioni, gli incontri con Arden e gli altri sarebbero proseguiti per diversi giorni, loro l'avrebbero voluta nel film, e lei non avrebbe lasciato New Orleans senza un contratto. Ops. Era rimasta lì dentro meno di un quarto d'ora e l'avevano già rispedita a casa.

A casa. Quella sì che era una faccenda spinosa. Dov'era la sua casa? Dove stava andando?

E a un tratto capì dove sarebbe andata – in Pennsylvania, il 2 aprile – e non si sentì spaventata, bensì speranzosa.

Lena decise che Londra era ufficialmente il luogo in cui si restava delusi. E l'aeroporto di Heathrow era il luogo in cui si dormiva accanto alla vetrata e ci si lavava alla buona e ci si sentiva dei veri idioti.

Non poteva tornare indietro dopo tutto quello che aveva fatto, questo lo sapeva. Era giovedì, e il 2 aprile, il giorno stabilito, sarebbe stato domenica. Significava che Kostos sarebbe andato in Pennsylvania? Non sarebbe partito così presto, però, se fosse andato direttamente lì. Doveva trovarsi in qualche altro posto che non aveva niente a che vedere con l'invito. Doveva essere così.

Il venerdì mattina si sentiva ormai persa e sola. Era faticoso portarsi in giro un tuono per così tanto tempo. Tra il momento in cui scoppiò a piangere nel negozio che vendeva le riviste e quello in cui vomitò il pranzo, il suo telefono squillò.

«Pronto?»

«Lena?»

«Sì.» Le sembrava che tutto il suo sangue si stesse riversando nei piedi. «Chi parla?»

«Sono Kostos. Sono davanti a casa tua. Suono il campanello da ore. Dove sei?»

Lei chiuse gli occhi e abbassò il telefono un momento mentre tremava fino alle ossa, cercando di soffocare gli spasmi di riso e di pianto.

«Sono a Londra, sono venuta da te.»

La sorpresa lo zittì. «Perché? Perché a Londra? Perché non sei qui? Dobbiamo incontrarci in Pennsylvania!»

Dalla bocca le uscì un suono roco, forse una specie di risata. Lui parlava del loro incontro come se le sue intenzioni non fossero mai state in discussione.

«Perché non potevo aspettare» disse. «Volevo fare più di metà strada.»

Kostos tacque per un attimo, ma la sua voce era squillante quando si fece sentire. «Oh, Lena. Anch'io non potevo aspettare.» Rise. «Volevo fare io tutta la strada.»

Lei tremava ancora. «Anch'io.» Aveva il viso bollente. Rideva e tremava troppo perfino per poter ridere.

«Ho così tanta voglia di vederti. Non posso più aspettare.»

Lei emise una specie di singhiozzo, prossimo al pianto. Non sapeva decidersi. Non riusciva a reagire. Non era in grado di dire nemmeno una parola.

«Lena, vuoi rimanere lì e io prendo il prossimo volo e vengo da te? O vuoi venire tu da me?»

Lena ricacciò indietro le lacrime e, per quanto la sua voce fosse un pasticcio, rispose con sicurezza: «Rimani lì. Vengo io.»

Bridget usò il telefono di Brian per chiamare Eric poco dopo mezzanotte, ovvero le nove da lui. Si sentiva in uno stato di semicoscienza quando lui rispose.

«Sono Bee» disse a disagio, impaziente.

«Dove sei?»

Era contenta di sentire la sua voce. «Sono in Pennsylvania. Nella contea di Bucks, a sud di una città che si chiama Belvidere. Ho così tante cose da dirti.» Le sfuggì un singhiozzo inatteso.

«Stai bene?»

«Sì. Credi che potresti venire qui?»

«In Pennsylvania?»

«Se prendi un volo per New York, poi in macchina ci vuole meno di un'ora e mezza.»

«Quando?»

Si rese conto di essere assurdamente presuntuosa. Non aveva il diritto di chiedergli nulla. Era lui quello che era stato lasciato, e l'infelicità di lei non gli aveva certo reso le cose facili.

Cercò di calmarsi e mettersi nei panni di lui. «So che devi lavorare. Non puoi andare via su due piedi. Quando credi che potresti venire?»

«Posso benissimo andare via su due piedi» disse lui. «Quando vuoi che venga?»

«Adesso? Domani?»

«Sei sicura di stare bene?»

«Sì. Ho una cosa importante da dirti.»

Eric rimase in silenzio. Non poteva biasimarlo. Non era come vederla tornare. Lei non gli aveva mai reso la vita facile, fin dall'inizio. «Bridget, è qualcosa che mi piacerà?»

Lei chiuse gli occhi. «Spero proprio di sì.»

Eric chiamò dall'auto a noleggio per avvertire che era a un'ora da lì, e Bridget fece fatica a sopportare l'attesa.

Per tutto il tempo rimase in mezzo alla strada, sperando di avvistare un'auto che non avrebbe neppure riconosciuto. Detestava aspettare.

Il cuore le balzò in gola quando finalmente scorse il viso di Eric oltre il parabrezza. Lui rallentò per svoltare, e lei strillò come una sciocca e saltò sul cofano della macchina. Lui scoppiò a ridere e fece gli ultimi cento metri con Bridget seduta fuori dall'auto. Il fatto che si lasciasse sempre trascinare dalla sua felicità era una prova tangibile del suo amore.

Nel momento in cui scese dalla macchina, lei lo spinse nell'erba. Lo inchiodò a terra e lo fece rotolare. Era lo svantaggio di avere una ragazza alta. Lui rise e lei gli coprì il viso di baci. Gli infilò le mani sotto la camicia. La gioia di Eric era incondizionata, perfino dopo tutto quello che era accaduto.

Infine Bridget gli permise di sedersi. E lo lasciò perfino alzarsi e guardarsi intorno. «Questo posto è stupendo. Dove siamo?»

«È la fattoria che Brian e Tibby hanno comprato prima che lei morisse.» Scosse la testa, concedendosi un po' di tristezza, ma scacciandone la maggior parte per il momento. «Devo dirti tante cose.»

«Ti prego, dimmele.»

Lo condusse alla ghiacciaia. Avrebbe voluto prima presentargli Bailey, ma stava dormendo, perciò lo guidò direttamente nella veranda, passando attraverso la casetta. Era quello il posto giusto per la conversazione che li aspettava.

Si sedettero sull'ottomana scricchiolante. «Ti spiegherò tutto, e ci vorrà un po'. Ma prima ti devo dire una cosa che non è lunga.»

«D'accordo.» Le parve leggermente nervoso e incredibilmente prezioso. Credeva di sapere quanto le era mancato, dopo la telefonata della sera prima, ma guardandolo si rese conto che le era mancato perfino di più.

«D'accordo.» Anche lei era molto nervosa. «Bene, il fatto è...»

Eric aveva un'espressione terrorizzata. Bridget pregò che non sembrasse ancor più terrorizzato dopo aver sentito quello che aveva da dirgli. Strizzò gli occhi. Inghiottì una gran quantità di saliva. «Avrò, avremo, un bambino.»

«Cosa?» Per un attimo il suo viso fu indecifrabile, poi si illuminò. «Cosa?»

«Sono incinta. Di circa venti settimane, credo. Anche di più. Dev'essere successo la sera prima che partissi per la Grecia.» Parlava in fretta.

Lui pareva seguire il movimento delle sue labbra come se avesse problemi di udito, e non riuscisse a sentire tutto. «Sei incinta?»

«Se mi alzo, si comincia a vedere.» Fece una dimostrazione e si portò la mano di lui sulla pancia.

Lui parve considerare la pancia e la mano come se gli fossero entrambe del tutto estranee.

«L'anello vaginale dev'essere scaduto e mi sono scordata di cambiarlo. Secondo l'infermiera è successo questo.»

«L'infermiera?»

«Al consultorio. A Sacramento. È lì che l'ho saputo.»

Eric annuì lentamente. Non stava fissando la sua pancia, ma il suo viso.

«Mi dispiace di non avertelo detto prima. Davvero. Avrei dovuto, ma non ci sono riuscita. Avevo paura e non sapevo cosa fare.» Si sentì sull'orlo del pianto e di colpo non fu più tanto sicura di lui. «Nemmeno ora è troppo tardi per... non averlo» disse in fretta. No, non era vero. Era di gran lunga troppo tardi per non averlo. «O per meglio dire: non voglio costringerti a sentirti coinvolto se non te la senti... Lo capirei se non fossi pronto per una cosa del genere...»

Dal modo in cui Eric la guardò, Bridget comprese che lui la capiva. Capiva che non era stato facile per lei. Bridget vide che era cauto. Così cauto che quasi non deglutiva, quasi non si muoveva. Di solito esprimeva i propri sentimenti con disinvoltura, ma come qualsiasi altra persona non voleva vederli distrutti. «Cosa provi a riguardo?» le chiese con serietà.

«Sento che siamo i suoi genitori.»

«E sei sicura di volerlo?»

Le lacrime si erano accumulate e Bridget le lasciò scorrere. «Sì. Sono proprio sicura.» Non riusciva a ricordare di non averlo voluto. La persona che non lo aveva voluto era un'estranea. «Ho avuto un po' di tempo per pensarci, e ammetto di non averlo accettato subito. Ma adesso so per certo che lo voglio.» Si asciugò gli occhi e raccolse i capelli dietro la nuca. «E tu lo vuoi?»

Eric le si avvicinò sull'ottomana scricchiolante, le passò il braccio intorno alla vita, e la tirò a sé fino a farla sedere sulle sue ginocchia. La strinse forte e affondò il viso nel suo collo.

«Lo voglio» disse, e Bridget sentì l'emozione nella sua voce. «L'ho sempre voluto.»

Quando Lena scese dall'aereo proveniente da Londra all'aeroporto JFK di New York, il primo volto che vide fu quello di lui. In qualche modo era riuscito a chiedere, convincere, imporre di poter andare fino al gate per aspettarla lì.

Vide Kostos che le si avvicinava con ampi passi, a rallentatore, il cappotto grigio di tweed aperto che sventolava. I suoi occhi erano fissi sul viso di lei. Non sorrideva, ma non pareva dispiaciuto. Era serio, come può apparire un uomo serio che fa una cosa seria.

Ecco. Lena camminava lungo il corridoio telescopico verso di lui e lui le andò incontro fin dove poté, tra la folla di passeggeri che uscivano, passando accanto all'assistente di terra all'ingresso del gate che parve infastidita e lo richiamò. Ma lui non rispose né si voltò. Teneva gli occhi fissi su di lei e lei non distolse lo sguardo. Lena non si sentiva in imbarazzo, né nervosa. Non aveva bisogno di sorridere né di chiedere una qualche silenziosa rassicurazione. Si sentiva sicura.

Non vide nessuna delle persone intorno a sé, mentre camminava. Vide la determinazione sul viso di lui e provò lo stesso sentimento. Si ritrovò a pensare *Bene, ecco fatto,* e sapeva che stava entrando nel resto della sua vita senza esitazioni né domande, senza nemmeno un'occhiata altrove. *Ti ho scelto,* pensò. *Succeda quel che deve succedere, sei tu quello che ho scelto.*

Non si fermò finché non si trovò davanti a lui. Per un momento rimasero l'uno di fronte all'altra in silenzio. Lena non avrebbe saputo raccontare con lucidità quello che successe poi. Lui le passò le braccia intorno alla vita, lei lo abbracciò e si sentì sollevare da terra e lui la strinse a sé quanto più forte poté senza farle mancare il respiro.

La gente scorreva intorno a loro e l'assistente di terra continuava a lamentarsi, allora Kostos la depose a terra e si baciarono come se avessero aspettato quel momento, solo quel momento, per dieci lunghissimi anni.

A un certo punto, quando ormai la gente se n'era andata e l'assistente di terra aveva rinunciato a farsi ascoltare ed era tornata al suo banco, Lena e Kostos si separarono e si guardarono di nuovo.

Lui le prese la mano e si avviarono verso l'area del ritiro bagagli senza parlare. Dondolavano le mani unite come bambini, come se credessero che tutto poteva accadere, come se potessero spiccare il volo e librarsi nell'aria. Tutto quello che si desiderava poteva succedere. Perché no?

Lena lo guardò e vide che Kostos stava sorridendo. Quanto adorava il terminal della British Airways.

«Ehi» disse lui. «Oggi è prima o poi.» E pronunciò quelle ultime tre parole in greco.

Strade di campagna,
portatemi a casa.

John Denver

Carmen percorse lentamente una serie di strade confuse, in una Ford Focus noleggiata, certa di essersi persa.

Aveva preso un volo da New Orleans a New York due sere prima e si era fermata quel tanto che bastava a incontrare Jones al loft e dirgli che non lo avrebbe sposato. "Non ora, o mai?" le aveva chiesto lui.

"Mai" aveva risposto con quanta più dolcezza era riuscita a racimolare. Non aveva capito se fosse più deluso da quello o dalla notizia che era tornata a casa da New Orleans quattro giorni prima del previsto e senza un contratto.

Jones non era stato tagliente con lei, tranne quando le aveva annunciato che si teneva il loft. Pareva che si aspettasse di vederla opporsi, ma lei aveva detto che era d'accordo. Del resto non desiderava rimanerci. Non le era mai piaciuto quanto piaceva a lui, e perfino il terzo dell'affitto che lei pagava era più di quanto potesse permettersi, a dire il vero.

Lui era rimasto seduto sul letto per la prima ora a guardarla fare le valigie. Le aveva detto che stava commettendo un grosso errore, e lei aveva annuito, anche se sapeva che non era così. Le aveva detto che le ragazze sole sopra i trent'anni a New York non trovano marito, anche se sono belle, e lei aveva annuito, pur trovandolo francamente offensivo. Aveva aggiunto con magnanimità che la loro rottura non avrebbe compromesso eventuali rapporti di lavoro tra loro, e lei aveva annuito senza crederci.

Aveva preparato un'enorme valigia che doveva durare un paio di settimane e aveva fatto in modo di avere il resto della sua roba impacchettata e spedita a casa di sua madre e David. Non c'era nulla che la trattenesse a New York fino ad agosto, quando avrebbe ripreso il telefilm, ammesso che l'avessero richiamata.

Aveva trascorso la notte in un albergo piacevolmente fuori moda del centro e la mattina dopo aveva noleggiato un'auto. Aveva provato una curiosa sensazione, uscendo dalla città con la sua valigia. Non aveva casa né fidanzato, e non aveva idea di dove andare. Proprio nessuna idea.

E adesso aveva sbagliato strada e si era allontanata dal tragitto che avrebbe dovuto portarla in un luogo sconosciuto della Pennsylvania.

Nella sua lettera Tibby diceva che voleva che Carmen incontrasse qualcuno. Di chi si trattava? Chi voleva farle conoscere Tibby a quel punto? Sperò che non fosse qualche appuntamento al buio. Sarebbe stato davvero spiacevole. Era sicura che a Tibby Jones non fosse mai piaciuto, come del resto non era mai piaciuto a Lena o Bee, ma era lo stesso.

Accidenti. Accostò e studiò la mappa. Perché stava andando a Belvidere, in Pennsylvania? Sulla strada giusta si sarebbe forse sentita meno persa che su quella sbagliata?

Nonostante tutti questi dubbi, invertì la marcia e perseverò. Non aveva nessuna ragione di credere di conoscere la Tibby degli ultimi due anni, ma si fidava di lei comunque. Non poteva fare altrimenti. E se non altro il paesaggio era piuttosto bello, con boschi e fattorie e vallate che risplendevano del verde-giallo d'inizio primavera.

Poco dopo mezzogiorno svoltò nel vialetto. Vide il nome e il civico della strada sul palo bianco della staccionata. La percorse molto piano, guardando la bella casa di legno, il cortile in ombra e il gruppo di costruzioni che la circondava, inclusa una classica stalla rossa.

Fermò l'auto e scrutò oltre il volante. Si stava chiedendo se andare fino alla casa e bussare, quando la porta si aprì e ne uscì un uomo alto e magro con una bambina in braccio. La sua mente stava cercando di riconoscere quelle persone quando vide una figura avvicinarsi correndo dalla stalla, che a un tratto divenne Bridget. Come in un sogno, Carmen tornò a guardare l'uomo con la bambina e lo vide tramutarsi in Brian. Era troppo stupita per scendere dall'auto, fu Bridget a spalancare la portiera e a trascinarla fuori.

Era un posto così strano e allo stesso tempo la prima cosa familiare che incontrava da mesi. Bee abbracciò Carmen e la strinse a lungo; allora parve tutto naturale, come se non fosse mai cambiato niente. Perché, anche se le prime parole uscirono a fatica e cariche di esitazione, in realtà non c'era bisogno di dire nulla.

«Dove siamo?» chiese.

Brian era a pochi metri da loro, quando Bridget si scostò da lei. Carmen andò ad abbracciarlo, ma si bloccò e fissò la bambina che teneva in braccio. Ebbe una stranissima sensazione. Conosceva quel viso, ma non lo aveva visto da tanto tempo.

«Questa è Bailey» disse Brian.

Tibby aveva una figlia. Carmen era troppo sbalordita per parlare.

«Ci sono tante cose che devi sapere» intervenne Bridget, eccitata.

Era come un sogno che si può fare dopo la morte, nel quale persone dimenticate tornano in vita, gli amici ci vogliono bene di nuovo a prescindere da quello che abbiamo fatto, e le nostre mancanze vengono inspiegabilmente perdonate.

«Brian dice che anche Lena dovrebbe arrivare oggi.»

Lena era una di quelle persone che conoscono la felicità attraverso la tristezza, perciò la felicità che provò quel giorno fu delle più concrete.

Bailey, la bambina di cui non conosceva l'esistenza, fu una sorpresa tanto più straordinaria proprio perché sua madre non c'era più. *Ci hai dato un modo per continuare ad amarti, Tib. Ti promettiamo che questa bambina non rimarrà mai più senza mamma.*

Il viso di Bailey era così evocativo e bello che Lena dovette distogliere lo sgaurdo.

Poco dopo essere arrivata con Kostos, Lena si sedette un momento nell'erba con Bridget e Carmen per avere conferma di ciò che già sapeva dall'ultima lettera di Tibby. Per quanto gli eventi fossero dolorosi, avevano un senso. Ognuno occupava un suo posto sensato in quella tragedia, e la gioia di ritrovarsi fu tanto più grande alla luce della tristezza che portava con sé.

E poi c'era Kostos. Dopo oltre dieci anni di delusioni, la loro felicità sbocciava da tutto ciò che loro due facevano insieme, anche dalle cose più insignificanti. Sedere accanto a lui in macchina, comprargli una tazza di caffè alla stazione di servizio (scoprire come gli piaceva per mille future occasioni), dividersi una barretta di cioccolato, perdersi su strade secondarie, rovesciarsi addosso l'acqua della bottiglia e guardarlo mentre le asciugava la gonna con due tovagliolini.

C'era un che di sensuale in tutto quello che accadeva tra di loro: lei che gli metteva in mano la moneta per il pedaggio, lui che le scostava i capelli per vedere meglio la mappa. Ogni volta lui guardava lei. Ogni volta lei guardava lui.

E poi ci fu quello sguardo particolare che si rivolsero quando videro il letto pronto che li aspettava, nel magnifico granaio che era loro destinato. Ogni anno mancato aggiungeva qualcosa a quello sguardo.

Come potevano aspettare ancora? Kostos la fece volteggiare fino in bagno e la strinse per un momento carico di passione finché non udirono i piedini di Bailey che attraversavano il pavimento di legno.

Tibby aveva realizzato per loro il sogno di un amore infantile, quello che vede soddisfatti tutti i nostri bisogni senza dover chiedere, senza nemmeno sapere quali sono.

Lena riconobbe in ogni momento di quel giorno, e nella propria felicità più di tutto, la mano dell'artista. Tibby aveva trascorso gli ultimi quindici anni della sua vita a imparare come scrivere una sceneggiatura, e quello era il suo regalo per loro, il suo capolavoro.

Attraversando la corte con Kostos, diretti alla casa padronale per una cena a base di spaghetti, guardò le stelle e ringraziò Tibby. Non dovette spingere il proprio pensiero tanto lontano per avere la certezza di averla raggiunta.

Qual era la parte migliore di quella giornata? È ciò che si chiese Carmen, sdraiata sul morbido materasso che profumava di nuovo, in una stanza dell'immacolato cottage che apparteneva a lei, una follia che Brian aveva ribadito più volte.

La parte migliore era stata vedere Bee e Lena, e sapere che avrebbero superato la tragedia. Era stata conoscere Bailey, capire chi fosse senza bisogno di spiegazioni. Era stata guardare Lena e Kostos che le venivano incontro mano nella mano. Era la felicità di Lena. Era la maternità di Bee, e la gioia sfacciata sua e di Eric.

La parte più triste, senza dubbio, era stata conoscere la verità su Tibby, sapere quello che aveva passato. Ma in fin dei conti era anche la cosa che la rendeva più felice perché sapeva che le aveva amate per tutto il tempo, che non l'avevano trascurata, che il loro tempo non era finito, che avevano vissuto davvero la vita che avevano creduto di vivere.

Mentre i pensieri si sviluppavano e lievitavano nella

sua mente, accantonò la paura e permise ai due sentimenti, la tristezza e la felicità, di mescolarsi. La sofferenza di Tibby era avvenuta al di fuori della loro amicizia, al di fuori del loro controllo. Non indicava un fallimento del loro legame. Eppure Tibby l'aveva tenuta nascosta, e questo era un fallimento di ordine diverso. Non le aveva ammesse nel momento più buio della sua vita. Non avrebbero potuto cambiare il corso delle cose, ma avrebbero potuto darle conforto e non l'avevano fatto. Perché non l'avevano fatto? E perché Tibby non lo aveva permesso?

Perché non siamo fatte per dirci addio, comprese Carmen. Tibby non sapeva come lasciarle. Non c'erano precedenti. Forse credeva che non fossero in grado di affrontare la situazione. *Forse non ce l'avremmo fatta.*

Carmen ricordò il sogno che aveva fatto Tibby, in cui la sua bisnonna Felicia aveva imbalsamato i loro Pantaloni Viaggianti come regalo di maturità. E ricordava Tibby che descriveva l'orrore di quel sogno. *Devono potersi muovere!*, aveva gridato. Carmen si chiese se non lo avessero dimenticato a un certo punto. Bisognava lasciare che si muovessero. Forse bisognava perfino lasciarli andare via.

C'erano alcuni narcisi in un bicchiere sul comodino e pochi mobili di buona fattura nelle tre camere da letto della casa e nelle stanze al piano di sotto. "Puoi aggiungerci il resto tu" le aveva detto Brian. "Volevo solo che tu avessi la base, tanto per cominciare, sai."

Carmen lo aveva guardato perplessa e incredula.

"Non è che devi aggiungere qualcosa per forza" si

era affrettato a dire. "Dipende da te. Puoi farne quello che vuoi. Questo posto sarà sempre qui per te quando lo vorrai."

Le era difficile capacitarsi del fatto che quel posto fosse suo, era incredibile che Tibby avesse pensato a tutto. Tibby aveva fatto del suo meglio per rendere le cose più facili.

Carmen sentì le lacrime che scorrevano sul cuscino. Rimase sul letto con la finestra aperta e i cinguettii che provenivano dall'erba e dagli alberi, e Bridget e Eric nella casina oltre il cortile, e Lena e Kostos nel granaio, e Brian e Bailey nella casa accanto. Che contesto felice. Quanto era diverso dal ristorante vietnamita, l'edicola e il negozio di lampade a cui era abituata.

Ricordava bene l'afflizione di Tibby, l'estate in cui erano partite per l'università, che si interrogava sull'idea di casa. Cosa le avrebbe tenute unite? Dove l'avrebbero mai ritrovata?

Per la prima volta nella sua vita adulta, Carmen sentì di essere a casa.

Potessi in me ricordare
il suo canto e la sua melodia,
ne sarei tanto vinto di gioia,
che con note forti e lunghe,
quel palazzo anch'io fabbricherei.

Samuel Coleridge

Epilogo

Sarete felici di sapere che portammo a termine l'ultimo rituale dei pantaloni che Tibby aveva preparato in Grecia ma non avevamo mai svolto. Io, Carmen, l'ultima ad arrivare, fui la prima a suggerirlo. Mi pareva la cosa giusta da fare, e ho sempre avuto un debole per le cerimonie.

In un giorno di novembre assai più cupo, Lena aveva portato la valigia da Santorini a casa dei suoi a Bethesda. Adesso aveva chiesto a sua madre di spedirgliela alla fattoria.

Sgusciammo via dal gruppo che era giunto a includere i genitori di Tibby e Nicky e Katherine, che stavano nella casa padronale con Brian e Bailey. Decidemmo di fare la cerimonia nel granaio, perché con i suoi pavimenti di legno lucido e l'ampio spazio aperto, si avvicinava di più alla palestra di Gilda in cui le nostre madri si erano incontrate e in cui il vecchio rituale si era sempre svolto. L'assenza dei pantaloni e la presenza incorporea di Tibby non lo resero meno efficace.

Non lesinammo su nulla. Né sulle candele né sulle tortine alla fragola né sui salatini né sulle lacrime. Bridget si sgolò a cantare con Gloria Estefan. Tibby ne avrebbe riso. Ci tenemmo per mano. Tibby da adolescente vi si opponeva, eppure so che adesso lo avrebbe voluto.

Vedendo la speranza negli occhi delle mie amiche, non potei fare a meno di guardarmi alle spalle, al buio in cui avevamo dimorato negli ultimi cinque mesi, in realtà negli ultimi due anni. Con gli occhi della mente, cercai di vedere quei volti com'erano la prima volta che avevamo aperto quella valigia. Ma poi mi chiesi: perché farlo?

Come era riuscita Tibby a compiere quelle trasformazioni? Non lo so. Ci sono sempre stati dei misteri nella nostra amicizia.

Dove ci dirigeremo, quando andremo via di qui? Non so nemmeno questo. I genitori e i fratelli di Tibby partiranno domenica, ma noi non lo so. Io ho una piccola casa da arredare e una bambina da amare. New York è abbastanza vicina da andarci per un'audizione un paio di volte alla settimana se serve. Ho un cuore che a quanto pare si è aperto. Mi sento fiduciosa.

Eric pensa di andare a lavorare a New York, di fare il pendolare tre giorni a settimana in modo che Bee possa allevare degli animali, fare l'orto, e crescere la sua bambina insieme a Bailey in un posto in cui lei è felice.

Kostos sta lasciando il lavoro. Anche se non staranno qui per sempre, non credo che lui e Lena andranno via tanto presto. "Stiamo già vivendo insieme" ha detto Kostos con una risata d'intesa a Lena, questa mattina a colazione. "Cosa direbbero i nostri nonni?"

Un paio di giorni fa è sparito per tutto il pomeriggio

ed è tornato con un cavalletto per Lena, che ha sistemato con orgoglio accanto alle finestre a nord, illuminato da un fascio di luce artistica.

E in mezzo a noi c'è Bailey, la gioia dei nostri cuori. Mi sembra che tutti noi siamo arrivati qui smarriti e soli, con il bisogno di qualcosa a cui non sapevamo dare un nome, perché avevamo represso l'amore. Tibby le ha dato un nome. Doveva sapere quanto avevamo da dare.

Tanto tempo fa Tibby aveva un'amica di nome Bailey, da cui viene il nome della sua bambina. Bailey morì tragicamente giovane, e la sua morte colpì Tibby nel profondo. Ma una volta Tibby disse che prima di morire Bailey le aveva lasciato tutto quello che le serviva per vivere una vita felice, se solo Tibby fosse stata abbastanza saggia da saperlo afferrare.

E adesso siamo noi a prendere con saggezza ciò che Tibby ci ha lasciato. Credo che si possa dire che la magia di Tibby è profonda e duratura.

Non so quando andremo via di qui. Ma so questo. Siamo di nuovo pronte a proseguire sulla nostra strada. Insieme o separate, perché per quanto possiamo essere distanti, viviamo nelle altre. E andiamo avanti insieme.

Ringraziamenti

Innanzitutto e soprattutto vorrei ringraziare Jennifer Hershey. Grazie anche a Jennifer Rudolph Walsh, Gina Centrello, Beverly Horowitz, Leslie Morgenstein, Josh Bank e Jodi Anderson.

Con amore e gratitudine, vorrei ricordare i miei genitori, Jane e Bill Brashares, mio marito, Jacob Collins, i miei figli, Sam, Nate, Susannah, e il piccolo che nascerà presto.

Finito di stampare nel mese di giugno 2011
presso Nuovo Istituto Italiano
d'Arti Grafiche, Bergamo

RCS Libri

ISBN 978-88-17-05000-5